DVB

SAMMLUNG DIETERICH · BAND 355

Wilhelm Raabe

KLOSTER LUGAU

DIETERICH'SCHE
VERLAGSBUCHHANDLUNG
LEIPZIG

Herausgegeben von Peter Goldammer

ISBN 3-7350-0020-7

Erste Auflage 1987
Lizenz-Nr. 387/190/104/87 LSV 7101
Gesamtherstellung: Druckhaus Aufwärts, Leipzig
III/18/20-101/87
Schrift: Baskerville-Antiqua
Gesamtgestaltung: Peter Mauksch
Printed in the German Democratic Republic
Bestell-Nr. 786 297 8
00820

ERSTES KAPITEL

Weiter und weiter verbreitete sich das Gerücht, ›Horatio‹ sei wieder in Wittenberg. Seit acht Tagen schon sei er wieder in Wittenberg.

Anfangs hatten weder die Stadt noch die Universität es glauben wollen. Als jedoch sein Diener Mamert in den Gassen gesehen worden, als seine Hauswirtin ausgefragt worden war, stellten sich sowohl die Stadt wie die Universität auf die Zehen, und beide warteten gespannt auf des Herrn Hofrats, Doktors der Weltweisheit und Hauptmanns der Landwehr, Franz Herbergers erstes Wiedererscheinen in der Gesellschaft und in der gelehrten Welt. Sie hatten eine ziemliche Zeit darauf zu warten und wurden leider von ihm – ›Horatio‹ – nicht gefragt, ob ihnen das recht sei oder nicht, ob ihnen solches beschwerlich falle oder nicht.

Daß kein kleiner Mann zurück- und auf dem Boden dieser Geschichte eingekehrt war, geht sogleich daraus hervor, daß wir gezwungen wurden, und zwar von der Universität und Stadt Wittenberg gezwungen wurden, zu dieser Einführung einen sehr großen Mann anzuziehen, den Dichter William Shakespeare, oder vielmehr eine seiner bekanntesten Dichtungen, das Theaterstück ›Hamlet‹. Wieso unser Freund zu dem Poeten und der Poet zu ihm kam, das hat eben ›Wittenberg‹ zu verantworten; *wir* können darob unsere Hände in Unschuld waschen. Eine Hauptperson ist der Hofrat Herberger in diesem Buche, jedoch nicht *die* Hauptperson, sowenig wie im ›Hamlet‹ Horatio die Hauptperson ist. Letzterer läuft sogar noch etwas mehr als unser Philosoph nebenher, kann aber doch nicht bei der Sache entbehrt werden, tritt zuerst auf und geht zuletzt mit ab. Ob er auch mit dem Titel Hofrat in Pension und zurück nach Wittenberg ging, sagt Shakespeare uns leider nicht. –

Nun zu den nüchternen Tatsachen! Wir sind nicht in dem Wittenberg des englischen Dichters. Hofrat Doktor Herberger hatte nicht als bewegter Zuschauer, Gespenstерseher und stoisch-philosophischer Vertrauter des Prinzen von Dänemark an den Ereignissen in Helsingör teilgenommen. Die Patina der Jahrhunderte hatte sich noch nicht über die ›sonderbaren Dinge‹ gelegt, welche sich da ›neulich‹ an jenem Hofe, dem er als Lehrer und Vertrauter des jugendlichen Erbprinzen nahestand, zugetragen haben sollten und natürlich in die Ohren und Mäuler der Leute und sogar in die Zeitungen gekommen waren. Bis jene mysteriösen Vorfälle aber an ihren richtigen, das heißt wirklich berechtigten Geschichtsschreiber kamen, mußten noch manche Leute kein persönliches Interesse mehr daran haben. Ehe die Archive sich auch hier über Privat-, Lebens- und Sterbensverhältnisse des Königs Horvendillus, Seiner letzthöchstseligen Majestät des Königs Fengo, Ihrer Majestät der Königin Geruthe und Seiner Königlichen Hoheit des Prinzen Amleth einem neuen Saxo Grammaticus öffneten, durfte man dreist nicht nur auf das Ablaufen dieses Jahrhunderts (da man schon 1869 schrieb) rechnen, sondern auch noch eines zweiten. Einige der Historiker, Herren wie Damen, der berühmten Universität ›Wittenberg‹, die in diesen Dingen am meisten Bescheid zu wissen behaupteten (auch wohl schon betreffenden Orts vergeblich angeklopft hatten!), waren sogar der Überzeugung geworden, vor dem Ablauf des einundzwanzigsten Säkulums sei nicht daran zu denken.

Die andern Leute in der Stadt – nicht bloß die unvernünftigen alten Weiber und die unvernünftigen Herren Journalisten – meinten wohl dasselbe, drückten sich jedoch anders aus und seufzten:

»Du liebster Himmel, ja was die Welt so von der Welt zusammenredet! Nicht den dritten Teil soll man glauben von dem, was man hört oder unter den neuesten Nachrichten weiterzugeben hat.«

Dann aber gingen sie hin und schrieben – nein, redeten die exaktesten Abhandlungen über des Tages Geschichten und nahmen es sehr übel, wenn man ihnen Irrtümer in der Auffassung und Darstellung nachwies. Schrieb, das heißt redete man gegen sie, so wehrten sie sich auch und brachten Neues in der Angelegenheit zutage, worüber das zwanzigste Jahrhundert vielleicht wirklich das Recht bekam, sich zu wundern bis tief in das einundzwanzigste hinein, welches dann seinerzeit es noch einmal nachzuweisen versuchen mochte, daß sich die Sache damals doch anders verhalten habe. –

Es wird eben zu allen Zeiten viel unnützes Zeug auf der Erde geschwatzt, und jene fürchterliche deutschkleinstaatliche Haupt-, Liebes-, Hof- und Staatsaffäre unter bescheidener und lächelnder Mitwirkung des damaligen Doktors und jetzigen Hofrats Herberger, dem der nicht üble Spitzname ›Horatio‹ darum an der ehrenwerten Persönlichkeit klebengeblieben war, war es wahrhaftig nicht wert, daß ein neuer tragischer Speerschüttler sich hinsetzte und eine neue schaudervolle Historie von Hamlet, Prinz von Denmarke, aus ihr zurechtbraue. Freilich auf dem Theater hätte sich wohl auch heute noch Geld damit verdienen lassen, und sie wäre sicherlich wie im Jahre 1603 aufgeführt worden, wenn auch nicht durch ›Seiner Hoheit Diener‹ in London und den beiden Universitäten Cambridge und Oxford, jedoch ganz gewiß in Wittenberg und durch den Wittenberger Stadttheaterdirektor und dessen Truppe.

Die Sache war in der Tat nicht der Rede wert gewesen, und was uns betrifft, so werden wir auch nicht weiter davon reden, als unbedingt nötig ist. Keine Königskrone wechselte darum ihren Besitzer, kein außergewöhnlicher Geist erschien darob bei Hofe, kein Mädchen ging deshalb ins Wasser. Es fielen nur einige Pensionen mehr auf die Hof- und Staatskasse und gingen einige Personen aus den hohen und höheren Kreisen der kleinen Residenz auf längere oder kürzere Zeit auf

Reisen, jedoch ganz behaglich und gutwillig und ohne mit aufgeschlitzten Nasen ›verschickt‹ worden zu sein.

Zu diesen gehörte unser wirklicher Freund, der nicht ›Wirkliche‹ Hofrat Herberger, Horatio genannt in – ›Wittenberg‹.

ZWEITES KAPITEL

Ein rauher herbstlicher Wind blies aus Norden her, rüttelte an den Dachziegeln, durchheulte stoßweise die Kamine und brachte dann und wann auch die Fensterscheiben zum Erklirren: die richtige Zeit, um aus einem ofen- und fensterscheibenlosen schönen Südlande nach Kimmerien heimgekommen zu sein!

Möglicherweise mischten sich schon Schneeflocken in die Regenschauer, die die Gassen von – nun, sagen wir nur Wittenberg! – nicht nur von Menschen, sondern auch, vorzüglich in den Rinnsteinen, von vielem reinigten, was daselbst ein ungestörtes Stilleben geführt hatte. Es war ein unbehaglicher Abend, und wohl allen denen, die an ihm zu Hause bleiben und im Hause sich behaglich fühlen durften!

Horatio – nein, nennen wir ihn hier nicht noch einmal Horatio! –, Hofrat Doktor Herberger durfte beides. Zu dem ersteren berechtigte ihn seine gegenwärtige gänzliche Geschäftsentlastung sowie das durch seine längere Reiseabwesenheit zur Tatsache gewordene ›Aus-dem-Konnex-Kommen‹ mit allen gesellschaftlichen und wissenschaftlichen, angenehmen und unangenehmen ortsangehörigen Verpflichtungen und Beziehungen. Zu dem letzteren die volle Sicherheit, ›Ophelia‹, das heißt Gräfin Laura Warberg, im Kloster, das heißt im Kloster Lugau, auch behaglich zu Hause und bei guter Laune wissen zu dürfen, und – die körperlichen und geistigen Erfahrungen, Stimmungen und Gefühle, die er soeben aus dem schönen Süden nach dem Norden sich mitgebracht hatte.

Dieses Allerletzte würde er aber wahrscheinlich nicht zugestanden haben, wenn man ihn darauf angeredet haben würde; denn so etwas tut man nicht gern. Es ist zu angenehm, Leuten, die nicht in Sevilla und Granada, in Messina und Palermo, in Konstantinopel, Tunis, Tripolis, Fes und Marokko gewesen sind, den Mund danach wässerig zu machen. Wir haben einen Verbrecher gekannt, der es vor sich verantworten konnte, durch zwei in einer Reclam-Ausgabe der Goetheschen Venezianischen Epigramme plattgequetschte Zanzare, zu deutsch Stechmücken, eine ganze Familie Duderstädter wohlsituierter Optimaten nach der Lagunenstadt zu befördern. Und die Leutchen waren ihm nach der Heimkunft – o so dankbar dafür und machten, wie sich das von selbst versteht, nachher andere Leute, sogar Verwandte, die in guten Verhältnissen in Heiligenstadt sehr gut saßen, nach dem nämlichen Sumpfvergnügen lüstern. Ach, wie gern benutzt der Mensch seine Enttäuschungen, seinen Erdenüberdruß, sein Elend, alle Stechmücken des Daseins nicht dazu, um selber besser zu werden und andere zu bessern, sondern nur dazu, seiner Eitelkeit, seiner Ruhmredigkeit frisches Futter in die Krippe zu stecken! –

Er, nicht der Mensch an und für sich, sondern als der Mensch Franz Herberger, Hofrat, Doktor der Weltweisheit und Königlich Preußischer Hauptmann der Landwehr, lag augenblicklich, wie Millionen, Milliarden vergebens zu liegen wünschen, im Hausgewande, geschäftslos, nahrungssorgenfrei im bequemen wohlgepolsterten Armsessel, den Rücken gegen die verhangenen, wohlverwahrten Fenster, die unruhige Vergangenheit, gewendet, die Beine und Füße gegen das flackernde Ofenfeuer, die gemütliche, gemütvolle Gegenwart und selige, hoffnungsreiche Zukunft, ausgestreckt, ein Bildnis angenehm schaudernden geistigen Wiederkäuens bei wollüstig kitzelndem Sicherheitsgefühl. Ob aber überwundene Reisegenüsse und Beschwerden von naheher oder eigentümliche Erinnerungen eines, nun, sagen wir: nicht nur in die Wittenberger, sondern auch in die Helsingörer Schicksale und Eskapaden eines verliebt-melancholischen Dänenprinzen eingeweihten, gelehrten und zugleich welterfahrenen Bärenführers von ferne her ihm in der Seele zumeist nachvibrierten: Herberger empfand sich unbeschreiblich wohl und geborgen zu Hause und in Schlafrock und Pantoffeln.

Da er allein zu Hause war und sich gänzlich unbeaufsichtigt, unbeobachtet wußte, brauchte er sich keinen Zwang aufzulegen; des geselligen Tages Komödien vor sich selber weiterzuspielen lohnte sich kaum. So durfte er gähnen, stöhnen, sich recken, dehnen, sich in seinem Lehnstuhl räkeln, ohne den Meister Petz des Vater Gellert, den Herrn von Nieß und den Hauptmann Theudobach Jean Pauls, geschweige denn die philosophischen Begleiter des Prinzen Hamlet, in seiner Person mit all ihren Lebenskünsten zusammengefaßt, in die Behaglichkeit des Abends hineinzuziehen.

Es war wirklich sehr angenehm, sich wieder in Wittenberg zu Hause zu fühlen und alle seine wissenschaftlichen Bestrebungen einen ruhigen Winter durch als freier, unabhängiger, weltüberlegener Mann und Herr in den besten Jahren (grade in der Mitte zwischen dem dreißigsten und dem vierzigsten) von neuem vor sich zu haben. Wie oft hatte er sich das Wonnegruseln dieses Abends, platt zu Schiff auf dem Mittelmeer, tief zu Esel im schönen Spanien und hoch zu Kamel im scheußlichen Afrika, ausgemalt!

Nun hatte er es! Hatte sein wirkliches Lebenselement wieder und konnte nach Belieben darin sich vom Strome treiben lassen, gegen den Strom ankämpfen, plätschern und tauchen.

Die Lampe auf dem großen, grünbehangenen, mit wohlgeordneten Schriften bedeckten Studiertische (die Wirtin hatte den Auftrag gehabt, in der Abwesenheit ihres Herrn Hofrats Ordnung zu stiften) gab nur ein gedämpftes Licht ab. Ringsum von den Wänden sahen die Tausende der Bände seiner wohlgeordneten Bibliothek aus Schränken und Fächern auf ihn und lächelten über die Jahrtausende, die von den Pyramiden auf einen abenteuernden Militärstrolch und seine stupiden Banden heruntergucken konnten; aber der große Globus im Winkel des Gemaches war nun wirklich wieder eine Welt, der Eroberung wert, wenn der Blick des Träumers in Schlafrock und Pantoffeln auf ihn fiel.

In dem ganzen Zimmer befand sich nur *ein* Gegenstand, den der heimgekehrte Weltwanderer mit dem Blick zu streifen vermied, und das war dem äußeren Anschein nach ein sehr harmloser und noch obendrein sehr hübscher. Nämlich ein italienisches Kunstwerk, eine Schale von Florentiner oder römischer Arbeit in Goldbronze: eine Schale, um die sich ein geistvoller, aber freilich etwas üppiger Bacchuszug mit seinen Panthern, Nymphen, Faunen, Satyrn in allen naiven Bocksprüngen der angeheiterten Gesellschaft schlang. Hofrat Doktor Herberger pflegte ihr seine laufende Tageskorrespondenz, die Visitenkarten angenommener oder abgewiesener Besucher anzuvertrauen, und seine Hauswirtin war beauftragt gewesen, alles in dieser Hinsicht während seiner Abwesenheit Einlaufende mit möglichster Schonung ihrer eigenen Wißbegierde in ihr niederzulegen.

In seiner diesmaligen Abwesenheit war mancherlei eingelaufen. Die Schale quoll über, und eine ziemliche Anzahl der mehr oder weniger zierlichen Dokumente war über den Rand gerutscht und bedeckte den Tisch rundumher.

»Das macht, weil der Herr Doktor soviel Liebe und Verkehr hier bei uns in der Stadt unter den Leuten haben«, meinte die Wirtin und sie hatte wahrlich nicht unrecht.

DRITTES KAPITEL

Als der damalige Doktor der Philosophie Franz Herberger seinen Erbprinzen ›auf Universitäten‹ begleitete, um nach dem Willen des Schicksals am hiesigen Ort für sein späteres Leben Wurzel zu schlagen, hatte sowohl die Universität wie die Stadt den gesellschaftlichen Zuwachs sofort nach vollem Wert zu würdigen gewußt. War Seine Hoheit entzückend, so war der gelehrte Bärenführer wirklich bezaubernd liebenswürdig gewesen. Und dazu mit einem ›anerkennungswerten wissenschaftlichen Fundament‹! Daß sich ihm in seiner Stellung die besten Häuser erschlossen, wollte nichts sagen; daß sich aber auch die Herzen ihm öffneten, war von Bedeutung – für uns. Wenn er damals den Herrn von Nieß vielleicht ein wenig zu sehr agierte, so hat dieses heute nichts mehr auf sich: Hofrat Herberger führt jetzt seinen hinter vorgehaltener Hand geflüsterten Wittenberger Namen ›Horatio‹ nicht ohne ernsten Grund. Franz Herberger hat lange genug in der Welt gelebt, und tief genug in sie hineingesehen, um sich ruhig in dem lieben Neste Wittenberg von allen Shakespeare-Kennern und -Kennerinnen hinterm Rücken Horatio nennen zu lassen. Es knüpfte sich an das Wort doch ein Respekt, der seinen letzten Grund nicht bloß in seinen noch möglichen Verbindungen bei Hofe, seinem Rang und Titel und noch weniger seinem ›doch etwas dilettantischen‹ Gelehrtentum hatte, sondern in einem wirklichen Wert des Mannes selbst haftete. Darüber aber hier weiter zu reden ist unnütz: wenn sich das nicht von selber ausweist, ist der ganze Kerl doch nichts wert – weder literarisch noch gesellschaftlich. –

Nun, der damalige, hier in Betracht kommende Thronerbe hatte längst seinen Frieden mit seinem

Herrn Oheim gemacht – Gift war damals auch genug in die Ohren geträufelt worden, aber die fürchterlichen Konsequenzen wie in Helsingör hatte es in *** nicht gehabt. Polonius war immer noch Hausminister, und es wird sich ausweisen, daß wir ihn als solchen fürs erste noch lange nicht entbehren können. Exzellenz saßen, was der ruhige Bürger ›recht wohlbehalten‹ nennt, hinter den Tapeten und dachten noch lange nicht daran, eine Gesellschaft politischer Würmer bei sich zu Tisch zu laden und für das Menü persönlich aufzukommen. Ophelia war nicht in ein feuchtes Grab hinabgesunken, nachdem ein ›falscher Ast‹ unter ihr gebrochen war, wie die Welt in Wittenberg meinte.

Um ihre wilden Kränze an dem gesenkten Zweige aufzuhängen, sollte sie, wie gleichfalls die Welt in Wittenberg meinte, etwas zu hoch gestiegen sein. Daß die Komtesse aber den Hof verlassen hatte und sehr wohlbehalten in Kloster Lugau saß und an ihrer Anlage zum Fettwerden (wie sich Hof und Stadt sehr geschmackvoll, liebenswürdig, geistreich und wahrheitsgetreu ausdrückten) ganz behaglich weiterbildete, ist eine Tatsache, an der wir die Leser späterhin gern noch genauer teilnehmen lassen dürfen. Vorerst genügt in dieser Hinsicht die Notiz, daß sie in fortwährender Korrespondenz mit Ho-, nein, sagen wir jetzt nicht so, sondern sagen wir: mit dem Doktor der Philosophie Franz Herberger stand. Sie bediente sich bei ihrem Briefwechsel mit dem Säkulum und also auch dem Doktor Herberger ruhig der gewöhnlichen Post und der üblichen Postwertzeichen. Es war durchaus leider nichts Geheimnisvolles, Verstecktes dabei.

›Es freut mich sehr, Dich demnächst wieder in Wittenberg und also auch in meiner Nähe zu wissen, lieber Freund‹, hatte sie neulich noch nach Paris geschrieben; und nichts hindert uns, ihre Freude zu teilen, ja sie im noch höhern Maße zu empfinden: wir haben den Mann ja bereits wieder in Wittenberg, und nicht nur in der Nähe, sondern vollständig auf dem Halse! Damit tritt denn aber auch die Antwort verlangende Frage an uns heran: Was konnte einem solchen Mann in und an Wittenberg eigentlich interessant sein außer dem Gefühl, sich wieder, irgendwo wenigstens, verhältnismäßig zu Hause zu fühlen? Gottlob ist die Beantwortung leichter, als sie scheint: Die ganze weite Welt mit allen ihren Wundern konnte ihm das nicht bieten, was ihm diese mittlere Provinzialstadt und große deutsche Universität vollauf gewährte: Befriedigung seines Kleinkramertums und seines Weltbürgersinns, seiner persönlichen Eitelkeit und seines philosophischen Strebens nach vollkommener Loslösung von den Dingen der Zeitlichkeit, kurz seiner Dummheit und Klugheit, seiner Torheit und Weisheit. Noch kürzer: Er konnte nirgends in der Welt, weder in Kopenhagen noch in Berlin, weder in London noch in Rom und Paris, so sehr als sein eigener persönlicher Narr sich über die andern erheben als wie hier. So sagte er wenigstens; wir aber wissen es besser und sagen, die Nähe von Lugau war's, die ihn nach Wittenberg zog. Und nun, da wir so weit mit ihm sind, können wir denn ihn, mit einem bequemen Hinüberlegen im Lehnstuhl und einem leichten Gähnen, die Hand nach der Goldbronzeschale auf dem Tische ihm zur Seite, das heißt also nach der während seiner Abwesenheit eingelaufenen Korrespondenz ausstrecken lassen. Sein früherer hoher Zögling würde wahrscheinlich geraten haben: »Doktor, wollen Sie wirklich keine Waffen nehmen gegen diese See von Plagen? Ich an Ihrer Stelle würde die ganzen Schikanerien unbesehen in den Ofen stecken.« Aber wenn die hohen Herrschaften so sein dürfen, so dürfen die großen Philosophen um so weniger so sein.

Der Doktor griff nach dem nächstliegenden Blatt und wurde sofort dafür belohnt.

Eine Schusterrechnung! – Wie wohl das tat, als wirklicher Prinzenerzieher außer Dienst und Hofrat Herberger sich noch fest auf den Füßen, forsch in den Stiefeln als rüstiger Fußgänger fühlen zu dürfen!

Eine Nummer des illustrierten Witzblattes von *** unter Kreuzband: Horatio-Herberger zwischen die im Grabe Ophelias sich in den Haaren habenden Herren Hamlet und Laertes eine Gießkanne ausleerend. Unter dem drolligen Bilde die Legende: ›Die Philosophie eines Bewußten‹.

»›Sie schlagen lustig an auf falscher Fährte. Verkehrt gespürt, ihr falschen Dänenhunde!‹ Ein veraltetes Zitat zu einer veralteten dummen Niederträchtigkeit!« sagte Franz, in vollkommener Sicherheit in Wittenberg. »Verstellte Handschrift des Absenders; aber sicherlich ein sehr guter alter Freund.«

Er schob das Blatt nicht in den Ofen und bewies dadurch wieder sehr, daß er seines hohen Scherznamens in Wahrheit nicht unwürdig war.

In den Ofen steckte er dagegen, dann mit verächtlichem, dann mit behaglichem Lächeln, eine ganze Serie von Zuschriften und Zusendungen, in die uns kein Einblick verstattet worden ist. Er mußte es ja wohl wissen, warum er das tat; wir wissen es nicht und können nur aus eigener Erfahrung sagen, daß es verdrießlich ist, den Raum beengt und das freie Atemholen hindert, wenn die Makulatur des Lebens sich zu sehr um einen her anhäuft und man nichts dagegen tut.

Nun wog der behagliche Träumer eine Sendung, die gleichfalls unter Kreuzband gekommen war, in der Hand. Eine Abhandlung mit Widmung des Verfassers, Professors Doktor Nachkauer: Dilucidationes philosophicae de deo, anima humana, mundo et generalibus rerum affectionibus.

In den Ofen? Bei den unsterblichen Göttern nicht! Was, wovon der würdige Verfasser selbst keine Ahnung gehabt hatte, konnte man hier in gegebenen Stunden zwischen den Zeilen finden, wenn man selber so sehr über Gott, die menschliche Seele, die Welt usw. sich zu dilucidieren, das heißt aufzuklären gesucht hatte wie der Doktor Franz Herberger! Welche dilucida intervalla, helle Minuten, lichte Augenblicke vielleicht demnächst im Laufe des Winters, wenn in der Wittenberger Gesellschaft ein Engel durch das Zimmer ging und der Satan die Gelegenheit benutzte, sich belehren zu lassen, und also das Gespräch auf alles dieses brachte!

Der Philosoph am Winterofen blätterte sich schon jetzt in das Buch hinein, es war ihm immer noch interessanter, als den Inhalt der Bronzeschale mit dem Satyrzug weiter zu durchstöbern, und auch uns kann das angenehm sein. Auch wir kommen dadurch über die Aufgabe hinweg, ihm dabei über die Schulter sehen zu müssen – im Interesse unserer Leser und Leserinnen. Dafür sorgte das Schicksal schon, daß den letzteren das Interessanteste für sie in dem entzückenden Gefäß nicht entging.

Nach einer Viertelstunde des Blätterns warf der weltweise Hofhauslehrer außer Dienst die lichten Augenblicke des Professors Nachkauer mit solcher Wucht physisch und psychisch verdunkelten Selbstbeherrschungsvermögens auf den Tisch, daß die Schale umfiel, über die Platte rollte und einen großen Teil ihres Inhalts nun auch über den Fußteppich verstreute.

Ein zierliches Kuvert, das ihm eben angezogenes Schicksal dicht vor den türkischen Pantoffeln niedergelegt hatte, nahm der Hofrat noch selber auf. Dann aber klingelte er und seufzte:

»Suche doch den Wust mal wieder zusammen, Mamert.«

Ein Dokument aber, welches er in der Hand hat, besieht auch der weltgleichgültigste Philosoph, ehe er es beiseite legt zu dem übrigen ihn weiter nichts Angehenden. Horatio tat so mit dem Umschlag in Querkleinfolio, zog eine goldgeränderte Doppelkarte, eine Verlobungsanzeige, hervor und hätte nun den seine Papiere zusammensuchenden treuen Diener vom Erdboden auflesen können. Im jachen Emporspringen hatte er seinen Mamert so über den Haufen gestoßen, daß der Ahnungslose sich auf dem glücklicherweise weichen

Smyrnateppich dreimal überkugelte. Die selige Verkündigung aber lautete bloß –

auf der einen Seite:

›Die Verlobung unserer Tochter Eva mit dem Dr. philosophiae Herrn Eckbert Scriewer beehren wir uns ergebenst anzuzeigen.

Professor der Gottesgelahrtheit,
Ober-Konsistorialrat
Dr. th. Martin Kleynkauer
und Frau Blandine geb. Husäus‹

Auf der anderen Seite:

›Meine Verlobung mit Fräulein Eva Kleynkauer, Tochter des Herrn Professors der Gottesgelahrtheit Ober-Konsistorialrat Dr. th. Martin Kleynkauer und Frau Gemahlin Blandine geb. Husäus, beehre ich mich ergebenst anzuzeigen.

Im September 1869

Dr. phil. Eckbert Scriewer‹

»Auch *die* noch! Mein Maienglöckchen!« stammelte der Doktor der Philosophie Herberger poetisch. »Mein Maienglöcken auch nach Lugau?« stammelte er nicht nur poetisch, sondern auch verblüfft-wütend.

›Um so poetischer, weil verblüfft – um so verblüffter, weil poetisch-wütend; also, da Kürze des Witzes Seele ist – außer sich vor erstauntem Verdruß oder verdrießlichem Erstaunen‹, würde Polonius (an dieser Stelle nicht seine Exzellenz der Herr Minister des Hauses und Vormund der Klosterschwester Laura Warberg im Kloster Lugau) gesagt haben.

»Fliegenpapier und kein Ende!« ächzte der Hofrat. »Ich habe dir doch nicht weh getan, Mamert? Dieser Mensch – unser Herr Doktor Scriewer hat sich nämlich mit unserer Eve – ist mit Fräulein Eve Kleynkauer verlobt worden.«

»Der Herr Doktor haben mir durchaus nicht weh getan, und der junge Herr sind mir schon in der Gasse begegnet mit dem Fräulein am Arm und haben es nur noch nicht gewagt –«

»Mir noch einmal mit einem Katzenbuckel auf die Bude zu rücken? Mein blonder Eckbert! Der blondeste aller Wittenberger Streber! Aber das hat nur die alte Kleynkauer angerichtet. Welch ein Verdienst sich derjenige erwürbe, der dem Weib die Hosen aus- und sie ihrem Mann anzöge!«

»Der Herr Professor sind mir auch hinter der Universitätskirche begegnet und lassen den Herrn Hofrat höflichst bitten, der Frau Gemahlin und ihm doch ja die Ehre ihrer Gegenwart morgen abend bei der gewohnten musikalischen und wissenschaftlichen Abendunterhaltung zu schenken.«

Für einen Mann, der nie Fortunens Griff als Pfeife diente und dem es einerlei war, ob er vom Geschick einen Kuß oder einen Rippenstoß bekam, zeigte Franz Herberger eine sehr unstoische Aufregung. Weshalb – wird sich ja nach und nach zeigen.

»Lebt denn die Tante Euphrosyne noch, Mamert?« fragte er nach einer Weile.

»Ich glaube, ich habe Fräulein auf dem Universitätsplatze nach gewohnter Weise an ihrem Fensterplatze gesehen.«

»Besitze ich noch einen Frack?«

Auf diese Frage antwortete Mamert nur durch verwundert-entrüstetes Aufrücken seines ganzen oberen Menschen.

»Wir waren doch neulich noch in den Tülljerien!«

»Dann klopfe ihn aus, und – hörst du – wenn du ihn finden kannst, lege auch meinen Elefantenorden zurecht. Vor allen Dingen werde ich der Tante Euphrosyne morgen früh einen Besuch machen.«

»Im Frack und mit dem Elefantenorden?«

»Dummkopf!« sagte Franz Herberger.

VIERTES KAPITEL

Oberkonsistorialrat Professor Doktor Kleynkauer und Gemahlin hatten ihren festen Abend, und die Universität durch alle vier Fakultäten sowie die hohen Behörden und sonstigen Würdenträger der Stadt samt ihren Damen waren nie auf einen solchen Abend bei Kleynkauers so gespannt gewesen als diesmal. Hofrat Herberger war am Morgen in den Gassen gesehen worden (er hatte die Tante Euphrosyne besucht) und hatte in dem Hause des großen Theologen zugesagt. In jeder gesellschaftlich dazu berechtigten Familie war heute nur davon die Rede gewesen, soweit es das allgemeine Menschengeschick, welches keine Gesellschaftsgrenze anerkennt, zuließ. Und wie das allgemeine Menschengeschick hatte auch das Wetter keine gesellschaftlichen Rücksichten genommen: es hatte sich nicht gebessert; es war schlechter geworden.

Schnee war der Jahreszeit angemessen gefallen, hatte aber seinen Rangstreit mit dem Regen auch durchfechten müssen und noch den kürzeren gezogen; – das Resultat war natürlich, was die Straßenübergänge betraf, das Chaos gewesen, ehe die Feste oberhalb sich von der unterhalb schied. Die Damen des Vorwinters achtzehnhundertneunundsechzig in ihren damaligen Krinolinen hatten wohl das Recht, hier den Übergang über die Beresina, dort durch das wenn nicht Rote, so doch Schwarze Meer zu einer Ansprache an die männliche Begleitung zu verwerten. Wie das Weib sich aufopfert, das weiß jedermann, der eins hat und dem es auch bei solcher Gelegenheit nicht vorenthält, daß es sich wieder einmal aufopfert.

Die Gesellschaft war versammelt, Oberkonsistorialrat Doktor Kleynkauer die Liebenswürdigkeit selber. Der Tee wurde herumgereicht, die Frau Oberkonsistorialrätin reichte sich, sozusagen, mit ausgebreiteten Händen selber herum. Sie waren alle da, auch der glückliche junge Verlobte Doktor Scriewer.

»Wo ist denn aber Evchen?« fragten die jungen Damen des Kreises, und der Wirkliche Geheime Hofrat und Professor der Staatswissenschaften Doktor von Aucouard, den der jüngere Kollege nicht am Knopfloch, sondern an seiner mittelstaatlichen politischen Überzeugung festgehalten hatte, meinte wohlwollend:

»Sie treffen ganz meine Meinung in Hinsicht auf die Triasidee von fünfundsechzig, und Professor Gervinus in Heidelberg hat mir neulich ganz in demselben Sinne geschrieben; aber Sie sollten sich in der Tat einmal nach ihrem lieben Fräulein Braut umsehen, Herr Doktor. Man scheint das liebe Kind allmählich fast so sehr zu vermissen wie Ihren verehrten Gönner, den Herrn Hofrat Herberger, der uns auch ein wenig länger auf sich warten läßt, als mir allgemach höflich dünkt.«

»Ich werde Mama sogleich fragen, ob Herr Doktor Herberger vielleicht hat absagen lassen, Exzellenz; und meine Braut – ja aber, bester Papa, wirklich, wo bleibt denn Eva?«

Die letztere Frage war natürlich an den Schwiegervater gerichtet, der schmunzelnd aus einiger Entfernung der Unterhaltung seines Schwiegersohnes mit dem Großwürdenträger der Universitas litterarum genau zugesehen hatte, ohne jedoch sonst wen von Bedeutung an seinem gastfreien Herde aus den Augen zu verlieren. Wir lassen aber alle diese freundschaftlichen, höflichen, zärtlichen und besorgten Fragen auf sich beruhen. Das kleine Mädchen wird sich ja wohl noch anfinden, und für jetzt genügt es, daß Mama gesagt hat:

»Sie hat ihr gewöhnliches Kopfweh; ich weiß aber wirklich nicht, wie das Kind grade jetzt mehr als sonst dazu kommt. So kannten wir das doch früher nicht an ihr. Nun, ich hoffe, das arme Lämmchen doch noch zu uns holen zu können. Ein wenig Zwang schadet ja auch wohl nicht, nicht wahr, bester Medizinalrat?«

Der Medizinalrat und Hausarzt der besten Gesellschaft von – nun sagen wir: von Wittenberg hatte einen Blick über den Kreis seiner Gönnerinnen und Klientinnen hingleiten lassen, den Hippokrates von Kos wohl noch nicht nach seiner ganzen Feinheit würdigen konnte, aber Doktor Claudius Galenos im Rom des dritten Jahrhunderts wahrscheinlich sehr; und dann hatte er, Medizinalrat Doktor Roßmeister, gelächelt:

»Mit Maß und – immer den Umständen angemessen, Gnädigste. Die Tante Euphrosyne –«

»Rät einen Sommeraufenthalt in Kloster Lugau an; ich weiß das. Aber mein Mann würde lieber wieder nach Baden-Baden gehen. Was raten Sie, bester Medizinalrat?«

Der beste Medizinalrat lächelte, wie er bei solchen Gelegenheiten zu lächeln pflegte, aber diesmal ins Leere hinein; denn die Frau Oberkonsistorialrätin lächelte auch, aber nicht ins Leere. Mit ausgebreiteten Händen rauschte sie dem Eingang des Salons zu, wo sich bereits eine Gruppe um den letzten Gast des Abends gebildet hatte. Hofrat Doktor Herberger war in der Wittenberger Gesellschaft von 1869 auf unhörbaren Sohlen erschienen wie der Graf von Monte Christo in der Pariser Gesellschaft von 1844. Wie aber dieser Mann zu dem Spitznamen ›Horatio‹ gekommen war, mußte jedem unbegreiflich erscheinen, der von so weit her zugereist kam, daß er wohl Shakespeare, aber nicht tagesläufige deutsche Hof- und Hinterhof-Geschichte und -Geschichtchen kannte. Horatio hatte in seinem ganzen Leben nicht so liebenswürdig gelächelt wie Franz Herberger eben bei Wiederbegrüßung seiner alten, lieben Freundschaft und Bekanntschaft von Stadt und Universität XXX: geben wir ihr an dieser Stelle den nom de guerre Wittenberg lieber nicht. Was der Lauf der Zeiten, und darin insbesondere das neunzehnte Jahrhundert, dazu tun konnte, daß er nicht mehr paßt, ist geschehen.

Ein Geflüster ging herum: »Wie interessant! – Wie bleich er aussieht! – Bleich? Aber ganz und gar nicht, Beste. Im Gegenteil, ich finde, daß er korpulent geworden ist und sehr wohl aussieht! – Welchen Orden trägt er denn da? Den Elefanten? Dann ist es ja doch richtig, daß ihn sein Hof durchaus nicht hat fallenlassen – daß ihn sein Verhältnis zu der Komtesse in Lugau durchaus nicht – stille doch, er spricht ja! Was hat er gesagt?«

»Ich bringe Ihnen leider ein recht unangenehmes Wetter mit, meine Herrschaften«, hatte er gesagt, und jetzt sprach er weiter und bemerkte: »Es windet, regnet und schneit draußen, daß kaum ein Durchkommen ist. Siehe da, Professor Bellmann! Auch wieder aus Hannover zurück? Jaja, dieser gute alte Ort läßt den so leicht nicht wieder los, welchen er einmal gefesselt hat! ... Gnädige Frau, wer würde nicht allen Unbilden der Erdenwitterung trotzen, um einen Abend, wie Sie ihn uns hier zu bieten verstehen, nicht zu versäumen!«

Das letzte Wort war natürlich an die Hausfrau gerichtet.

»Oh, Sie Böser! Haben Sie uns denn Ihre ganze Ironie mit heimgebracht, lieber Doktor? Aber warten Sie nur, warten Sie! Was unter den Palmen an Ihnen versäumt worden zu sein scheint, das kann hier unter den Eichen und Tannenbäumchen noch nachgeholt werden: Sie sollen uns nicht ungestraft ausgehen, bester Herr Hofrat! Doch nun vor allen Dingen: Sie haben alle Ihre Freunde in der großen Welt wohl verlassen?«

»Nun, den Umständen nach. Jedenfalls freue ich mich, alle meine hiesigen Gönnerinnen und Gönner, Freundinnen und Freunde in erwünschtem Wohlsein noch beisammen zu finden. Aber wo ist denn Fräulein Eva? Siehe da, Doktor Scriewer! Wie gern möchte ich Eltern und Kinder hier jetzt vollständig beisammen haben, um allen zugleich meine gehorsamsten Glückwünsche zu Füßen legen zu können.«

»Zu Füßen legen, bester Hofrat? Eckbert, finden Sie

mir das rechte Wort für Ihren Herrn Gönner. Ja, Sie treten in dieser Hinsicht in ein glückliches Haus, Herr Hofrat. Martin, du solltest dich aber jetzt wirklich einmal nach unserer Kleinen umsehen und sie auf ihre Pflichten gegen unsere lieben Gäste aufmerksam machen. Mein teurer Herr Doktor Herberger, seit das Mädchen verlobt ist, habe *ich* alle Autorität über sie verloren: fragen Sie nur Ihren jungen Freund, unsern guten Eckbert!«

Eckbert Scriewer verbeugte sich vor seinem Herrn ›Gönner‹ wie man sich eben vor einem solchen in Erwartung alles menschenmöglich Freundlichen und Nutzbringenden verbeugt. Sonderbarerweise aber sah Doktor Franz Herberger über den Scheitel, die Schultern und das übrige geneigte Körperliche des hoffnungsreichen jungen Mannes hinweg und widmete sich ganz der Gesellschaft, leider freilich nicht in der Art, wie sie es wünschte und erwartete.

Die Gesellschaft verlangt immer ihr Recht. Gewöhnlich bekommt sie es auch. Hier und diesmal aber bekam sie es durchaus nicht. Wenn sie in Handschuhen, Toiletten, Mietwagen und dergleichen für den heutigen Abend über ihre Verhältnisse hinausgegangen war, so mochte sie zusehen, wie sie auf ihre Kosten kam. Horatio half ihr nicht dabei. Horatio äußerte sich über die jetzigen Verhältnisse am dänischen Hofe in keiner Weise. Und wie sich der regierende Herr in *** mit dem Herzen zu den jetzigen deutschen Zuständen nach sechsundsechzig und dem Norddeutschen Bunde stelle, erfuhr man viel besser aus den Zeitungen als von ihm, dem vormaligen Mentor seines jungen, liebenswürdigen Thronfolgers. Daß dieser Mann nicht bloß Gelehrter – Philosoph war, sondern auch Diplomat sein konnte, ging zur Evidenz daraus hervor, daß er allen mehr oder weniger verblümten Fragen und Anspielungen dadurch auf die leichteste Weise auswich, daß er ununterbrochen selber fragte und selber anspielte. Er nahm ein solches Interesse an Wittenberg, jedem Wittenberger und, vor allem, jeder Wittenbergerin, daß es vollkommen unmöglich war, ihm mit solcherlei Nachforschungen, wie er sich schnöde nachher seinem Mamert gegenüber, aber vor sich selber, ausdrückte: auf die Pelle zu rücken. Und am Ende war es ja auch richtig: er kam ja gegenwärtig mehr von den Pyramiden als aus Kopenhagen, brauchte gar nicht zu wissen, wie es augenblicklich in Helsingör aussah und wie sich die Königin Sophia der Niederlande zu dem Verkauf von Luxemburg gestellt habe und Mecklenburg-Strelitz zu Otto von Bismarck sich stelle und Wittenberg zu den Göttinger Sieben von achtzehnhundertsiebenunddreißig und Professor Gervinus zu dem Jahr achtzehnhundertsechsundsechzig. Sie hätten sonst wenig dagegen einzuwenden gehabt, die ortsangehörigen Desdemonen, ihn von seinen Reisen erzählen zu hören; aber an diesem Abend wäre ihnen ein Wort über die Komtesse Laura Warberg in Lugau doch lieber gewesen. Den Gipfel der Rücksichtslosigkeit erkletterte er, als er anstatt von Lugau von seinem Aufenthalt in Tunis zu erzählen anfing, wissenschaftlich wurde und die Universität nicht von Seiner Hoheit, dem einstigen Kommilitonen, sondern von Seiner Hoheit dem Bei grüßte, auf Karthago überging und weniger das Verhältnis von Elissa zu dem frommen Aeneas mit den Damen erörterte, als sich mit dem gräßlichen Langeweiler, dem alten Doktor Bogatzky, darüber verwickelte, ob die bei Sidi bu Said und Duar el Schat noch vorhandenen schönen Reste (nicht von der Königin Dido und dem Sohn der Venus!) noch der alten Stadt oder der römischen Neugründung Junonia zuzurechnen seien. Dazu war man denn doch wahrhaftig nicht heute abend zu Kleynkauers gekommen! Bei Mylitta (hier ja nicht Melitta!), der zweifellosesten weiblichen Gottheit der Vergangenheit, das brauchte sich doch keine in der Gegenwart gefallen zu lassen! Und doch – dies Wittenberger Gemisch von Petz, Theudobach und Seiner dänischen Hoheit Bärenführer Horatio, Franz Herberger, bekam *seinen* Willen und die Gesellschaft von ›Wittenberg‹ nichts aus ihm heraus. Es blieb nichts anderes übrig, als sich mit der frohen Gewißheit zu begnügen, den interessanten Mann wieder unter sich zu haben, wozu sich jede einzelne Dame noch mit der besonderen Gewißheit trösten durfte, daß es ihr demnächst im Tête-à-tête unbedingt gelingen werde, heraufzuholen, was die Gesamtheit tief auf dem Grunde dieser ›melancholischen Seele‹ heute abend lassen mußte. Ach, wenn sie gewußt hätten, welch einen Heiterkeitskitzel dieser Ritter des Elefantenordens neben einem ausgesprochenen Gähnen zu unterdrücken sich bemühte, sie würden ihn sicherlich einen Dickhäuter genannt haben. Sie ahnten es nicht, und so meinten sie nur:

»Unser Herr Hofrat scheint doch noch recht ermüdet von seinen Weltfahrten nach dieser großen Katastrophe in seinem Dasein zu sein.«

»Fräulein Eva! Evchen, da bist – da sind Sie ja endlich!« rief aber ganz kurz darauf der interessanteste Weltmann und Gelehrte von Stadt und Universität Wittenberg sehr lebendig, und Professor D. Dr. Kleynkauer lächelte:

»Ja, Verehrtester, ich habe sie in ihrem Winkel aufgestöbert. Sie behauptete, ihr jetzt gewöhnliches Kopfweh zu haben, und ich behauptete, man wisse seit geraumer Zeit im Hause, daß es keinen besseren Heilkünstler für sie gebe als unsern Herrn und Freund Herberger. Hoffentlich behalte ich wieder recht, teurer Hofrat!«

›Hoffentlich‹, sagte der Doktor bei sich.

»Ja, fühlen Sie dem Geschöpfchen nur den Puls, Sie großer Heilkünstler«, flötete die Frau und Mutter des Hauses. »Eckbert, so kommen Sie doch her! Sehen Sie, lieber Hofrat, da haben Sie nun unser Turteltaubenpärchen, das sich während Ihrer Abwesenheit für Zeit und Ewigkeit zusammengefunden hat.«

Der Hofrat hielt immer noch die Hand des jungen

Mädchens. Jetzt faßte er fester zu und fühlte ihr wirklich nach dem Puls und versuchte ihr auch in die Augen zu sehen, aber das gelang ihm nicht.

»Sie wissen, Kindchen, daß ich Sie liebhabe und Ihnen alles Gute gönne«, sagte er.

»Oh!« sagte Evchen.

»Oh, und Sie kennen ja die Verehrung, mit welcher unser Sohn Scriewer an Ihnen hängt und wie er keinen anderen Wunsch hat, als Ihre Güte gegen ihn mehr und mehr zu verdienen«, fuhr wiederum die Frau Doktorin der Gottesgelahrtheit dazwischen. »Mögen Sie ihm doch Ihr Wohlwollen auch auf seinem fernern Lebenswege erhalten.«

»Das wird ihm immer bleiben, Gnädigste. Guten Abend, lieber Scriewer! Meine besten Komplimente – wie hübsch Sie die Zeit meiner Abwesenheit von hier benutzt haben! Mir so in mein Eigentumsrecht an diese arme, gute Kleine zu greifen! Eve, nur den Kopf in die Höhe – bei der Tante Euphrosyne bin ich schon gewesen; für heute abend läßt sie nur freundlich grüßen. – Armes Kind, was hat man in meiner Abwesenheit mit dir angefangen!«

Das letzte Wort sprach er natürlich wieder nur für sich, und dann nahm er das Turteltaubenpärchen in einen Winkel und saß zwischen *ihm* und *ihr* eine gute Stunde lang, und dann hatte er sich plötzlich der Gesellschaft im ganzen empfohlen gehabt, ohne daß einer im besondern hätte sagen können, wie.

Als die Gesellschaft im einzelnen dann bei sich zu Hause angelangt war und ihren Gefühlen und Stimmungen keinen Zwang mehr anzutun brauchte, sagte sie es geradezu heraus, daß Horatio für heute abend den Erwartungen von Wittenberg ganz und gar nicht entsprochen habe. Die meisten erklärten ihn für einen wissenschaftlichen Bären mit höfischen Sitten und freilich dazu mit den besten Verbindungen in der allerbesten Gesellschaft. Ihre Achtung bewahrten sie ihm also doch in Hinsicht auf den letztern Vorzug.

FÜNFTES KAPITEL

Daß die Kleine aufgeblickt habe, als Doktor Herberger mitteilte, bei der Tante Euphrosyne sei er schon gewesen, ist gesagt worden. Wie sie aufgeblickt habe, konnte nicht recht deutlich gemacht werden. Hatte der Doktor der Philosophie und Hofrat seinen Spitznamen bei Stadt und Universität, so führte die Tante Euphrosyne den ihrigen ebendaselbst, und zwar seit unbestimmten Jahren. Wer ihn aufgebracht hatte, der mochte längst vermodert sein oder noch herumlaufen, das war einerlei; aber den Namen hatte sie fest, und er ging um in der besten Gesellschaft, ohne Taufschein und Gevattern, wie ein Volkslied in der mittelmäßigen und schlechten, und später konnte er ganz gut noch zu einem apologischen Sprichwort werden und in gelehrten Sammlungen es heißen: ›Ich kenne sie alle, sagt die Tante Euphrosyne.‹

Die Tante Kennsiealle wohnte natürlich so, daß sie den Haupteingang der Aula über den Universitätsplatz weg im Auge behielt, in einem Hause, über dessen Tür eine Metalltafel der ehrfürchtigen Nachwelt anzeigte, daß hier in den und den Jahren des achtzehnten Jahrhunderts der und der große deutsche Denker und Dichter auch gewohnt hatte. Die Treppe, die zu ihr emporführte, war seit jener Zeit ganz gewiß nicht ausgebessert worden. Was aber war auch seit länger als einem Säkulum diese ausgetretenen Stiegenstufen auf und ab gelaufen, gesprungen, gewandelt und gekrochen! Sie wohnte im ersten Stock, der große deutsche Dichter- und Denkerkopf hatte seinerzeit vom Erkerfenster aus seine Tabakswolken und seine guten und schlechten Witze der Universität zugeblasen: heute stand sein Kopf in der Walhalla, sah aber lange nicht so fidel aus wie damals, als er noch kein fester

Stern am germanischen Götterhimmel war. ›Dem sieht man es auch an, daß er im Leben viel Verdruß gehabt hat‹, sagt die jetzige ehrfürchtige Nachwelt, die sich zufällig in die Umgegend von Regensburg verirrt hat.

Der unsterbliche Mann ist in einem Alter gestorben, welches die Tante Euphrosyne gegenwärtig überschreitet, ohne im geringsten ans Sterben zu denken. Stellt man deren Kopf einmal in die Walhalla, so wird eine spätere Nachwelt, die sich dann zufällig in die Umgegend von Regensburg verirrt, sicherlich sagen: ›Aber sieht die nett aus! Wie man der es ansieht, daß sie die Welt klug und vergnügt genommen hat!‹

Sie war keiner verunglückten Studentenliebe zulieb eine alter Jungfer geworden. Niemand war mit ihrem Bilde im Herzen, mit ihrem Namen auf den Lippen auf der Mensur geblieben. Ein famoser Besen war sie ihrer Zeit gewesen; aber die Narben, die heutige Finanz-, Konsistorial-, Landgerichtsräte aus ›ihrer Zeit‹ in das vernünftigere Alter mit hinübergenommen hatten, hatten nicht ihren letzten Grund in der Tante Euphrosyne Zauberlächeln ihrer Zeit. Sie ging nicht im Frühling, Sommer, Herbst oder Winter an einem bestimmten Tage nach dem Kirchhofe, um einen Kranz auf einen versinkenden grünen oder beschneiten Hügel niederzulegen und silberhaarig vergangener blonder, selig-unseliger Tage zu gedenken; sie hatte da ihren Vater und ihre Mutter liegen, auch ihre Großmutter, eine geborene Meyer aus Tübingen, und einen kleinen Bruder, der aber als Pennal sie noch auf den Arm genommen hatte. Die besuchte sie wohl von Zeit zu Zeit, aber durchaus nicht an bestimmten Tagen, sondern sehr unregelmäßig, wie sie ihr Weg hinführte oder sich das sonst in ihren Gefühlen und Stimmungen machte. Sonst hatte sie an jenem Orte nichts zu suchen, was schlechte Romane verschönt und das wirkliche Leben ernst, traurig, geduldig und ruhig macht.

Sie war eine alte Jungfer geworden, wie sich das so

macht. Es hatte niemand herausgefunden, was für Lebensglück in jungen und alten Tagen für ihn in diesem sonnenhellen Herzen, diesem schnurrigen Zug um den Mund, dieser klugen, gleichmütigen Stirn, um diese gar nicht häßliche, drollige Nase lag, wenn er nur aufgepaßt hätte, wenn er nur gewollt hätte. Sie hatten es alle anderswo besser zu finden geglaubt, und sie hatte wenigstens die Beruhigung, nicht an den Unrechten gekommen zu sein. Sie hatte aber dazu noch einige andere Beruhigungen. Da ihr niemand ihr Herz und ihren guten Humor genommen hatte, hatte sie beides behalten, von ihren ›guten, dummen jungen Tagen‹ an, bis in ihr ›trübseliges Alter‹. Oh, man mußte nur achtgeben auf das Zwinkern und Zucken um Nase und Mund, wenn sie von dem letzteren sprach und dabei mit der Stricknadel die Augenbrauen glättete, um sofort herauszuhaben, was das Wort bedeutete.

Ganz Wittenberg wußte es, was das apologische Sprichwort: ›Ich kenne sie alle, sagt die Tante Euphrosyne!‹ bedeutete, und der Doktor Franz Herberger wußte es auch; wußte es vielleicht mit am genauesten. Er hatte nicht nur seinen Prinzen damals in Staatswissenschaften auf der berühmten Universität ›hineinriechen‹ lassen, er selbst hatte dort nicht bloß Philosophie ›weiterstudiert‹, er hatte auch die Tante Euphrosyne studiert und war dem Geschick dankbar, welches ihm diese Bekanntschaft vermittelt hatte. Hatte auch Grund zu dieser Dankbarkeit, sagte damals nicht die berühmte Universitätsstadt, sondern er selber.

Es ist keine Kleinigkeit, einen Prinzen und noch dazu einen voraussichtlichen Thronfolger auf die gelehrte Weide zu führen und später für die Resultate verantwortlich gemacht zu werden, ja in hypochondrischen Stimmungen sich selber dafür verantwortlich zu halten. ›Woran hängen oft die Geschicke der Völker?‹ seufzt der Geschichtsphilosoph, und der deutsche Geschichtsphilosoph fügt noch hinzu: ›Besonders die von Preußen, Mecklenburg-Strelitz und Anhalt-Bernburg?!« Es war keine unverantwortliche Sache, gegen die Mitte der sechziger Jahre dieses Jahrhunderts hin einen deutschen Prinzen auf eine außerhalb der Grenzen seines angestammten Reiches liegende Universität als Mentor zu begleiten und späterhin von seinem Volke, seiner speziellen Völkerschaft und sich selber daraufhin angesehen zu werden. Franz Herberger, unter der Last seiner Verantwortlichkeiten zusammensinkend, suchte nach einem Orte, von dem aus er das Ding noch mehr von oben betrachten konnte, und er fand denselben, nicht in der Universität, sondern derselben gegenüber, auf dem Kollegienplatz Numero zweiundzwanzig, grade der Aula gegenüber. Dort wohnte die Tante Kennsiealle, und die Tante Kennsiealle sagte:

»Ich kenne sie alle!«

Gab es wohl ein anlockenderes Wort für einen, der in seinem Leben einige kennengelernt zu haben glaubte und sich in gehobenen Augenblicken etwas hierauf einbildete? –

Wenn was von Rechts und Wissenschafts wegen in die Matrikel der berühmten Universität eingetragen war, so war das die Tante Euphrosyne Kleynkauer. Sie hatte sie alle kennengelernt: Studenten, Privatdozenten und Professoren, unordentliche, ordentliche und außerordentliche. Nicht in, aber noch viel besser gegenüber allen vier Fakultäten hatte sie es zum Doktor gebracht: sie hatte sie alle kennengelernt, wie sie sich von einem Jahrgang zum andern weiterschoben und natürlich auch weitergeschoben wurden. Wahrlich nicht ohne Grund war sie sowohl hinter den Biertischen wie hinter den Teetischen auf ihre Redensart geeicht worden; auch den Doktor und Prinzenführer Franz Herberger kannte sie schon längst, bevor er ihr seine Aufwartung machte. Ein gut Dutzend seinesgleichen hatte sie bereits kennengelernt, von ihrem Backfischalter an bis in ihr Altjungferntum hinein, und die zu ihnen gehörigen Prinzen auch.

Zwei Jahre Zuchthaus hätte sie oft verdient wegen Majestätsbeleidigung; aber –

»Das deutsche Vaterland weiß es nicht und kann es mir also auch nie vergelten, wie ich mich der armen Würmer und also auch seiner angenommen habe!« behauptete sie fest. Zu ihrer Leibredewendung mochte das ja auch wohl stimmen. – Wir können nicht sagen, daß der Hofrat Herberger in Helsingör und nachher im Pensionszustande und auf seinen Reisen viel oder nur häufig an die Tante Euphrosyne gedacht hatte: nach seiner jetzigen Rückkehr nach Wittenberg freute es ihn aber sehr, sie immer noch am alten Orte zu finden – und ganz unverändert.

»Ich bin es, Fräulein«, hatte der Mann aus der großen Welt gesagt – »Sieh, sieh!« die Tante aus der ihrigen, und damit war das alte Verhältnis zwischen beiden wiederhergestellt gewesen. Was den Prinzen und Ophelia anbetraf, so war das so gut, als ob sie nie voneinander weit weg gewesen wären. Was darüber augenblicklich zu sagen war, war sehr bald abgetan. »Laura in Lugau geht es nach ihren Wünschen?« hatte die Tante gefragt und Franz geantwortet: »Wir sind zufrieden und werden im Frieden gelassen« – »Was wollt ihr fürs erste mehr, liebe Kinder?« hatte die Tante Euphrosyne diesen Teil ihrer ersten Unterhaltung geschlossen. —— Das wußte man ja längst nicht nur vom Hörensagen, sondern sogar aus den Zeitungen, daß diesmal in Helsingör keine allgemeine Metzelei und Verstürzung blauesten Blutes stattgefunden habe und daß, wenn die Truppen gefeuert hatten, dies wohl einen vergnüglicheren Grund gehabt habe als das Leichenbegängnis Seiner Königlichen Hoheit. Daß Seine Hoheit höchstihren lutherischen Glauben mit dem griechisch-katholischen vertauscht habe, um von einer russischen Großfürstin geheiratet werden zu können, war rasch in das Reich der Unmöglichkeiten verwiesen worden: was wirklich Wissenswertes während ihrer Trennung voneinander jedem von beiden begegnet war, wollten Franz Herberger und die Tante voneinander wissen, und davon war denn auch die Rede zwischen ihnen. –

Dem Hofrat war, seit Komtesse Laura Warberg nach Lugau ins Kloster gegangen war, auf seiner letzten Reise nicht das mindeste Merkwürdige passiert, weder im Okzident noch im Orient.

»Aber nun sagen Sie mal vor allen Dingen, was haben Sie denn hier mit unserm Kinde anfangen lassen?« rief er.

»Ja, sagen Sie mal!« rief die Tante Euphrosyne plötzlich wie außer sich. »Aber sind Sie nicht selber mit schuld daran?« fügte sie hinzu, dem Freunde die Faust unter die Nase haltend, wenn auch nur moralisch oder symbolisch, oder wie man das sonst zu nennen pflegt.

»Ich? ...«

»Jawohl, Sie! Wozu hat man sich denn seine Menschenkenntnis erworben, als um sich nachher ins Unvermeidliche zu fügen? Ich kenne sie alle, meine liebe Verwandtschaft, Ihren lieben Herrn Scriewer und vor allen anderen Sie, Horatio.«

»Nun soll ich wohl gar schuld hieran sein?«

»Wer denn sonst? Wer anders als Sie hat dem Volke hier am Ort den Mund wässerig gemacht nach einem Lebensglück gleich dem Ihrigen? Aus der Tiefe auf die Höhen der Menschheit, Franz Herberger! Halb ehrlicher, wirklicher Bär, halb Tanzbär! Und ein bewunderter – also auch nachgeahmter Tanzbär, Herr Doktor Herberger! O und, Horatio, Philosophie habe ich auch studiert. Ich habe nicht umsonst dem Herrn Professor Hegel in meiner seligen Eltern Haus den Tee eingeschenkt und bin nicht ohne Nutzen für mich von dem Wirklichen Herrn Geheimen Rat von Schelling ein gutes, kluges Kind genannt worden: ich kenne euch alle! Es braucht nur ein großer Mann zu kommen, und ihr wollt ihm alle nach. Jeder auf seine Weise, und die Weise ist oft kläglich genug. Glauben Sie nicht, Horatio, daß Sie Ihrer Gelahrtheit, Ihrer philosophischen

Begabtheit wegen unter uns gelten! Ihr Weg nach oben aus dem gemeinen, gewöhnlichen Honoratiorentum oder Kleinbürgertum heraus nach oben zu den Höhen der Menschheit ist's, was Ihnen Ihren Glanz hier am Orte gibt. Aber da Sie ja als Philosoph auch schon in den Büchern stehen, müssen Sie dieses wenigstens doch schon selber wissen.«

»A priori und a posteriori!« seufzte der in den Büchern stehende Weltweise.

»Sehen Sie wohl! Und da fragen Sie mich noch, weshalb die hiesige Welt an Ihrem liebenswürdigen jungen Günstling einen Narren gefressen hat und unser armes Kindchen dem Moloch des Strebertums in die Arme legt? Weil es Ihr Scriewer ist, mein lieber Herr Wirklicher nicht Hof-, sondern Edukationsrat Doktor Herberger. Weil der alberne Bengel, nein, durchaus nicht alberne, sondern ganz einfach dieser Bengel unter Ihrem Schutz und Schirm Schritt für Schritt in Ihre Fußtapfen treten wird, lieber Freund, und, wenn ihm Ihr Wohlwollen bleibt, er selbstverständlich Ihr Glück nach oben hin haben wird und seinerzeit Dammerde werden wird als Wirklicher Geheimer Rat von Scriewer Exzellenz. Täuschen Sie sich nicht in mir, Herberger; ich bin in dieser Hinsicht völlig der Überzeugung der Welt, und es ist auch meine feste Meinung, daß er das Zeug dazu hat, und zwar in jeder Beziehung, dieser blonde Eckbert. Gott vergebe es der Wittenberger Geistreichigkeit, die meinen guten seligen Freund Tieck zu diesem Sobriquet mißbraucht wie den Shakespeare zu dem Ihrigen.«

»Ich ergebe mich Ihnen wie immer vollständig, Tante«, sagte der Philosoph im vollsten Bewußtsein davon, daß er sehr, sehr, sehr häufig Fortunens Griff zur Pfeife gedient habe, und zwar durchaus nicht widerwillig. »Ich nehme meine Schuld ganz und gar auf mich«, sagte er. »Ich habe zuerst meinen Narren an dem talentvollen Knaben gefressen; ich habe ihn mit dem guten Jungen, meiner Hoheit, in Verbindung gebracht; ich habe ihn zu meinem Amanuensis gemacht, ihn in der Familie Kleynkauer und also auch bei Ihnen eingeführt. O Mamert, Mamert, Mamert!«

»Nun, um des Himmels willen, was soll denn der jetzt hierbei?«

»Der konnte den jungen Menschen zuallererst nicht ausstehen, ließ es sich mir und ihm von Anfang der Bekanntschaft an deutlicher oder undeutlicher merken, so daß ich mich mehrfach bewogen fühlte, meine Autorität gegen sein Besserwissen zu setzen und mir seine Grobheiten, um nicht zu sagen Flegeleien, gegen mein Wunderkind, meinen jungen Freund, zu verbitten. Hatte er doch die Frechheit, mir, als ich ihn in solchem Falle mit Entlassung bedrohte, zu erwidern: ›Soviel treue Bediente, als der Herr Doktor zu glauben scheinen, gibt es doch nicht in der Welt. Behalten der Herr Doktor wenigstens meine Adresse, bis Sie meiner Herren Nachfolger satt geworden sind.‹«

»Und er hat den Nachdruck auf das Wort Herren gelegt! Ich habe Ihren Freund Mamert immer gern gehabt, lieber Freund.«

»Er war jedenfalls ein treuer Diener seines Herrn. Und nicht wahr, Tante, Herr und Diener passen ganz gut zueinander? Das wollten Sie doch sagen?«

»Im eben vorliegenden Falle nicht ganz!« sagte die Tante Euphrosyne kopfschüttelnd, und Franz Herberger bestand weiter nicht darauf, die Meinung der alten Dame, die ›sie alle‹ kannte, ganz genau zu erfahren über sich und – seine frühere Zuneigung zu dem jungen Doktor Scriewer.

»Nun erzählen Sie mir wenigstens etwas genauer, wie der trockene Patron es möglich gemacht hat, Ihnen – Ihnen das Kind zu nehmen!« sagte er nach einer ziemlichen Weile, während welcher die Tante Euphrosyne mit dem Blick auf das Universitätsgebäude ihre Stricknadeln rührte, als ob nichts in der Welt weiter Interesse für sie habe, als wer von ihren jetzigen jungen Freunden heute das Kolleg schwänze und wer nicht.

Sie kannte sie ja alle, und also grüßten auch nicht wenige zu ihrem Fenster hinauf.

Sie nickte jedesmal dem Gruße wieder, jetzt holdselig, jetzt etwas besorglich und einmal mit dem Wort: »Dem Müller seine Mutter möchte ich auch nicht sein! An einen Cherub hat natürlich auch sie geglaubt, als sie ihn seinerzeit auf dem Arm trug und das hübsche Näschen putzte, und nun sehe einer, wie sie den alten, guten Jungen ihr als Hackklotz gebrauchen. Jeses, wie haben sie den armen dicken Tropf wieder zugerichtet! Wenn sie nur noch eine gute Photographie von ihm hat aus seiner Engelzeit – wiedererkennen wird sie ihn danach nicht, wenn er wieder nach Haus kommt. Ich muß da wirklich mal ein ernstes Wort sprechen.«

Doktor Herberger wußte, daß die Tante verschiedene Gesichter schneiden konnte; jetzt plötzlich zog sie gar keins mehr, sondern wurde nur zu Stein.

»Fragen Sie sich selbst und meinetwegen ihn selber«, sagte sie. »Da kommt er grade über den Platz, Herr Wirklicher Geheimer Hofrat. Das ist ja wohl der junge Mensch, unsere jetzige Schleife an unserer Krone, der Erbprinz von Offenbach, dem er die Kollegienmappe trägt, Wittenbergs traumverlorner blonder Eckbert, Ihr – Ihr Doktor Scriewer.«

»Sie wissen, daß Sie nicht nur töricht, sondern auch ungerecht reden, liebe Freundin«, sagte Horatio, und jetzt faßte die alte Dame mit allen ihren Gesichtern auf einmal seine beiden Hände:

»Ja, ja, ja, liebster, bester Freund, ich weiß es, ich weiß es; aber ich kann nichts dafür! Ich habe ja keinen Menschen, dem ich in diesem Falle mein Herz ausschütten könnte, als Sie! Und an wem sonst sollte ich denn meine Wut auslassen als an Ihnen?«

»Vielleicht an den Eltern der Kleinen?« stotterte Horatio.

»Sind denn die nicht zu dumm dazu? Oh, ich kenne sie ja alle! Oh, wenn ich sie nur nicht alle zu genau kennte!«

»Vielleicht an dem Kinde selbst?«

»Ist denn da nicht meinerseits geschehen, was menschenmöglich war? Aber ist sie nicht die Dümmste von allen? Und hat das arme Wurm nicht das Recht, die Dümmste zu sein, weil sie die Schwächste, die Unschuldigste ist? ... Was habe ich auf das alberne Frauenzimmer hineingeredet! ›Kind‹, habe ich gesagt, ›so nimm doch Vernunft an! Was tust du mit einem Mann, dem Sägemehl statt des Bluts in den Adern rinnt? Bohre ihn nur an, wo du willst, und du wirst das schon erfahren; brauchst gar nicht bis nach der Hochzeit zu warten.‹ – ›O, Tantchen‹, schluchzt die Närrin, ›wie kannst du nur so sprechen? Er ist so gelehrt, sagt alle Welt, und der Herr Doktor Herberger, dein Freund, auch‹« (»Ich danke!« brummte Horatio), »›und hat mich recht lieb, sagt er selbst, und wird mich immer lieber haben, denke ich, und hat so gute Verbindungen, sagen Papa und Mama, und wird seinen Weg ganz gewiß noch einmal gehen, und es ist ja nun einmal geschehen; wie es zuging, weiß ich eigentlich selber nicht recht; aber ich war doch recht glücklich, da ich Mama und Papa und ihn so glücklich durch meine Einwilligung machte; und ich will ihm auch eine gute Frau werden, und‹ – ›Du dumme Gans, mit deinem Glücklichmachen!‹ sagte ich. ›An mich dachtest du wohl gar nicht? Oder glaubtest du auch mich durch deine sogenannte Einwilligung glücklich zu machen? Einer Frage wäre das wohl wert gewesen.‹ – ›O Tantchen‹, ruft da das Kind händeringend, ›hab ich ihn denn nicht grade bei dir kennengelernt, das heißt, er mich, und in Gesellschaft deines lieben Herrn Herbergers! Und wie gut und freundlich hast du dich immer mit ihm unterhalten, Tante Euphrosyne!‹ – ›Weil ich auch ihn ganz genau kennenlernen wollte, unglückliches Geschöpf! Des Spaßes wegen und wegen der gewöhnlichen Menschenüberhebung im Verkehr mit Leuten, von denen man sonst weiter nichts will. Wie teuer bezahle ich jetzt meinen Spaß, und wie reuevoll büße ich auch diesmal wieder für meine Überhebung!‹ Ach, Herberger, nehmen Sie nur auch Ihr Teil von meiner Schuld auf sich! Oh, hätten Sie uns doch Ihren, wie Sie sich ausdrückten, so brauchbaren, strebenden, jungen Studiengenossen vom Leibe gelassen! Konnte ich allein alles dafür – dafür, daß ich hier eine neue, verbesserte Auflage von Ihnen kennenzulernen glaubte?«

»Sie haben recht; wir werden am gerechtesten und am bittersten für unsere Überhebungen gestraft«, seufzte Horatio.

»O nein, doch nicht ganz, lieber Freund. Es kommt auch vor, daß wir am ungerechtesten dafür gestraft und sehr süß dafür belohnt werden.«

»Sie haben wieder recht, Tante Euphrosyne«, murmelte Franz Herberger, plötzlich mit seinen Gedanken durchaus nicht in Wittenberg, sondern weit weg, nämlich in Kloster Lugau.

Nachher erfuhr er natürlich aber doch das Weitere und Nähere, wie sich, was Eckbert und Eva anbetraf, während seiner Abwesenheit es gemacht habe; aber da es auf dem ganz gewöhnlichen Wege zugegangen war, so wissen auch wir nichts Neues zur Sache beizubringen. Die Welt hatte der alten phantastischen Dame am Universitätsplatz das Kind unter den Händen weggezogen, und die Kleine hatte es sich gefallen lassen müssen; denn die Welt mußte so etwas doch am besten verstehen. Zumal wenn sie auch noch durch Papa und Mama vertreten wurde und Widerreden aus eigener Kraft also noch weniger als sonst galt.

Am Abend fand sich der Herr Hofrat mit seinem Elefantenorden in der Gesellschaft des Herrn Professors Kleynkauer ein, täuschte ein wenig die Erwartungen derselben, aber blieb der liebenswürdige, ruhige, ja behagliche Mann, der er immer war. Nachher ging er, nachdem er sich seiner kleinen Freundin gegenüber durch einige beruhigende Worte abgefunden hatte, nach Hause und ließ den lieben Gott für seine Welt weitersorgen, auch in diesem doch verhältnismäßig unbedeutenden Falle. Im Grunde ist das auch stets das beste, sowohl in den unbedeutenden wie in den bedeutenden Angelegenheiten der Menschen auf dieser Erde.

Übrigens hatte er auch noch nach Lugau zu schreiben.

SECHSTES KAPITEL

Die da schlafen konnten und durften, schliefen alle in Wittenberg; also auch der Hofrat Herberger und die Tante Euphrosyne. Aber nicht alle durften und konnten schlafen.

In verschiedenen Kneipen war es noch hell. Von den Krankenzimmern wollen wir nicht reden; aber der und der Professor hatte noch Licht, und der und der seiner Zuhörer ebenfalls: die einen, weil sie es suchten, die anderen, weil sie es brauchten, die einen, weil sie hinter, die anderen, weil sie vor dem Examen standen.

Auch in dem Hause des Professors Oberkonsistorialrat Kleynkauer war noch Licht. Der Herr Professor selber schlief zwar und leuchtete also nicht. Auch die Gattin an seiner Seite wußte augenblicklich nichts von sich und ihrer Stellung zur Welt und der Welt zu ihr. Das Auge, das alles sieht, sah sie augenblicklich im Dunkel der Nacht auch nur als ein gut, strebend Mütterlein mit den besten Intentionen für Gatten und Kind – der Weltrichter hielt sich sicherlich am Jüngsten Gericht an diesen sorgenvollen Altweiberkopf auf dem nächtlichen Kopfkissen und nicht den mit den Tages-Zähnen (die standen in einem Wasserglase auf dem Nachttische) und den Tages-Locken (die hingen auf einem Haubenstock unter dem Spiegel). Was hätte der Weltrichter zu sühnen, wenn er die Sünden und Verbrechen der Mütter für das Fortkommen der Ihrigen in seiner Welt bestrafen wollte!

Sie schliefen alle im Hause des Oberkonsistorialrats,

bis auf diejenige, welche grade im tiefsten, traumlosesten, gesundesten Kinderschlaf hätte liegen sollen: Fräulein Evchen Kleynkauer. Und welche Vorsichtsmaßregeln hatte sie angewendet in ihrem Stübchen, um die schlimme Welt da draußen nicht wissen zu lassen, daß sie es war, die so spät in der Nacht und so früh am Morgen allein noch Licht im Hause hatte!

Des Schlüssellochs hatte sie sich natürlich zuerst versichert; denn eine Mama – auch die der Braut von Korinth – verwundert sich, nachts durch den Korridor schleichend, zuerst nicht bloß, sondern sieht rücksichtslos sofort nach, was denn das bedeuten soll, und verbittet sich dringend fürs künftige alle solche Dummheiten. Fiel durch das Schlüsselloch kein verräterischer Strahl auf den Gang, so leuchteten die von den Salonleuchtern zusammengestohlenen Lichtstümpfchen nach der Gasse hin noch weniger. Dafür hatte die Kleine schlau gesorgt, indem sie einen großen Schulatlas aufgeschlagen um ihr zierliches Bronzeleuchterchen aufgebaut hatte. Die alte Welt nach Mercator zu ihrer Linken, die neue zu ihrer Rechten, saß Eva, den Kopf in beiden Händen, nicht etwa vor ihrem Tagebuch, sondern vor dem, wenn auch ungedruckten, so doch für den Druck zu Papier gebrachten letzten ›Vortrag‹ ihres Verlobten in der ›Kalokagathia‹ und dem denselben begleitenden Widmungsbrief. Den Vortrag kennt jeder, der ihn seinerzeit angehört hat, das heißt, er ist jedem in der Erinnerung vom eigenen Anhören her dunkel gegenwärtig und kümmert keinen. Der Begleitbrief kümmert uns sehr.

›Mein teures Mädchen! Indem ich Dich bitte, das beifolgende unbedeutende Produkt meiner geistigen Tätigkeit als bescheidenes Zeichen meiner herzlichen Zuneigung entgegenzunehmen, benutze ich die Gelegenheit, Dir schriftlich inniger (ich hätte sonst die kleine Arbeit Dir persönlich überreicht) die schmerzliche Tatsache zu formulieren, daß ich mit Deiner – unserer lieben Mama der trüben Gewißheit bin, daß nicht alles so zwischen uns ist, wie es sein sollte. Erschrick nicht zu sehr über das anscheinend harte Wort: mein Herzblut würde ich hingegeben haben, wenn ich es Dir, wenn ich es uns hätte ersparen können. Ich bin hier nur der Meinung unserer lieben Mutter, Deiner so herzensguten, verständigen Mama, daß es unbedingt notwendig war, um für unser beiderseitiges Lebensglück, und nicht bloß für diese Zeit, einen festen, sichern, einen unerschütterlichen Grund zu legen.

Mein armes, gutes Kind, wir leben leider nicht in einer Märchenwelt; nicht in der Märchenwelt, in welcher Du teilweise aufgewachsen bist; ich brauche wohl nicht zu sagen, unter welchen, auch Deiner teuren, verständigen Mutter durchaus nicht genehmen Einflüssen. Das wirkliche Leben ist ernst, meine geliebte Braut! Wer seinen Pflichten gegen den Schöpfer, die Welt und sich selbst in der rechten Weise nachkommen will, der legt sich von jeder Stunde seines Daseins mit tiefem Ernst Rechenschaft ab. Tust Du das, mein Kind? – Ich nenne Dich Kind an dieser Stelle in der vollen Bedeutung des Wortes, und indem ich mich in Deine liebliche Kinderseele ganz versetze, beantworte ich besorgt und bangend die Frage mit Nein! – Mein holdes Mädchen, Du durchträumst die Stunden, die Du durchwachen solltest. Du legst nicht an jedem Abend Dir unter dem Auge der Vorsehung die Frage vor: ‚Habe ich den Tag dem Zweck entsprechend durchlebt?' Und tätest Du es, so würdest Du sie leider nur selten mit einem herzlichen Ja beantworten können. –

O meine Verlobte, wie ich mich eben in Deine Kinderseele versetze, so versuche es doch wenigstens, Dich in die meinige zu übertragen. Für Zeit und Ewigkeit haben wir uns ja miteinander verbunden, das Leben zu überwinden, und nun – gestatte mir, Deine würdige Mutter gibt mir die volle Erlaubnis, Dir nur nach einigen Seiten hin klarzulegen, wie anders die Welt ist, die wir sehen, als die, welche Deine holdselig-unschuldige Kinderphantasie Dir etwas zu weit über die natürlich ebenso liebenswürdige Kindheit hinaus in schönen, aber unwahren Farben und Bildern vorgaukelt.

Mein Herz, auf die Gefahr hin, von Dir als ein Pedant angesehen zu werden, erlaube ich mir, immer mit Billigung Deiner Mutter, das böse Wort ‚formulieren' noch einmal zu gebrauchen; und so formuliere ich:

Meine teure Eva, Du hast noch nicht über den Ernst des Lebens nachgedacht, hast noch nicht über Deine Stellung nicht nur im Weltganzen, sondern auch in der Gesellschaft nachgedacht, wie es sich für den vom Schöpfer dazu berufenen Menschen – sei es Mann oder Weib – gebührt. Durch unsern lieblichen, vertrauten Verkehr von Herz zu Herz habe ich leider mehr und mehr zu der Überzeugung gelangen müssen, daß es nicht der Fall ist.

Der Tag geht Dir hin mit Phantasien um und über Nichtigkeiten, ohne daß Dir nur einen Augenblick die Idee kommt, daß es anders sein könnte, sollte, müßte, daß Du Pflichten haben könntest, die sich nicht mit dem Spiel mit Puppen vertrügen. Ich nenne das nämlich ‚mit Puppen spielen', wenn ich den Tag, die Welt, das Leben und vor allem die Gesellschaft mit Deinen Augen ansehe. Es sind Kinderaugen, meine teure Braut, und Gottes Welt erfordert einen ernsteren, klareren, kühleren Blick. Wölbt sich nicht der Himmel mit seinen ewigen Fragen über Dir? Liegt nicht das durch den letzten Krieg so furchtbar zerrüttete deutsche Vaterland mit den Seinigen um Dich her und fordert uns auf, Stellung zu ihm zu nehmen?

Ich sage eben mit Bewußtsein ‚uns'; denn auch unsere – meine und Deine – gesellschaftliche Stellung zu den politischen Entwickelungen des großen deutschen Vaterlandes kommt hier sehr in Betracht. Recht viele sehr persönliche Überlegungen würden an dieser Stelle seit den Ereignissen des Jahres achtzehnhundertsechsundsechzig in Überlegung zu nehmen sein. Frage Deinen lieben Vater, frage Deine teure Mutter, wie schwer hier die Entscheidung auf ihnen lastet, wie sie von ihren Gefühlen, ihren Verpflichtungen und Verantwortlichkeiten bald nach der einen, bald nach der andern Seite hinübergezogen werden. Auch wir beide, mein holdes Bräutchen, dürfen bei Gründung unseres jungen häuslichen Glücks solche Fragen nicht aus den Augen verlieren, noch weniger ihnen mit verbundenen Augen entgegengehen. Es ist dem Menschen vom Höchsten der Trieb in die Seele gelegt, in die Höhe zu streben, und – ich strebe aufwärts, nicht nur in Kunst und Wissenschaft, sondern auch in der Gesellschaft. Es ist eine Torheit, letzteres nicht für gleichberechtigt zu erklären, und ich werde hier gern trivial, indem ich das alte Sprichwort vom Fuchs und den Trauben in Anwendung bringe.

Sei überzeugt, daß ich nicht allein für mich nach dem Kranz weltlicher Ehren und Tüchtigkeit und dem damit verbundenen gesellschaftlichen und häuslichen Behagen emporschaue und greife. Dich, Liebliche, schließe ich in alle meine Anstrebungen mit ein, und grade hieraus entnehme ich nochmals meinen herzlichen Wunsch, meine innige Bitte: Siehe mehr als bis jetzt in Dich und um Dich als meine künftige Lebensgenossin. Halte Dir stets vor, wie Deine – unsere würdige und kluge Mama Deinem guten Vater immerdar als treueste Helferin und Beraterin zur Seite gestanden hat. Folge dieser Trefflichen und wehre Dich nicht länger gegen ihr klares Verständnis der Welt durch – wie ich leider nur zu oft zu bemerken die Gelegenheit hatte – ein Dich-Versenken in verstockten Widerspruch, in Apathie und Abulie – Unempfindlichkeit und Willenlosigkeit. Empfinde Dich in der wirklichen Welt, der Du angehörst, mein Mädchen! Habe Willen, eigenen, aufwärtsstrebenden Willen, Deiner teuren Mutter gleich, werde mir eine solche klarschauende Lebensgefährtin, wie sie Deinem guten Vater geworden ist, unterstütze mich in meinem Streben, die uns gebührende Stellung zu erringen. Was ich zu dieser ernsten Aufgabe an Dir vermisse, ist nur eine ernste, ernsthafte Betrachtung des Lebens, wie es ist. Mit tiefer Bekümmernis sehen wir, Deine Mutter und ich, wie unheilvoll in dieser Hinsicht Einflüsse, die sich wohl gewiß nicht leicht abweisen ließen, auf Dich eingewirkt haben und noch einwirken. Ich brauche nicht deutlicher zu werden, mein inniggeliebtes Mädchen, und bitte Dich nur noch herzlich, auch im Namen Deiner treubesorgten Mutter, in der Stille Deines Kämmerleins, in der Tiefe Deines unschuldigen, uns doch ganz gehörenden Kinderherzens das Ebengesagte Dir zurechtzulegen, es zu überdenken, und unter den bunten, aber täuschenden Träumen und Gaukelbildern, die Dich zu verwirren streben, mit rechtem Ernst Dich mit Deiner, meiner – mit unserer Zukunft zu beschäftigen. Habe ich Dir mit diesem Brief Schmerzen bereitet, so denke auch, daß ich ihn mit tiefem Schmerz geschrieben habe – schreiben mußte. In einer politisch wie religiös verworrenen Zeit steht das Glück unserer Zukunft auf dem Spiel. Kannst Du es mir verdenken, daß ich es für uns so sicher als möglich zu stellen wünsche?

Wie Du außerhalb Deines Kämmerleins Dich nach außen hin zu stellen habest, werden Kindesliebe und bräutliche Liebe Dir den richtigen Pfad zeigen. Auch Dein trefflicher Vater hat es gesagt, daß die Alten den Gott des Schweigens mit dem Finger auf den Lippen abbildeten.

Laß es unter uns bleiben, was dieses Blatt aus tiefstem Herzensinnern heraus Dir sagen will, Dir sagen mußte! Habe ich Dir in irgendeiner Weise, nach irgendeiner Richtung hin weh getan, verzeih in der wachsenden Gewißheit, daß nur in dem Verzichtleisten auf die Gaukelbilder des Lebens der wahre Wert des Lebens beruht. Auch mir ist es bei Abfassung dieses Briefes schmerzlich zumute gewesen; aber die Verantwortlichkeit, die ich für unser beiderseitiges Lebensglück auf mich genommen habe, gab mir Trost und Kraft.

Und ein schönes, ein schönstes Leben liegt noch vor uns! In dieser Hoffnung, in dieser Gewißheit auf ewig in Liebe, Treue und Zärtlichkeit

Dein Eckbert‹

Es gibt solche Briefschreiber; vielleicht sind sie aus irgendeinem Grunde notwendig; aber weshalb mußten grade unsere Eva und die Tante Euphrosyne an so einen geraten sein? Der Mama wegen brauchte das Kind diesmal bei seiner nächtlichen Lektüre das Schlüsselloch nicht zu verstopfen und die Welt, nach Mercators Projektion auseinandergezogen, um sein Lichtstümpfchen und seinen schmerzenden Kopf herum aufzubauen.

SIEBENTES KAPITEL

Ob er erblich belastet mit dem Streben nach dem Höheren war, wollen wir dahingestellt sein lassen. Es spricht auch in diesem Falle vieles dafür und dient zu seiner Entschuldigung. Er kam von guten Eltern her und wünschte seinerseits eine Familie zu gründen, die zu den besten im Lande gezählt werden sollte. Wer konnte ihm das verdenken? Sein Vater war Kirchenrat, seine Mutter entstammte der höheren Justiz. Von beiden war, nach der kirchlichen wie nach der staatlichen Seite hin, mehr oder weniger ausgesprochen, der Menschheit Würde in seine Hand gelegt worden, und von Kindesbeinen an hatter er die feste Absicht, soviel an ihm lag, sie der Welt unversehrt zu erhalten. Nie hatte er an seiner Befähigung gezweifelt, etwas, was ihm aus den Fugen gegangen zu sein schien, wiedereinzurenken. Daß mit der unangenehmen Aufgabe, Unrechtfertigkeiten abzustellen, das häufig sehr angenehme Gefühl, sich selber recht zu geben und sein Bestes zu sichern, verbunden ist, dafür konnte er nichts. Wie viele würden sich mit der Besserung der Welt abgeben, wenn sie nicht die behagliche Absicht hätten, sich selbst dabei zu verbessern?

Mit den Geschwistern im Vaterhause fing er an, das heißt begann er die ihm von der Gottheit gestellte Aufgabe zu erfüllen. Nach seinen schwachen Kräften, wie er später auch drucken ließ.

Vater und Mutter hatten ihm eine ziemliche Reihe von Brüdern und Schwestern als Versuchsobjekte gegeben, und die machten alle ihm Kummer von der Mutter Brust und er ihnen Verdruß von seinen ersten Höschen an.

Er war, was man nennt, ein ›stilles Kind‹, aber mit beobachtenden, scharf aufmerkenden Augen. Und sie, die Brüder und Schwestern, wußten ihn nie gern hinter sich bei ihren dummen Streichen. Trotzdem, daß er ein stilles Kind war, suchte er sie nicht nur durch sein Beispiel, sondern auch durch sein Wort zu bessern. Die Worte, die nötig waren, fand er schon für sie bei den Mächten, die nachher die kleinen Sünder bei den Ohren nahmen und sich genauere Auskunft über das und das, dieses und jenes ausbaten.

Beileibe, daß er sich für einen ›Anpetzer‹ gehalten hätte! Der Mensch kann auch zu tadellos sein wollen; und konnte er dafür, daß er nur das stille, gute – das beste Kind der Familie sein wollte?

Leicht gerührt, sogar ein wenig weinerlich, mit seinen Schulaufgaben immer als der erste fertig, der Erste in jeder Klasse, ein Muster, täglich den andern vor die Augen hingestellt, wurde er allgemach diesen andern mehr oder weniger klar zu einem ›wahren Greuel‹, zu einem ›richtigen Ekel‹.

Konnte er dafür?

Er hatte soviel liebe Züge! Wenn jemand aus der kleinen Schar zum Zahnarzt mußte und der Vater sagte: »Meine Nerven erlauben es mir nicht!« und die

Mama meinte: »Ja, ein Angehen ist's mir auch; denn es ist ein Backenzahn, der heraus muß, und wie mir scheint, wird er schwer mit der Zange zu fassen sein«, dann war das gute Jüngelchen da, bot sich zum Trost und Begleiter an, und zwar mit tiefer Betrübnis. Da er Zähne wie ein Wiesel (›wie Perlen‹, sagte seine Mutter) hatte und noch nie Zahnweh gehabt hatte, so war er ja auch wohl der Berufenste dazu. Sein Lob vorher und nachher nahm er zu dem sonderbaren Vergnügen, Hänschen, Luischen und die andern mit geschwollenen Backen und tränenden Augen in Angst und Elend zum Doktor Zange zu geleiten und ihnen da zum Trost zu gereichen, mit Bescheidenheit hin.

»Was sollten wir anfangen, wenn wir unser Eckbertchen nicht hätten!« sagten die Eltern nach der Heimkehr von Doktor Zange, dem barmherzigen Brüderchen die Wange streichelnd und dem erleichterten Patienten scherzhaft auf die taschentuchbefreite Backe klopfend. Einen Groschen Schmerzensgeld bekamen natürlich beide.

»Man sollte über dies Muster nicht bloß die Hände, sondern auch die Füße über dem Kopfe zusammenschlagen«, sagten die Mitschüler in den höheren Gymnasialklassen, und die Lehrer bestätigten das, wenn auch in anderen, in gewählteren Worten.

Seine Lehrer *mußten* stets mit ihm zufrieden sein, mußten ihm stets die besten Zeugnisse geben – von den untersten Klassen an. Wann es anfing, daß sich ein wenig Unbehagen in ihr Lob mischte, ist nicht genau zu bestimmen. Von der Sekunda an, wo der Mensch zuerst mit Sie angeredet wird, steht es aber bestimmt fest, daß sich bei einigen der würdigen Herren sehr viel Unbehagen in das Entzücken mischte, was sie an ihrem Besten haben *mußten*. Der Knabe fing an, auch an ihnen und besonders an ihrem Wissen zu verbessern. Einige der Herren, und zwar der älteren, hatten sich nun schon mehr auf ihn zu ›präparieren‹; er weniger auf sie.

»Dieser Bengel kann einen verrückt machen«, grollte der gute alte Doktor Estomihi (Schulname!) innerlich, aber nach außen hin seinen Plato auf die Tischplatte mit einer Energie niederklappend, als zerquetsche er eine Fliege, die ihn um Nase und Brille herum eine gute Stunde lang geärgert habe. »Wo will das hinaus mit dem Talent und dem Edelmut in diesem jungen Genius?« fragte er auf dem Nachhausewege den Zenit. »Wenn er nicht überschnappt, kann *der* uns noch was auf zu raten geben, seufzte er selbst vor dem Suppennapf noch. »Ob die Welt einmal Freude an ihm haben wird, weiß ich nicht; aber das weiß ich: Spaß wird sie nicht von ihm haben. Gott sei gelobt und gepriesen, daß diese Rarität nicht mein und dein Junge ist, Alte! Aber man sieht hier recht wieder, wie der Himmel es den Seinigen im Schlaf gibt; sonst begriffe ich es auch nicht, wie dieser katzenbuckelnde Möros, ich meine die alte morose Schlafmütze, seinen Herrn Papa, solch einen tagtäglichen Dolch für mich im Gewande gehabt haben könnte. Die Frau Kirchenrätin freilich – na, na, sei nur still, Alte; ich bin schon ruhig! Ja, noch 'nen Löffel Suppe, und ganz ohne Gift! Der Himmel segne allen Eltern ihre Söhne; was aber diesen anbetrifft, so will ich herzensfroh sein, wenn wir ihn glücklich mit Numero I a nach Universitäten abgeschoben haben werden!«

»Gott sei Dank, daß du wieder mal bloß mich als Zuhörerin bei deinem Gallenerguß gehabt hast, bester Damon«, sagte die weltkluge, besorgte Gattin, mit dem heutigen Kalbsschlegel beschäftigt.

»Esto mihi in Deum protectorem«, grinste aus der Vulgata – Psalm 31, Vers 3 – Doktor Estomihi, seinen Teller seinem ›Tyrannen‹ hinhaltend. »Jawohl, wenn ich dich nicht hätte, o Dionysia, gäb's schon längst von oben herab keinen Kalbsbraten mehr für mich!« –

Noch weniger als auf dem Gymnasium schlossen ihn die Kommilitonen auf der Universität in ihr Herz ein.

»Das ist ein Kerl, den man seinen Weg laufen lassen

muß«, meinten sie. »Daß der öde Patron sich zuviel mit einem beschäftige, das kann man ihm ja wohl austreiben.«

Daß hinter dem fröhlichen Burschenleben eine Zeit kommen könne, wo das Patronentum, einerlei ob öde oder nicht, auch in diesem idealen Jüngling bedenklichere Seiten herauskehren könne, bedachten sie damals noch nicht. Man hat schon mehr als einen studentischen Haupthahn, sporenlos, aber in schwarzem Frack und weißen Handschuhen, seine Visitenkarte irgendwo vergeblich abgeben sehen. –

Soviel von der Seele. Was den Körper anbetraf, so blieb unser teurer Musterknabe eine Zeitlang erklecklich hinter seinen Zeitgenossen im Wachstum zurück. Dann aber tat er einen Schuß, der wieder etwas Phänomenales an sich hatte; und so erreichte er auch in dieser Hinsicht eine Höhe, von welcher aus er zwar leider noch zu einigen empor-, doch zu den meisten hinunterschauen durfte. In Schwimmhosen würde er wahrscheinlich nicht zum besten ausgesehen haben; er vermied aber das kalte Wasser, und niemand hat ihn also so erblickt. Die Zeichnungen, die von ihm in solchem adamitischen Kostüm im Kreise der Spötter umherliefen, waren reine Phantasiegebilde und entsprachen der Wahrheit durchaus nicht.

Mit Ia erfüllte er den herzlichsten Wunsch Doktor Estomihis und ging ab. Auf der Universitas litterarum ließ er sich seltsamerweise der philosophischen Fakultät zuschreiben, Doktor Schopenhauers Aufsatz über Universitäts-Philosophie gradewegs ins Gesicht, ja sogar: Nein, nun grade erst recht!

Seine Mutter hätte gern, wie die geringste Bauer- oder Bürgerfrau, einen geistlichen Hirten, wenngleich einen höhern, aus ihm gemacht; sein Papa wünschte sich ihn als Juristen zum Trost für seine alten Tage; er aber wußte auch das natürlich wieder besser.

Philologie studierte er selbstverständlich nicht. Zur Heilkunde hatte er, soweit ein kühles Herz und ruhige

Nerven dazu gehören, wie wir schon wissen, ausgesprochene Anlagen. Der Heilkunde widmete er sich auch jetzt.

Nicht mehr ging er wie sonst seinen Brüdern und Schwestern zum Trost mit zum Zahnarzt, nicht mehr hielt er mit Vergnügen den Waschnapf, wenn eine zerfallene Nase blutete, nicht mehr war er gern dabei, wenn der Arzt oder Wundarzt rasch geholt worden war, um einen leichtsinnig angeschnittenen Finger zu verbinden, eine Schwäre aufzustechen oder ein Klistier zu setzen: er widmete sich teilnahmsvollst den Leiden der Brüder und Schwestern auf dieser Erde im großen und ganzen. Der Menschheit widmete er sein ruhiges Herz und seine sichere Hand. Anatomie hörte er, Mathematik und Naturgeschichte, Physik, Chemie und Botanik, Psychologie und Metaphysik, Ethnographie und Religionsgeschichte, christliche und heidnische Kunstgeschichte (die erstere besonders). Daß er Logik hörte, verstand sich von selbst, obgleich er das eigentlich am wenigsten nötig hatte. »Was für einen ausgezeichneten logischen Kopf das Kind hat«, pflegte sein Papa zu sagen, »manchmal könnte er selbst mich aus aller Fassung bringen. Aber er hat ihn ja von dir, mein Kind!« – »Hoffentlich hat er auch sein Herz von mir«, sprach die Frau Kirchenrätin, und in der Hinsicht konnte sie ruhig sein: das hatte er. Eine Ausnahme darf auch hier die Regel bestätigen, daß der Intellekt bloß von der Mutter und das Gemüt bloß vom Vater stammt. Auch zu dem Herzen und nicht bloß zu dem Kopfe hatte diesmal die Mutter ihr gehöriges Teil zugegeben.

Wie sehr er aber mit diesen seinen Mitgaben fürs Leben zufrieden sein durfte, davon haben wir bereits Proben. Sein Kopf hatte ihn nicht nur zum Doktor der Weltweisheit, zum Privatdozenten und unter den jüngern Lehrkräften der Universität zu einer der ›aussichtsreichsten‹ gemacht, sondern ihn auch nicht nur mit dem dänischen Hofe, sondern auch mit einem oder zwei vaterländischen in aussichtsreichste Verbindung gebracht. Das Herz hatte ihn zu Evchen Kleynkauer geführt, und es war nichts Kleines, den Professor, Doktor und Oberkonsistorialrat Kleynkauer Vater und dessen Gattin Mutter nennen zu dürfen. Etwas Aussichtsreicheres gab es gar nicht in Wittenberg und weit darüber hinaus, oder vielmehr hoch darüber in die Höhe. Das kleine, hübsche, gute junge Mädchen hätte um ein bedeutendes häßlicher, widerwärtiger und älter sein dürfen, und er hätte es doch zu den sonstigen ›Avancen‹ mit an sein Herz genommen.

Daß die Frau Kirchenrätin und die Frau Oberkonsistorialrätin über die gegenwärtigen und die zukünftigen Aussichten ihrer Kinder im intimsten Briefwechsel standen, verstand sich ja wohl von selber. Daß diese zwei guten Mütter die Augen offenhielten und sie auch nach oben hin, und nicht bloß zum Himmel, aufschlugen, verstand sich ja wohl ebenfalls von selber. Wenn gute, kluge Mütter von dem Einfluß, den gescheite, aber ›in dieser Hinsicht etwas einfältige‹ gute Väter haben könnten, ihrerseits Gebrauch machen, wer will ihnen das verdenken? Oben kann man nur einverstanden damit sein, und der Himmel fügt sich gewöhnlich auch, denn ändern kann er's ja doch nur selten. Gelingt es ihm, dem Himmel, aber endlich einmal aus eigener Machtvollkommenheit, allen Müttern, Vätern und der übrigen Verwandtschaft und Bekanntschaft entgegen, ein Verdienst von unten nach oben zu schieben, so ist das freilich von ethischem Wert, vorzüglich in Schulbüchern, und besonders, wenn es vor mehreren Jahrhunderten sich zugetragen hat; in den Zeitungen des laufenden Tages wirkt es, nach bestimmten Richtungen hin, immer störend, indem es Unzufriedenheit in die Gemüter bringt, sowohl oben wie unten.

Daß zuerst Mamert, des Doktors Herberger Diener, es herausgekriegt hatte, es sei nicht viel an dem jungen Herrn, seines Herrn gelehrtem, wissenschaftsbegierigem, liebenswürdigem Schützling, wissen wir bereits.

Psychologisch ist das gar nicht merkwürdig; gute, noble Diener halten oben wie unten auf Standesehre und wissen Bedientenseelen sofort zu taxieren und aus dem Staatsrat, dem Ministerium, dem Kollegium und der Gesindestube ganz fernzuhalten oder doch so rasch als möglich herauszuekeln!

Nach ihm, Mamert, sagte dann die Tante Euphrosyne eines Tages zu ihrem Freund Herberger: »Hören Sie mal, Bester, liebenswürdig ist unser junger Freund, gelehrt mag er auch sein, fleißig ist er sicherlich; aber wissen Sie es auch genau, ob er den richtigen Gebrauch von all diesen drei Tugenden macht? Ich kenne sie alle: die einen geben einem dieses Rätsel auf, die andern jenes, und die Auflösung steht verkehrt gedruckt unter jedem. Aber nach Ihnen, lieber Hofrat, ist mir kein anderes Menschenkind je meine ausgetretene Treppe heraufgestiegen, was mir solches Kopfzerbrechen verursacht hat als wie dieser sanfte Knabe. Und wissen Sie, nicht bloß Kopfzerbrechen, sondern auch wirkliche Sorgen. Bis ich diesen Rebus heraushabe, möchte ich wahrlich mein Kindchen, unser Evchen, seine jungen Zähne an dieser Kernfrucht nicht versuchen lassen. Ich bin ein alter, solider Nußknacker, und mir macht es seit längerer Zeit nicht das geringste mehr, auch mal eine taube unter die Zähne zu nehmen. Unsereins weiß nachher die Hülsen schon auszuspucken und seit lange a posteriori, daß auch das Bittere dabei zu einem Genuß im süßen Dasein auf Erden werden kann.«

Wie sie sowohl als auch Horatio machtlos gewesen waren gegen die Tugenden des jungen Weltweisen (und nicht bloß die drei von der Tante angeführten), das wissen wir nun auch schon.

Horatio hatte sich nach seiner Rückkehr nach Wittenberg nicht nur der Tante Euphrosyne, sondern auch noch mehr seinem treuen Mamert gegenüber in dieser Hinsicht nicht bloß als reinen Toren, sondern auch als reinen Esel zu Protokoll zu geben.

Das Leben war wieder einmal seinen Gang gegangen, und das Verdienst hatte noch einmal obgesiegt. – Wem? – Nun, doch nur der Tante Euphrosyne und dem hoffähigen Weltweisen Franz Herberger: Mamert wußte von Anfang an, was hinter dem jungen Menschen sei, und hatte sich weder durch das noch durch ihn übertölpeln lassen.

»Das arme, liebe Geschöpfchen!« seufzte Hofrat Herberger nach dem Gesellschaftsabend der Frau Oberkonsistorialrätin Kleynkauer. »Und dieser junge gestiefelte Edelkater!« fügte er nach einer Weile hinzu. »Ging es denn gar nicht anders? Grenzten die Interessen auch hier so sehr nachbarlich aneinander, daß für diese ödherzige, weitsichtige Hoffnung des Vaterlandes gar keine bessere Partie rundum zu machen war?«

Wie schade, daß er bis jetzt noch nicht einen einzigen der Liebesbriefe seines philosophischen Schützlings zu Gesicht bekommen hatte! Das hatte noch nicht einmal die Tante Euphrosyne. Bloß Mama las sie auch, und zwar bei hellem Tagesschein und mit innigster Befriedigung. Sie waren nicht leicht zu lesen, und wer das am schwersten empfand, das war leider die glückliche Braut des blonden Eckbert, Wittenbergs blonden Eckberts, der Tante Märchenkind. Das ›arme, liebe Geschöpfchen‹ hatte den wahrsten Genuß davon und das innigste Verständnis dafür nur so gegen oder nach Mitternacht, bei gestohlenem Lichtstümpfchen und in einer nach Mercators Projektion auseinandergezogenen Welt, das schmerzende, schwindelnde Köpfchen mit beiden Händen haltend und von Zeit zu Zeit das feuchte Taschentuch auf die Augen drückend.

ACHTES KAPITEL

Der Herr läßt Gras wachsen auf den hohen Bergen; aber als lieber Gott hat er seinen schönen Blumen den Aufenthaltsort durchschnittlich doch mehr im Tal angewiesen. Auf den hohen Bergen weht oft ein sehr kalter Wind, der nackte Fels tritt da zutage, Gletscher schieben sich dicht heran an die letzten grünen Wiesen; und wenn die Sonne dort am längsten weilt, so hat sie wohl Licht, aber wenig Wärme zu vergeben, und schöne Blumen brauchen letztere notwendig, sowohl in der Pflanzenwelt wie in der Menschenwelt. So weit das Gras reicht und Heu gemacht werden kann, steigen die verständigen Leute und wird das Rindvieh getrieben, sowohl auf den Bergen wie auf den Kulturhöhen der Menschheit. Weiter hinauf wagen sich nur die großen Forscher und die kleinen Bergfexe, die einen, um die Welt nach Möglichkeit zu übersehen, die andern, um möglichst sehr von der Welt gesehen zu werden. Beide kommen in die Zeitungen, wenn sie, was ziemlich häufig geschieht, mit dem Kopf nach unten plötzlich wieder im Tal anlangen und liegenbleiben, bis sie von den vernünftigen Leuten aufgehoben und im nächsten Kompendium der Kultur- und Weltgeschichte oder dem zunächst liegenden Dorfkirchhofe beigegraben werden. Damen erheben sich über ihre Schwestern auf Erden am besten nur so weit, als Esel und Tragsessel reichen; studieren sie aber kurzgeschoren in Zürich, so mögen sie meinetwegen auch in Männerhosen den Montblanc erklettern: Esel sind die, welche sie sich wieder herunterholen, und mögen dann auch unbeschadet ihres häuslichen Glückes für das politische Stimmrecht ihrer Weiber reden, schreiben und drukken lassen – es kommt wirklich nicht drauf an für uns andern – es geht gottlob fürs erste nur sie allein was an.

Indem wir nun noch einmal sagen, daß schöne Blumen besser im Tal oder an den Abhängen mitteler sonnig-schattiger Hügel bleiben, und jetzt hinzufügen: liebe kleine Mädchen auch!, bleibt uns nichts mehr übrig, als unsere deutsche Universität mit einem sehr hohen, einem höchsten Berge zu vergleichen und unser Evchen Kleynkauer mit einer sehr hübschen Blume, die da oben gar nicht an ihrem Platze ist. Nicht daß der Papa eigentlich dran schuld gewesen wäre. Der war von Natur Professor und Oberkonsistorialrat und stand von Natur sich mit dem bis Anno sechsundsechzig angestammten Fürstenhaus und mit dem lieben Gott so gut, daß es wirklich unrecht gewesen wäre, wenn sie ihm die Titel nicht beigelegt hätten. Und nur sein wohlerworbenes gelehrtes Recht war es, daß er mit verschiedenen Kollegen sich sehr schlecht stand und als kleines, dürres, gutmütiges Männchen ihnen vom Katheder und durch die Druckerpresse die größten, dicksten, boshaftesten ›Wahrheiten‹ aus eigener Denkerkraft und mit Belegen aus einer Unmasse von Büchern großer, gleich erleuchteter Vordenker nicht vorenthielt. Daß er manchmal auf einen Wurm zu treten glaubte und eine Schlange sich aufbäumte und wehrte, verschlechterte seine Stimmung oder gar seinen Charakter nie so sehr, daß seine Familie darunter zu leiden gehabt hätte. Seine Gattin ließ ihn höchstens auch noch ein bißchen mit darunter leiden, gab ihm aber jedesmal den besten Rat in der Sache und wußte häufig, oft noch besser als er, wie man solchen Schlangen den Kopf zertrete: »Du bist ein Dummkopf, Kleynkauer; den Brief an den Kultusminister läßt du unterwegs, und deine Antikritik fürs Literarische Zentralblatt bitte ich dich mir zu zeigen, ehe du sie abschickst.«

In die Kinderstube gehören solche Sachen überhaupt nicht, und Professor Doktor Kleynkauer trug sie, soviel an ihm lag, auch nicht hinein, was die Gattin sehr häufig tat. Wenn das kleine Mädchen von frühester

Jugend an merkte, daß es in einer bösen Welt voll unartiger Menschen lebe, so kam ihm das mehr von Mutters als von Vaters wegen. Die Mutter nahm sich lange nicht so wie der Vater vor dem Kinde mit ihren Bemerkungen über die Leute in acht, und so erfuhr die Kleine wahrlich früh genug, wie tückisch, frech und unverschämt grade oft die besten Freunde, die würdigsten, gelehrtesten, vornehmsten Herren und die liebenswürdigsten Damen aus der allernächsten Bekanntschaft sein konnten. Es wäre kein Wunder gewesen, wenn sie einmal den ganzen ersten Gesellschaftskreis der Stadt und Universität in die Luft gesprengt hätte durch die Frage: ›Du, wenn du so dumm und solch ein Bösewicht bist, weshalb kommst du denn zu uns, wenn Papa und Mama dich einladen?‹ oder ›Du, wenn du eine so falsche Katze bist, wie Mama sagt, weshalb sagst du denn ›mein liebes Herz‹ zu ihr? Daß du ihr gestern nachmittag auf dem Vorsaal einen Kuß gegeben hast, ist auch nicht hübsch von dir, und an Mamas Stelle hätte ich ihn dir ganz gewiß nicht wiedergegeben. Aber dein Mann wird doch nicht Prorektor – etsch!‹

Bessere, das heißt liebere Eltern wünschte sich das Kind ganz gewiß nicht. Die Mama war so klug und der Papa so herzensgut; und das letztere war, insofern es sein Töchterlein anbetraf, vollkommen richtig. Der berühmte Gottesgelahrte hielt sich viel häufiger und länger in der Kinderstube auf als seine weltkluge Gattin und holte sich auch viel häufiger als diese sein dummes kleines Mädchen in seine Studierstube. Und vorzüglich wenn die Frau Professorin nicht zu Hause war, sollen in letzterer zwischen dem Herrn Vater und Fräulein ganz sonderbare Sachen vorgefallen sein, und kopfschüttelnd soll des Hauses Dienerschaft ihre Welterfahrung noch einmal in dem alten indogermanischen, aber auch den Nigritiern und Ozeaniern nicht unbekannten Wort: ›Ja, wenn die Katze nicht zu Hause ist, tanzen die Mäuse auf Tischen und Bänken‹, kundgegeben haben. Selbst ein Dekan der theologischen Fakultät darf sich hier wohl auf das Beispiel des Königs Heinrich des Vierten von Frankreich berufen. Übrigens machte bei solchen Gelegenheiten der spanische Gesandte (in unserem Falle zum Beispiel der alte, gute kinderreiche Professor Doktor Bademutter) nie solche absprechenden Bemerkungen wie Maria von Medici, wenn sie früher, als sie erwartet wurde, aus der Kaffeevisite nach Hause kam; zum Beispiel:

»Aber Kleynkauer, ich habe dich doch schon so oft gebeten, mir das Kind nicht noch nervöser zu machen, als es schon von Natur ist! Das besorgt doch wohl deine gute Kusine Euphrosyne bereits zur Genüge ... Und zeig doch mal, was hast du ihm denn nun wieder als Bilderbuch aus deiner Bibliothek in die Hände gegeben? Longus, Les amours pastorales de Daphnis et Chloé – aber Kleynkauer!«

»Ich habe wirklich das Buch nicht so genau angesehen. Es ist wohl die Übersetzung von Amyot? Ja, jetzt erinnre ich mich: das Exemplar stammt noch aus meinen Studienjahren. Nun, nun, meine Beste, das Kind versteht ja jetzt noch weder Griechisch noch Französisch, und es schien solche Freude an den Bilderchen zu haben.«

»Man kann euch keinen Augenblick allein euch überlassen«, ächzte die Frau Oberkonsistorialrätin. Der alte griechische Roman mit seinen hübschen französischen Kupfern von Vidal flog in die fernste Ecke des Museums des diesjährigen Dekans der theologischen Fakultät und die entrüstete Mutter wie eine Erlkönigin mit dem weinenden Kinde ab, aber nicht in das Märchenreich hinein.

»Sie wird wohl wie immer auch diesmal recht haben!« seufzte der Oberkonsistorialrat, erst dem einzigen Roman in seiner Bücherei und dann seiner gleichfalls einzigen Gattin nachstierend. –

Es war ein seltsames Verhältnis, in welchem die Base Euphrosyne zu dem Hause Kleynkauer stand;

aber in gewissen Beziehungen bleiben sich die Verhältnisse in dieser Welt doch immer ziemlich gleich: die Tante Euphrosyne in ›Wittenberg‹ hatte, obgleich sie am Universitätsplatz nur zur Miete wohnte, über ein Vermögen zu verfügen wie die Tante Adele in Immelborn, die daselbst ein eigen Haus und Anwesen hatte. Was in Wunsiedel nicht aus dem Auge gelassen werden durfte, das durfte auch in Wittenberg, Jena, Greifswald, Halle, Göttingen, Kiel und Rostock darin festgehalten werden.

Daß bis zur Götterdämmerung hin festgegründete Throne unter den Inhabern zusammenbrechen können, hatte das Jahr 1866 nur zu deutlich wieder einmal bewiesen. Die schlechtesten Börsenpapiere und die bestgegründeten Hoffnungen depossedierten Gottesgnadentums halten sich in betreff ihrer Ertragsfähigkeit im Gemüt des engern ›Vaterlandsfreundes‹ nur zu häufig die Waage, und nur zu häufig senkt sich die Schale mit dem Papier und schnellt die mit dem Pergament bis an die mitleidslose Himmelsdecke empor. Preußische Staatspapiere, wenn auch hassenswürdig, waren doch sehr gut, und von Stinken konnte bei ihnen ebensowenig die Rede sein wie bei dem Golddenar, den der Kaiser Vespasianus unter eine allzu zartbesaitete Quiritennase hielt. Die Tante Euphrosyne hatte aber, grade im Frühjahr 1866, einen bedeutenden Teil ihres nicht unbedeutenden Barvermögens in preußischen Konsols angelegt (›Ich kenne sie alle und weiß, was ich tue‹, hatte sie allem Abreden zum Trotz gesagt), und die Verwandtschaft gestand zu, daß sie, die Tante, wenn nicht sittlich, edel, schön, so doch sehr gescheut gehandelt hatte. Oberkonsistorialrat Kleynkauer und Frau hatten in Hinsicht auf das Vermögen sowohl in bar wie in Papier und auch – liegenden Gründen gar nichts gegen den intimsten Verkehr ihrer Tochter mit der ›lieben, aber sonderbaren alten Seele‹ einzuwenden. Im Hinblick auf das, was so eine gute Tante und gräßliche alte Person dermaleinst mit dem

Ihrigen beginnen konnte, verstand es die Mutter Kleynkauer gradesogut wie Mutter Blume, ihren Gefühlen Zwang anzutun und ein Lamm auf den Altar zu legen.

»Und außerdem wäre es doch sehr unangenehm, wenn sie auch nur ihren Garten der Universität oder gar der unbekannten süddeutschen Verwandtschaft, der schwäbischen Vetterschaft, vermachte. Imstande ist sie zu allem, wenn wir ihr in dem Verkehr mit dem Kinde zuwider sind, Kleynkauer! Nun, eine vernünftige Ehe, für die *ich* später einmal nach Möglichkeit die Augen offenhalten werde, bringt hoffentlich wieder in Ordnung, was jetzt da am Universitätsplatz an unserer Kleinen und meinen und deinen Lebensanschauungen gesündigt wird.«

»Ich hoffe mit dir das Beste, meine Liebe«, sagte der Gatte.

Nun hatte es mit diesem Garten der Tante Euphrosyne auch seine eigentümliche Bewandtnis. Eigentlich stammte er von der süddeutschen Verwandtschaft, und ein gewisses Anrecht darauf konnte die unbekannt gewordene schwäbische Vetterschaft immerhin nachweisen. Da war nämlich so um die Mitte des achtzehnten Jahrhunderts so ein Schwab aus der damals freien Reichsstadt Biberach gekommen, das heißt, von Tübingen aus als Professor der Sternkunde nach dem Norden berufen worden. Der hatte ihn angelegt, nachdem er eine Mamsell Kleynkauer geheiratet hatte, hatte ein noch vorhandenes turmartiges Häuschen drin gebaut und nicht nur den Hofrat Wieland aus Weimar, sondern auch den Konsistorialrat von Herder und den Hofrat Schiller und den Geheimen Rat von Goethe sowie viele andere erlauchte Räte und Menschen des achtzehnten Jahrhunderts drin bewirtet. Sowohl der Garten wie der Turm hatten also ein kultur- und literarhistorisches Interesse, und die Tante Euphrosyne war heute die Eigentümerin davon, was das Besitztum anbetraf, und hielt sich, was das Interesse anging, als Mandatarin des deutschen Volkes verpflichtet, jedem Versuch, das Grundstück in den Stadtbauplan einzubeziehen, vi, clam aut precario entgegenzutreten. Durch öffentlich-gröbliches Aufbegehren, heimliche Hintertreibung, ja auch einschmeichelnd-bittliche Vorstellungen hatte sie es wirklich fertiggebracht, daß ›Kepplershöhe‹ bis jetzt noch der gleichmachenden Tatze des Enteignungsverfahrens glücklich entgangen war, wenn sie gleich von dem Garten ein Stück für einen neuen Straßenzug abgerissen hatte. Noch stand der Turm, von dem aus die hohen Gäste zu dem Übermaß der Sterne aufgeblickt hatten, wenngleich ihn der nächste Fabrikschornstein schon um etliche Fuß überragte. Noch umgaben ihn hohe Bäume, unter denen Schiller gesagt hatte: ›Lieber Professor, meine astronomischen Kenntnisse sind nur schwach, und ohne freundliche Beihülfe würde ich wohl nicht meinen ‚Wallenstein' mit solchen geschmückt haben.‹ Noch blühten Rosen um das alte Gemäuer und reiften Stachelbeeren und Johannisbeeren, und Oberkonsistorialrat Professor Kleynkauer sagte: »Du hast ganz recht, Kind, auch dieses Besitztum wird von Tag zu Tage wertvoller, und dann auch ist es für die Gesundheit unserer Kleinen doch von großem Nutzen, daß wir sie dort unter bester Obhut wild laufen lassen dürfen.«

»Unter bester Obhut ...? wild laufen?« seufzte die Gattin. »Ich habe kein Wort dafür, wie verwildert das Kind jedesmal mir von dort ins Haus zurückkommt; aber freilich!« –

So führte Eva Kleynkauer ihre Kindheit und Jugend durch ein sozusagen zwiefaches Leben: im Hause ihrer Eltern und am Universitätsplatz und auf Kepplershöhe. Nur selten hatte, selbst in ›Wittenberg‹, ein Jungfräulein so gute Gelegenheit, sich nach den verschiedensten Richtungen hin auszubilden, über alles reden zu hören und – alle kennenzulernen. Großer Gott, und wie dumm sie dabei blieb!

Der ganze Lektionskatalog zog durch den Salon ihrer Mutter und bildete sie nicht. Die größten Geister Deutschlands in allen Wissenschaften, ortsangehörige und auf der Durchreise begriffene Weisheitslehrer, berufene und unberufene Professoren aller vier Fakultäten redeten auf sie ein, und sie dachte dabei an was anderes, aber immer so hübsch und freundlich, ängstlich und scheu lächelnd, daß selbst die abstrusesten, ernstesten, gröblichsten aus ihrer Würde zu väterlicher Treuherzigkeit niederstiegen und dem Papa bemerkten:

»Kollege, man darf Ihnen wohl sein Kompliment machen! Sie haben da wirklich ein allerliebstes Kind!«

»Die Gans ist imstande und bittet Helmholtz, ihr das Klavier zu stimmen!« sagte die Mama.

»Wenn er's kann und seine Tonempfindungen mal nützlich verwenden will, tut er's wohl auch«, meinte die Tante Euphrosyne. –

Prinzlichen Umgang konnte das junge Mädchen sowohl in dem Elternhause wie auf Kepplershöhe und in der Wohnung der Tante Euphrosyne haben. Die Tante nahm sich auch, was das anbetraf, manches ›guten Jungen‹ an und ließ auch wohl einen himmelblaublütigen Flegel aus ihrem Reich abfahren, indem sie ihm ihr gewohntes Wort: ›Kenne sie alle!‹ nachlächelte. Für Prinzenführer aber hatte sie sogar ein ›faible‹.

»Erstens beruht die Hoffnung der Vaterländer auf ihnen«, sagte sie, »und zweitens haben sie gewöhnlich eine feine, eine feinfühlige Mutter gehabt und von ihr die Mitgabe bekommen, die Nase nicht bloß in einer Richtung gradaus vor sich hin zu schieben. Diese Herren müssen nach den verschiedensten Richtungen hin riechen können und über das Gerochene mit Geschmack reden. Man kann sie sprechen lassen, ohne befürchten zu müssen, totgeredet zu werden. Dieser Doktor Herberger zum Beispiel gefällt mir wieder mal ganz gut, und ich habe ihn eingeladen, Evchen, öfters zu uns zu kommen und sich nicht bloß hier in unserm Gartenturm Wielands Autographen an der Fensterscheibe, sondern auch die Welt von unsern Fenstern in der Stadt aus anzusehen. Sein durchlauchtiger Knabe hat sich zwar noch etwas mehr in unserer Welt heimisch zu machen, aber wirklich doch schon das Gute, daß er durchaus nicht darin stört. Und so soll er auch seine Tasse bekommen, wenn er uns mit seinem Doktor auf unserm Universitätsplatze besucht.«

»Weshalb nennen sie eigentlich den Herrn Doktor Herberger Horatio, Tantchen?«

»Gänschen, weil sie das gebildete Publikum sind und von dem Prinzen Hamlet und seinem braven Freunde gar nichts wissen, aber ins Theater gehen, öffentliche Vorlesungen besuchen und ihren menschlichen Gefühlen nach der bösen wie nach der guten Seite hin gern ein Mäntelchen umhängen und für ihre menschlichen Stimmungen gern anderer Leute Bilder und Worte gebrauchen.«

Mehr als aus irgendwas anderm sehen wir aus diesem Wort der Tante, in welcher Weise sie sich ihren Umgang an dem berühmten Kulturorte auslas. Und viele, die über die ausgetretenen Treppenstufen schimpften, wenn sie sich beinahe das Genick drauf gebrochen hatten, bissen nachher den sentimentalen Ästhetiker heraus und verglichen sie mit der Scala Santa in Rom und glaubten ihr, der Treppe, damit eine Schmeichelei zu sagen.

»Dummes Zeug!« schnarrte sie, die Tante, und zwar dem damaligen Günstling, Amanuensis usw. des Doktors Franz Herberger, dem jungen, liebenswürdigen Gelehrten Eckbert Scriewer, so gradaus ins Gesicht, daß der arme junge Mensch mehr als eine Woche brauchte, ehe er sich zu einer neuen ähnlichen Geistreichigkeit gesammelt hatte.

Aber so leicht gab er's nicht auf, immer liebenswürdig zu erscheinen. Er verschoß sein Pulver noch verschiedene Male, ehe die Tante den Prinzenerzieher beauftragte:

»Hören Sie, Herberger, Ihr Purpurgeborener ist ein wackerer Junge und gefällt mir; aber bemerken Sie doch bei Gelegenheit Ihrem andern jungen Grazioso, daß er endlich mich und mein Kind mit seinen Abgeschmacktheiten verschonen möge. Mich langweilt der gelehrte, strebsame Jüngling, und die Kleine hat dergleichen Konversation doch wahrlich schon zu Hause in Hülle und Fülle. Und nun, guter Freund, Ihren guten Magen bewundere ich offen. Wird Ihnen denn noch immer nicht übel von dem Narren, den Sie an diesem egoistischen, schlauen Süßling gefressen haben?«

Sie wußte sich auszudrücken, die Tante Euphrosyne, und benutzte gern ihr Talent, geschmackvoll noch einmal und noch einmal ihre Meinung über Menschen und Dinge kundzumachen. Wir haben auch in diesem Falle davon ja schon die Erfahrung.

NEUNTES KAPITEL

Wie interessant, praktisch und bequem es doch ist, einem in aller gebildeten Leute nächstem Gedächtnis vorhandenen Tages- und Zeitungs-Ereignis ein Mäntelchen aus der Mythologie, der Prähistorie oder auch der Poesie umzuwerfen – je leichter und je durchsichtiger, desto besser! Was kommt darauf an, wie die Vergleiche hinken! Das Publikum ist sofort klüger und unterrichteter als der phantasievollste Geschichts- und Geschichtenschreiber, wehrt schlauläche lnd, aber doch zustimmend ab: ›Ja, fahren Sie nur fort, lieber Herr, wir wissen schon; – seien Sie nur so verschleiert-indiskret wie möglich, wir verstehen Sie vollkommen; Wittenberg ist auch für uns Wittenberg, Prinz Hamlet Hamlet, Ophelia Ophelia und Horatio unser hochgeschätzter, lieber und verehrter, wenn auch etwas wunderlicher Herr und Gönner, der Doktor aller Weltweisheit Hofrat Herberger. Wir sind vollständig auf dem laufenden in betreff dessen, was da neulich in Helsingör vorgefallen ist, noch dazu, da die Tragödie nun schon längst aus dem Reich der letzten Telegramme in die Weltgeschichte unterm Strich, da sie endlich, Gott sei Dank! in das viel amüsantere tägliche Feuilletonsbereich heruntergesunken ist. Berichten Sie ja so weiter! So hört man Sie wirklich mit Vergnügen!‹

Also endlich einmal! Ja, wenn sich nur die Herrschaften nicht doch wieder einmal täuschen, das heißt der Historiograph ihren aktuellen Unterhaltungsansprüchen wieder einmal ganz und gar nicht entspricht, und zwar grade jetzt, grade in dem Augenblicke, wo man die besten Hoffnungen in sein Verständnis für die intellektuellen Bedürfnisse seiner gebildeten Mitlebenden setzen durfte und wollte!

»Wirklich gar nichts mehr Neuestes, Nervenaufregendes, Noch-nicht-Aufgeklärtes aus Dänemark – Kopenhagen – Helsingör?«

»Gar nichts!«

Franz Herberger hatte allen seinerzeit an ihn gestellten Anforderungen in der wünschenswertesten Weise entsprochen, hatte seinen Empfehlungen bei Hofe alle Ehre gemacht und dem alten wirklichsten Geheimen Rat in Berlin, der zuletzt für seine Verwendbarkeit in diesem Fache sich verbürgte, zu dem schmunzelnden Worte verholfen:

»Danken Sie mir nicht, lieber Freund. Ich habe wirklich auch ein wenig an das Wohl des Vaterlandes gedacht, als ich das Ihrige zu befördern suchte. Und nun seien Sie froh, daß Sie die Misere glücklich hinter sich haben und die fernere Entwicklung der Weltgeschichte in jenen Regionen ruhig ihren eigenen Weg suchen lassen können. Sollten Sie das sonderbare menschliche Bedürfnis à faire beau noch nicht ganz überwunden haben und es mit Ihrem Wundermädchen, der Komtesse Laura, nichts sein, so sind Sie ja noch in den besten Jahren, und es gibt wirklich eine ganze Menge anderer hübscher und liebenswürdiger junger Damen in der Welt. Da warten Sie dann nach Belieben und wohlüberlegter Liebhaberei des weitern auf – ein guter gesellschaftsfähiger Titel und angenehme Pensionsverhältnisse tun auch da manches zur Sache. Meinen Segen haben Sie auch hierbei, und wenn ich Ihnen sonst noch irgendwo und irgendwie gefällig sein kann, wird es gern geschehen. Es freut mich wirklich, lieber Franz, bei Ihnen mal mit meiner Gönnerschaft nicht an den Unrechten gekommen zu sein! Mögen Sie als Patron im Leben sich nicht so häufig in den Menschen irren, wie es bei mir der Fall gewesen ist.«

»Exzellenz konnten sich auch mit dem Pour le mérite in der Schublade nicht dem allgemeinen Menschenlose entziehen.«

»So ist es«, seufzte der würdige alte Herr und nahm, ohne es zu wissen, wieder einmal die Statuettenattitüde an, in welcher er auf eine ferne Nachwelt kommen wird, und zwar mit Recht. –

Wir haben es wenigstens nun so ungefähr berichtet, wie sich ›Horatio‹ in seinem fernern Leben einrichtete, nachdem er seinen Hamlet auf der Terrasse von Helsingör dem Geiste, der in seinem erlauchten Hause umging, richtig wieder überliefert hatte. Wie er mit der ›sonderbaren‹ Komtesse Ophelia im freundschaftlichsten Verhältnis blieb, werden wir später noch sehr genau erfahren. Wie sie ins Kloster ging und er in der Weltlichkeit blieb, nun endlich einmal, ohne einen Prinzen auf dem Halse zu haben, in Rom, in Paris und so weiter lebte – wie es ihn von Zeit zu Zeit immer wieder nach ›Wittenberg‹ zog – wie er eine letzte große und längere Weltfahrt antrat und im Winter des Jahres 1869 auch von ihr zu dem Umgang der Tante Euphrosyne zurückkehrte, steht in den vorigen Kapiteln –

Gebt mir den Mann, den seine Leidenschaft
Nicht macht zum Sklaven,
Und ich will ihn hegen
Im Herzensgrund, ja in des Herzens Herzen.

Wenn nun nicht grade solche Edle, Seltene das Ekle, Schale und Unersprießliche der Welt zu oft derartig ausgekostet hätten, daß es gar kein Vergnügen sein kann, sie als Weltweise zu seinem nächsten Umgang zu zählen! Die Tante Euphrosyne hatte mit dem Mann oft gradeso ihre liebe Not wie in anderer Weise mit ihrem Märchenkind, dem ›jungen gestiefelten Kater‹, dem Doktor Eckbert Scriewer, der Frau und dem Herrn Professor Kleynkauer und allen übrigen in der Stadt und an der Universität, wie sie sie – alle ganz genau kannte. Daß er mit seinem Freund und jungen Günstling, seinem Amanuensis, dem blonden Eckbert, so arg hereingefallen war und sie selber auch in diesen Abgrund von Liebenswürdigkeit, Edelsinn und Streben nach dem Höchsten und Besten mit hineingezogen hatte, das ging freilich diesmal über ihren Horizont, und zwar bedeutend weiter, als wie er den Universitätsplatz und die ihrem Fenster gegenüberliegende Aula umspannte. Gottlob haben wir aber ja auch noch Kepplershöhe und Kloster Lugau und von dort aus einen etwas weiteren Blick über die Dächer.

ZEHNTES KAPITEL

Geschehen war also das Unglück. Ob es noch wiedergutzumachen war, steht für jetzt noch dahin. Daß noch darüber zu reden ist, ist selbstverständlich; vor allen Dingen wird aber darüber jetzt noch ein Wort zu verlieren sein, wie der junge Mensch es eigentlich angefangen hatte, auch diesmal nicht mit seinem Glück hinter seinem Wert zurückzubleiben. Er hatte sich einfach an das alte Sprichwort gehalten und den Sperling in der Hand dem Adler in den Lüften vorgezogen; – das beste und sachdienlichste aber wird sein, daß wir seiner Mama hier das Wort überlassen, das heißt aus einem Briefe von ihr das Nötige beibringen. Wir selber könnten es wahrhaftig nicht besser geben. Um in manchen Dingen den Nagel auf dem Kopf zu treffen, muß man nicht über ihnen stehen, sondern sehr selber mit seinem ganzen Interesse dran beteiligt sein. Ja, was bedeutet alle Objektivität und Parteilosigkeit in der Welt gegen das, was eine Mutter zu sagen hat, wenn es sich um das ›Beste‹ ihres Kindes handelt!

›Ich bin ganz Deiner Meinung, mein Herzensjunge‹, schrieb in diesem Falle die Mutter, ›nur um Gottes willen nichts Aussichtsloses zu lange festhalten! Daß sich Dein Verhältnis zu Seiner Königlichen Hoheit und also auch dem Herrn Doktor Herberger gelöst hat – von diesem auch mir mehr und mehr unsympathischen Herrn Doktor ohne Deine Schuld aufgelöst worden ist, wird nach Gottes treuer Fürsorge auch diesmal jedenfalls das Beste für Dich sein. Die Verhältnisse an seinem Hofe sind, nach allem, was man hier darüber hört, durchaus nicht der Art, daß eine weiche, ideal angelegte Natur wie die Deinige auch mit dem besten Willen daselbst ihre Rechnung finden, das heißt das arme Erdendasein, wie Deine treuen Eltern es verstehen, mit einem hohen Zweck erfüllen könnte. Was den Herrn Doktor anbetrifft, so hat Dich eben Dein jugendlicher Enthusiasmus verleitet, ihm ein köstliches Jahr Deines Lebens mit offener Seele zu widmen, um nicht zu sagen zu opfern. Mein armes Kind, man opfert in gewisser Beziehung nie etwas vergeblich, wenn man sich nur immer des einen, was not tut, in seinem Herzen bewußt ist. Laß Dir dieses zu einer Warnung auch ein Trost sein! – Seine Hoheit ist von dem regierenden Herrn zurückgerufen worden, der Herr Hofrat Doktor Herberger auf Reisen gegangen, und Du bist in

W. geblieben. Mein Herzenssohn, Du konntest gar nichts Vernünftigeres tun, als Dich dort in Deiner Stelle nach Möglichkeit zu befestigen. Sollte nicht wirklich auch hier der Finger des Höchsten für uns zu erblicken sein? Sollte nicht eine gedeihliche Universitätskarriere Deinen Anlagen und unsern treuen Wünschen am meisten entsprechen? Ein wenig kann Dein guter Vater mit seinen Verbindungen doch auch da nachhelfen. Daß Du selber Deine jetzt schon dort am Orte gewonnenen angenehmen Verbindungen zu benutzen wissen wirst, davon bin ich fest überzeugt. Das liebe Kleynkauersche Haus, wie es mir meine lieblichsten Kindheits- und Jugenderinnerungen in der Seele wachruft! Diese gute Blandine! Rufe doch auch Du mich ja in dem Gedächtnis der Frau Oberkonsistorialrätin wach. Wir sind nun beide alte Frauen und ereifern uns nicht mehr um Kränzchenhistörchen und Ballabenteuer; wie schön aber wäre es, wenn wir jetzt am Abend unseres Lebens in unsern Kindern uns jung, schuldlos, herzig und hoffnungsreich wieder zusammenfinden würden. Das Töchterchen muß Deiner Schilderung nach ein entzückendes Wesen sein – wahrscheinlich ganz wie die Mutter in ihrer Jugendblüte! Empfiehl mich den Damen ja und auch dem Herrn Oberkonsistorialrat und rufe ihm bei Gelegenheit sein einst so freundschaftliches Verhältnis (noch von Göttingen her) mit Deinem guten Vater ins Gedächtnis zurück. Dein guter Vater hat nach Deinem letzten, inhaltvollen Briefe noch gestern des alten Verbindungsgenossen Silhouette mit den Farben an Mütze und Band hervorgesucht und ist wirklich gerührt darüber geworden. Erinnere ihn, wenn auch scherzhaft, an sein damaliges Symbolum: ‚Was sich Treue hält!‘ und daß auch die damalige kleine Malwine Bischoff seiner immer noch freundlich gedenken könne. Großer Gott, diese lieben, guten alten Zeiten! Hier schreibe ich an meinen erwachsenen, klugen und gelehrten Herrn Sohn von solchen Torheiten, während doch die Welt und das Leben so ernst, so sehr ernst geworden sind! Welch ein Glück für mich, daß ich kaum noch nötig habe, Dich, mein Herzenskind, noch einmal auf diesen Ernst des Lebens hinzuweisen! Weiß ich es doch von Deinen unschuldigsten Jahren an, wie gewissenhaft Du es mit allem nimmst und wie beharrlich Du den Weg verfolgst, den Du für den richtigen hältst. Der Himmel segne Dich und gebe Dir fernerhin Kraft, diesen Deinen Pfad zur Höhe zu verfolgen. Ich verlasse mich darauf, daß Du immer genau überlegst und Dir zur vollen Klarheit bringst, daß Deine Familie mit Vertrauen auf Dich sieht und an Dir unter allen Umständen ihren Anker und ihre Stütze zu besitzen hofft. Du, der einzige unter Deinen Geschwistern, der seiner Mama nie Sorge, nie Kummer gemacht hat, mußt es vollständig begreifen, wie auch jetzt sich ganz und gar mit allen ihren Hoffnungen auf ihn verläßt

seine alte treue Mutter
Malwine Scriewer, geborene Bischoff

PS. Nun noch ein Wort über die sogenannte Tante Euphrosyne. Du darfst die gute Dame ja nicht zu leicht nehmen, mein Herzenskind. Es ist fast unheimlich, bei Gelegenheit zu erfahren, wie weit ihr Ruf und Einfluß geht. Neulich hatte Dein guter Vater verschiedene Herren bei sich zu Tisch, Leute in hochangesehenen Stellungen und, wie das der Zufall so trifft, aus den verschiedensten Berufen und Wirkungsorten. Natürlich kam auch die Rede auf Dich und Deinen Aufenthalt in W., als plötzlich der Geheime Regierungsrat Notker aus Hannover an sein Glas schlug und lachend rief: ‚Meine Herrschaften, Sie glauben dort alles zu kennen, aber ich, der ich auch dort studiert habe, weiß nur das eine von dorther, das ist die Tante Kennsiealle; ich habe mit ihr in einem Hause gewohnt, gnädige Frau‘ (dies war an mich gerichtet), ‚und ich bin der Überzeugung, daß Sie mir gern erlauben werden, auch in dieser angenehmen Tafelrunde ein Glas auf das Wohl der Tante Euphrosyne zu leeren und die Herrschaften zu bitten, alle sich anzuschließen.' Da konnten wir alle nicht umhin. Nachher war's dem Herrn Regierungsrat sehr erfreulich, zu vernehmen, daß auch Du jetzt in dem Hause der Dame verkehrst, und er nannte es eines der berühmtesten Häuser Deutschlands. Als er aber hörte, daß Du Deinen Eintritt dort dem Herrn Hofrat Herberger zu danken habest, wurde er plötzlich sehr ernst, murmelte nur: ‚Jaja, dieser arme Herberger! Welch eine Rolle hätte der Mann in der großen Welt spielen können, wenn er sich nicht zu früh auf die Weisheit der Tante Euphrosyne verlassen hätte. Nun sitzt der gute Horatio freilich für immer fest in Wittenberg, während Gräfin Laura – doch auch hier sei der Rest Schweigen.'

Ich habe Dir diese Tafelunterhaltung ein wenig ausführlich geschildert, mein teurer Sohn. Du wirst es ja wohl selber am besten verstehen, was für Dein jetziges und Dein künftiges Wohl und Wehe an Vorsichtsmaßregeln daraus zu entnehmen ist.

Unser himmlischer Vater führe Dich auf allen Deinen Wegen zum Richtigen.

Deine treue Mutter
M. Scr.‹

Seltsamer- und auch etwas unkindlicherweise hatte der liebe Sohn, der ›Herzensjunge‹, dies mütterliche Schreiben nicht nur während des Lesens ärgerlich zerknittert, sondern es nach vollendeter Lektüre völlig wütend sofort in den Ofen gesteckt, und zwar mit den Worten im Herzen:

›Dumme Zärtlichkeitsgans! Wenn ich ihr nur ihren lieben Mund so unschädlich machen könnte wie hier ihre mütterliche Schreibseligkeit. Was soll dies Gefasel nun wieder? Daß die gar nicht dumme Alte beinahe so gut mein Bestes weiß und will wie ich, wissen wir ja. Müssen diese wohlwollenden, sorglichen Matronen denn immer tun, als ob unsere gegenseitige genauere Bekanntschaft noch zu machen wäre? Zum Henker, es ist ja freilich ein Verdienst, Eier zu legen und sie auszubrüten; aber wenn die Brut flügge oder schwimmfähig ist, dann soll man auch -- na, das Postskript ist auch diesmal wieder das Inhaltsvollste gewesen, und darum mag der braven alten Seele zu Hause auch diesmal wieder der übrige Seelenbafel verziehen sein; – unschädlich ist er ja gemacht worden.‹

Der junge Mann sah wirklich noch einmal im Ofen nach, ehe er sich seiner Toilette wieder zuwendete. Er war nämlich damals, als er dieses mütterliche Schreiben empfing, bei der Toilette, und zwar für einen der größten Gesellschaftsabende einer andern zärtlichen Mutter, bei der Toilette für ihren größten sogar – den aller Ängste und Wonnen vollen Abend, an welchem er die Oberkonsistorialrätin Professorin Kleynkauer unter den Blattgewächsen eines Nebengemaches bat:

»Machen Sie Ihr Kind und machen Sie mich glücklich!«

Es war ganz richtig. Er hatte sich nicht geirrt, nicht, zerstreut durch die berechtigte Aufregung, statt des mütterlichen Schreibens die weiße Krawatte in die Glut geschleudert. Er ist auch den ganzen späten Abend hindurch völlig bei Sinnen geblieben, völligst seiner selbst bewußt und mächtig. Auch das höchste, schönste, süßeste Glück des Lebens hat ihn nicht zu überwältigen vermocht. Er durchaus nicht hat noch am andern Morgen hochatmend, tränenüberströmt, außer sich wie Eva Kleynkauer am Busen der Tante Euphrosyne stammeln müssen:

»Ich weiß ja gar, ja gar, ja ganz und gar nicht, wie es zugegangen ist!«

Er – Doktor Eckbert Scriewer, der blonde Eckbert, wußte es ganz genau, wie es zugegangen war. Und als demnächstiger außerordentlicher Professer der Weltweisheit war's fast auch von Berufs wegen seine Pflicht, das Glück nicht leicht zu nehmen, sondern so schwer als möglich und es vòr dem letzten festen Zugreifen zu wägen, und zwar so genau als möglich.

Die Frau Oberkonsistorialrätin Kleynkauer hatte ihm versprochen, ihm eine zweite Mutter zu sein; er ihr, sie sein Leben lang auf den Knien zu verehren und sein Weib auf den Händen zu tragen. Es war damals der größte Gesellschaftsabend der Wintersaison in Wittenberg geworden, als die gerührten Eltern den Herren und Damen, den teuren Freunden und Freundinnen die Verlobung verkündeten, und die Tante Euphrosyne hatte grade an diesem Abend Zahnweh haben und von dem allgemeinen Entzücken fernbleiben müssen. »Zahnweh! In meinem Alter, ohne Zähne! Wie eine alte, ausgediente, nutzlose Klapperschlange. Oh, hätte ich doch noch einmal scharf und mit vollem Gift zubeißen dürfen! Ich hätte ihnen dienen wollen!« jammerte sie am andern Morgen, und dieser andere Morgen war in seiner Art auch gut und einer der bemerkenswertesten von allen, die je über der Stadt und der Universität aufgedämmert waren: denn an ihm fiel die Tante Kennsiealle mit ihrer gesamten Welt- und Menschenkenntnis aus den Wolken. »Mit einem Plumps wie ein Mehlsack«, ächzte sie. – »Wenn sie davon wieder auf die Beine kommt und den faulen Jungen, den frommen Schleicher, duckt, hat sie wahrhaftig mehr als neun – Heroen-Leben zu versenden«, meinte die Studentenschaft, soweit sie noch den Plutarch las und die Tante Euphrosyne kannte. Alle mit ihr in einem Hause wohnenden Kommilitonen sahen jedenfalls nach ihren Schlägern und kannten denjenigen diesmal auch ganz genau, den sie gern davor, auf der Mensur, gehabt hätten. Nachher blieb ihnen freilich nichts übrig als melancholisch auszuspucken, den Skandal von Kneipe zu Kneipe zu bereden und am Abend aus innigstem Mitgefühl sich einen dem Katzenjammer der wackern Alten bis auf die feinste Nuance hin angemessenen zu zeugen.

Nur eine Viertelstunde, gegen Mittag, hielt die Herrin von Kepplershöhe *ihr* Kind, das sich ja nur auf einen Augenblick zu Hause hatte losreißen können, in den Armen. So viel Zeit hatten heute sie, die bis jetzt ihr Leben zusammen gehabt hatten, um sich auszusprechen über ihr verändertes Leben.

»Du kannst freilich nichts dafür!« seufzte die Tante. »Aber ich? ... und dieser saubere Herr Horatio – dieser Dumm- dieser große Philosoph und Menschenkenner Herberger, der mir dieses Muster von der Welt Liebens- und Begehrungswürdigkeit auf den Hals gepackt hat!« murmelte sie. »Jawohl! er ist auf Reisen gegangen, nachdem er schon ein anderes armes Mädchen nach Lugau ins Kloster befördert hat, und hier sitzen wir in unserm Elend! Ist denn nichts, gar nichts dran zu ändern, mein armes Kind?«

»Nein, gar nichts, beste Tante! Er ist ja auch so gut und so klug und so sehr geschätzt von allen – und – und ich muß und – und ich will ihn auch nun so liebhaben wie – Papa und Mama – und wie Mama und Papa es wünschen! Und Mama ist so glücklich: wie könnte ich sie jetzt unglücklich machen? Und alle Leute waren so teilnehmend und so erfreut – er hat soviel Liebe und Achtung unter den Leuten, und – und – wir – werden es nun weit bringen in der Welt, Eckbert und ich, sagt die Mama, und – die Literaturgeschichte wird wahrscheinlich einmal von uns, das heißt Eckbert, sprechen, sagt der Papa –«

»Und – und ich hätte es nie für möglich gehalten, daß dieser Herberger so arg auf den Herrn von Nieß hereinfallen und sich so sehr von diesem öden Ungetüm einseifen lassen würde, um es zuletzt mir und diesem armen Wurm auf den Buckel abzuladen!« murmelte die Tante Euphrosyne. »Hu, laß mir den philosophischen Tanzbären nur nach Hause kommen!«

»Jetzt muß ich aber wieder nach Hause«, schluchzte Evchen. »Ich habe mich ja nur auf einen Augenblick losgemacht, um dir zu sagen, wie glücklich – wir – alle sind!«

»Ja, gehe du nur, du armes – glückliches Kind!« sagte die Tante, nachdem sich die Tür hinter der Kleinen geschlossen hatte. Was sie aber dann tat, dabei hätten nicht bloß die Kommilitonen im Hause, sondern die gesamte Studentenschaft in ihrer Alt-Jungfern-Stube anwesend sein müssen. Vielleicht hätte sich unter den elfhundert jungen Menschen einer befunden, der das Talent gehabt hätte, der Nachwelt ganz deutlich zu machen, wie verrückt sie sich gebärdete. Wir vermögen es nicht; wir können nur sagen, daß sie sich vor den Spiegel stellte, eine gute Viertelstunde lang sich drin besah und dann ächzte:

»So!... Jetzt gibt es wenigstens *einen* auf Erden, der es weiß, wie der Mensch in seiner größten Blamage aussieht! Um wieviel der feine junge Halunke dich doch besser kannte als du ihn, du grauköpfige Phorkyas!«

Nun griff und fühlte sie von oben bis unten, so weit die dürren, vor Aufregung zuckenden Hände reichten, an und um sich herum.

»Die reine gerupfte Gans! Und ich dachte, weil ich ihn kannte, ihn unterm Daumen zu haben! Am Ende soll man gar noch Respekt vor dem Schlingel, dem Jesuiter kriegen! Und dies Schaf von Vetter Kleynkauer! Wenn das gute Tier wenigstens doch diesmal vernünftiger gewesen wäre als ich! Aber so sind sie alle, so sind wir alle: es braucht nur einer mit dem gehörigen Willen zu kommen, und er hat uns!«

ELFTES KAPITEL

Daß der Herr Doktor und baldige jüngste außerordentliche Professor Scriewer Wittenberg hatte, ließ sich wohl nicht leugnen. Die Gesellschaft in Stadt und Universität fand die Verlobung passend, und mehr braucht es ja nicht, um so ein liebes, unschuldiges junges Pärchen mit den besten Hoffnungen für die weiteste Zukunft in die Visitenkutsche sich setzen und seine Karten von Haus zu Haus abgeben zu lassen!

Hier hatte das Herz doch endlich einmal wieder gesiegt über der Menschheit schnöden Eigennutz, soweit er durch der Tante Euphrosyne preußische Konsols und sonstige zwar ziemlich sichere, aber ethisch anrüchige und verwerfliche Staatspapiere ihr vor Augen und in den Griff gestellt wurde. Und in dem schönen Bewußtsein, dem Herzen zum Siege verholfen zu haben, fühlte sich die Mutter der Braut, freilich einigen bänglichen Zweifel niederkämpfend, sehr gehoben in der Gewißheit: ›Wie wird die alte, schrullenhafte, naseweise Person auf ihrer Kepplershöhe sich verwundern!‹ – Dem Gatten band es aber grade darum die Gattin um so mehr auf die Seele: »Deine Sorge wird es natürlich sein, daß die alte Närrin vom Universitätsplatze uns keine Dummheiten oder, besser gesagt, Niederträchtigkeiten macht. Was sie mit dem Kinde eigentlich im Sinne hatte, weiß sie wahrscheinlich selber nicht. Wir aber haben für unser Kind zu sorgen und müssen dessen Bestes doch wohl am besten verstehen; die Alte wird also nach und nach Vernunft annehmen müssen, und deine Sache ist es, ihr dabei im geeigneten Moment behülflich zu sein. In meinem Verhältnis zu dieser deiner im Grunde der Seele widerlichen Possenreißerin gebe ich mich gar keinen Illusionen hin. Der liebe Gott verzeihe mir, aber ich kann diese unverschämte, grinsende Studentenmutter nicht ausstehen und sie mich auch nicht: also, Martin, verlasse ich mich auf dich, und du wirst für mich mit liebenswürdig gegen die – die Tante Euphrosyne sein. Es wäre doch zu entsetzlich, wenn unsere armen Kinder bloß der Schrullen einer solchen halbkindischen, von euch allen leider nur zu arg verhimmelten Idiotin wegen in ihren Aussichten für die Zukunft zu Schaden kommen sollten! Mit Eva werde ich über ihr jetziges Verhalten noch genauer reden müssen; auf Eckbert glaube ich mich in allen Lebensangelegenheiten verlassen zu können wie auf mich selber. Nun, der liebe Gott wird ja auch hier schon ein Einsehen haben und alles zu unserm Besten wenden!« –

Ob der liebe Herrgott ein Einsehen hatte, ob er alles noch einmal zum Besten wendete? ... Die Tante Euphrosyne verzweifelte fürs erste völlig dran. Jedenfalls verließ sie sich nicht auf diesen Trost der Kusine Kleynkauer und tat da sehr unrecht. Vorzüglich Leute, und also auch gescheute alte Damen, die sich so selten als möglich auf einen andern in der Welt verlassen, sollten den Rat und die bessere Einsicht der allerhöchsten Weltregierung nicht allzu leichtsinnig und schwerherzig von sich weisen oder gar ganz darauf verzichten. So was rächt sich dann und wann, und so läuft's gottlob ziemlich häufig auf das Wort hinaus: ›I, wer hätte das damals für menschenmöglich halten können, daß die Geschichte noch diese Wendung nehmen würde?‹

Neue Redensarten können wir für das erschütternde Ereignis nicht erfinden, dazu kommt es zu oft vor. Wochenlang nach der Verlobung fühlte sich die Tante Euphrosyne wie vor den Kopf geschlagen, auch ganz entzwei, völlig von der Bank geschoben und im grauesten Elend versunken. Als sie sich so weit beruhigt hatte, daß sie vor Wut hätte an den Wänden hinauflaufen mögen, faßten die jungen Kommilitonen im Hause das als einen wahren Segen für sie auf. »Es wäre aber nicht übel, sie wieder mal anzupumpen, denn sie gäbe jetzt, in dieser Stimmung, ihr Alles, ihr Letztes her, unter der Bedingung, daß wir den Fuchsschwänzer doch noch vor die Klinge brächten und nichts von ihm übrigließen«, fügten sie hinzu.

Aber nach dem Orkan kam ein sanftes Wehen, und unter diesem war die Tante seltsamerweise nach außen hin durchaus nicht um den Finger zu wickeln, aber desto weicher nach innen hinein. Welch ein Mitleid hatte sie mit ›ihrem Kinde‹, welch einen Jammer um es!

Und beides lautlos – ohne eine andere Seele, um es an die loszuwerden. An ihrem Fenster über ihrem Strickzeug – den lieben langen Tag bei jeglicher Beschäftigung und in der Nacht erst recht: nimmer und von keinem andern war so sehr und eifrig wie jetzt von der Tante Euphrosyne nach den irgend noch möglichen besten Seiten an dem Doktor Eckbert Scriewer gesucht worden!

Ja, widerwillig, ächzend, schaudernd versuchte es die Tante, den Verlobten ihres Kindes von der besten Seite anzusehen und sich damit zu trösten, daß es, wenn es auch nicht gegenwärtig in ihrer Bekanntschaft nichtsnutzigere Gesellen gebe, von der Sorte doch darin gegeben habe. Dieser Trost verfing am allerwenigsten. Der exemplarische Jüngling blieb liebenswürdig in ihrem Wachen und in ihrem Traum: immer ein Muster von einem hoffnungsvollen jungen Menschen, dem kein gleiches an die Seite zu setzen war.

Es gibt keinen Menschen, der an keinen Gott glaubte: einen hält jeder und jede fest bis zum letzten Atemzug im drangsalvollen, hülfebedürftigen Erdenleben – den Deus ex machina! An dessen Eingreifen in größesten und kleinsten Dingen hofft und glaubt der Atheist, der Pantheist, der Deist und sogar auch der Theist. An ihn klammert sich alles im zertrümmernden Staat, im versinkenden Familienglück, auf dem scheiternden Schiffe. Vier Wochen nach der Verlobung fühlte auch die Tante Euphrosyne sich einzig und allein auf ihn angewiesen, den Deus ex machina, und klammerte sich an ihn an wie je in einer mit Sturm genommenen Stadt das Weib an den Altar des Baal, des Zeus, des Jupiter oder des Jahve.

»Es kann doch nicht so ausgehen! Es muß doch noch was dazwischenkommen! Ich weiß nicht was, aber dazwischenkommen muß etwas!«

Wenn aber ein Gott sich selten persönlich merken läßt, so ist das der Deus ex machina. Gar nichts passierte, was der Tante die Palme des Glaubens fester in die Hand hätte drücken können. Das gesellschaftliche Leben in Stadt und Universität war nie so glatt und harmonisch hingelaufen wie seit der ›Katastrophe der Tante Kennsiealle‹, und es war sogar schon viel, daß in der seltenen allgemeinen Harmonie einige lächelnd oder bedauernd von einer ›Katastrophe der Tante Kennsiealle‹ sprachen. Der Mensch sieht und erwartet den Verdruß, das Pech, das Unglück auf und von allen Seiten; wie der Vogel auf dem Zweig ist er mit dem angstvollen Kopf und Herzen nach allen Richtungen hin in Bewegung, nur nach der nicht, von welcher her die Katze oder der Raubvogel kommt. Daß ihr das Elend, der Verdruß, das Pech von *dieser* Seite kommen würde, hatte die Tante Euphrosyne nie gedacht. Kein Mensch hatte es für möglich gehalten, daß sie noch magerer werden könne, als sie schon war; aber sie magerte ab wie – die glückliche junge Braut, die, nach ihrem Ausdruck, ein Bild des Glückes war, nicht zum Ansehen.

Es war ein entsetzlicher ›Vergnügungswinter‹ für die Tante. Was erduldete sie in den Salons, an den Whisttischen (sie spielte Whist – und zwar trotz ihres Elends weiter), in den Konzertsälen, in den öffentlichen Vorlesungen und im Theater mit dem jungen Paar in Sicht oder ›dem Kind krank zu Hause‹! Zu den Tee- und Kaffeetischen kam sie nicht, und zwar auch zu ihrem Schaden; denn da hätte sie sich wenigstens manchmal am richtigen Orte Luft machen können. –

Sie konnte nicht das geringste machen als das Kind auch durch ihre stummen Blicke immer elender.

»O Tantchen, Tantchen! Wenn auch du mich so ansiehst! Und ich bin ja wirklich glücklich und Eckbert so gut – alle Leute so gut! Und Papa und Mama haben doch auch ihr Recht an mich - oh, und du solltest, wenn auch nur meinetwegen, dich nicht ganz von uns zurückziehen! Wir vermissen dich ja alle bei uns zu Hause; und dann fragt jeder, der kommt: ›Aber kommt denn heute abend die Tante Euphrosyne nicht?‹ Ach, und am Ende gibt Mama dann auch das mir schuld, o und ich kann doch gar nichts dafür, und du weißt es ja, wie gern, wie gern ich dich immer bei uns – bei mir, bei mir haben möchte!«

Wenn nur nicht die Kepplershöhe im Winter völlig unbewohnbar gewesen wäre – die Tante Euphrosyne hätte sich dorthin zurück- und sämtliche Zugbrücken hinter sich und vor der Stadt und Universität aufgezogen! Aber es ging nicht. Das Gartenhaus war zu feucht und die alten Öfen des achtzehnten Jahrhunderts auch nicht mehr das, was sie in ihrer Jugend waren. Ein bißchen zu sehr auf dem Winde lag das Haus für die Zeit der Äquinoktialstürme gleichfalls. »Noch Zahnweh und Rheumatismus zu allem übrigen!« ächzte die Tante und fügte auch wohl hinzu: »Mich da oben ab intestato eines Morgens im naßkalten Bett zu finden, das wäre für verschiedene hier unten freilich ein recht warmer Gedanke. Ne, ne, junger Mann und liebste Verwandtschaft, so weit sind wir doch noch nicht herunter, um das als eine Erlösung anzusehen.«

Bravo! Ein Gewinn war's sicherlich, als die Tante anfing, auf ihre Gesundheit zu achten und sich aus ›Rankünе‹ gegen das uns nun so ziemlich schon bekannte Bruchteil der Menschheit zu schonen. Sie blieb diesen Winter über fest in ihren behaglichen vier Pfählen; aber indem wir nicht weiter über ihre Seelenqualen reden, helfen wir ihr und uns am besten darüber weg.

Es wird immer wieder Frühling. Selbst an der berühmtesten, deutschesten Universität.

»Wenn ich nur erst meinen Turm, meine Burg wiederhabe!« hatte sich die Tante, die ganze böse Jahreszeit hindurch, selber vertröstet. »Wenn ich nur erst wieder da oben im Grünen sitzen kann – sie sollen mir dann nur kommen, ich werde die Tür schon zu verriegeln und den Glockenzug abzunehmen wissen! Von Kaffeegesellschaften in diesem Sommer keine Idee! Da sie es nicht anders haben wollten, sollen sie nun auch mich kennenlernen! Hier in der Stadt waren sie mir leider, ich gestehe es zu meiner Schmach und Schande, diesen scheußlichen Winter lang doch zu mächtig. O säße ich nur erst wieder auf Kepplershöhe! Säße ich nur erst wieder mit dem Kinde da oben – wenn auch nur von Zeit zu Zeit einen Sommernachmittag oder -abend durch: wir müssen, müssen und müssen – wir zwei müssen dort was ausfindig machen, was uns wieder zu einem eigenen, ruhigen, unverstörten Herzen verhilft! So wie es jetzt ist, kann und kann es doch nicht bleiben. Irgendwas muß kommen. Aber was? Ob Jahve, ob Baal, ob Zeus, ob Diespiter, einerlei! Von jedem nehme ich Hülfe an.

Wenn ich nur wenigstens den Herberger wieder hier hätte! Wenn nur *den* wenigstens der Zufall auf seiner dummen Nerven-Restaurationsfahrt umgedreht oder wieder hierher nach – Wittenberg dirigiert hätte – diesen – diesen dummen Doktor Horatio! Einen Trost hätte man doch wenigstens an ihm, wenn auch keine Hülfe – grade wie in dem *andern* albernen Trauerspiel!« ächzte die Tante Euphrosyne. – Wie der Hofrat dann zu seiner Zeit wieder nach Wittenberg kam, so auch der Frühling, der diesmal sogar auf die Minute, ganz zu seiner Zeit und also durchaus nicht als Deus ex machina die Erde wieder schön machte.

Er tat sein Bestes, dieser Frühling des Jahres achtzehnhundertsiebenzig. Er kam mit seinem Grün, seinen Blumen und Blüten, seinen Vögeln und Schmetterlingen. Er griff sozusagen mit beiden Händen in die Schürze und streute seine Herrlichkeiten und Lieblichkeiten aus wie ein reisender Professor der Magie, der von allen hohen und höchsten Potentaten Deutschlands durch seine Künste einen Orden und das Prädikat ›Hofprestidigitateur‹ zu erlangen wünschte.

Was aber sagte die Tante Euphrosyne auf Kepplershöhe unter ihren grünen Büschen und Bäumen, ihren jungen Blumen und Blüten, ihren Vögeln und Schmetterlingen? Ganz dasselbe, was Lessing dazu gesagt hatte, und zwar schier unheimlich mit ganz demselben ergrimmt-giftig-kritischen Dintenraufboldgesicht wie der erlauchte deutsche ›Literatur-Verbesserer‹. Nämlich:

›Wenn es nur nicht immer dasselbe wäre!‹ …

Ja, wie es auf Kepplershöhe sprießen mochte – smaragden oder wie Blut; wie schelmisch die Schneeglöckchen ihre weißen Köpfchen hervorstecken mochten, wie süß die Veilchen die Tante aus ihren blauen Äuglein anlugen mochten, was die Singvögel singen und die Buttervögel im scherzenden Luft-Flatterspiel andeuten mochten: die Tante Euphrosyne hatte für diesmal das ewige Einerlei satt, bis zum vollen Überdruß satt.

Sie besaß einen Hausfreund auf Kepplershöhe. Sie hatte nicht nur in der Stadt, sondern auch in ihrem Garten manchen armen Kostgänger zu Tisch. Diesem auf Kepplershöhe gab sie auch Wohnung, und zwar auch den Winter durch. Daß er keine unbescheidenen Ansprüche machte, wußte sie selbstverständlich aus mehrjähriger Bekanntschaft mit ihm und freute sich immer, wenn sie ihn zum erstenmal im Frühjahr zwischen den Buchsbaumeinfassungen ihrer Gartenbeete lustwandelnd antraf. Diesmal aber fragte sie bei der ersten Begegnung wie verwundert:

»Bist auch du wieder da? Hast du dich wirklich noch einmal wieder aufgerollt, du Dummrian? Hattest es wohl zu behaglich als Kugel mit den Stacheln nach jeder Richtung? … Oh, ich sollte in deiner Haut stecken!«

Der Gastfreund, aus treuherzigen Äuglein zu seiner Gönnerin aufblinzelnd, schnob und schnüffelte mit listigem Schweinsschnäuzlein einen kurzen Moment in der feuchtwarmen Frühlingsluft herum und fuhr dann rasch seitab vom Gartenwege unter das welke Laub und Gestrüpp des Gartenbeetes. Ein kurzes Gewühl und Kampfesdurcheinander – dazu ein stärkeres Schnauben und Schnüffeln und dazwischen ein schrilles, aber leises Pfeifen: er – der Haus- und Gartenigel von Kepplershöhe – hatte ihn – ihn, den schon seit dem vorigen Sommer gewünschten, das heißt gejagten Gartengenossen, den Mäuserich von Kepplershöhe.

»Das lasse ich mir gefallen!« sagte die Tante Kennsiealle, die sonst eigentlich keinen Mord begehen sehen konnte. Ob sie bei der Bluttat an den guten Eckbert, den blonden Eckbert dachte, wollen wir lieber nicht erörtern; er fand sich mit seinem Bräutchen am Arm am ersten schönsten Frühlingstage auch zu den ersten Blumen und Blüten auf Kepplershöhe ein, ohne gefressen zu werden. So schlau war er auch, daß er nie allein, sondern immer mit dem Kinde kam; und also konnte sie – die Tante – ihm auch in ihrer Sommerburg nicht die Tür weisen oder sie ihm vor der Nase zuschlagen, geschweige denn ihm mit ausgespreizten Krallen an den Hals springen.

Es stellte sich bald heraus, daß der Unterschied der Jahreszeiten in diesem Falle für die Tante nichts, gar nichts ausmachte, noch zur Beruhigung ihrer Gefühle irgend etwas beitrug. Im Gegenteil! Hatte die Welt im Winter sie mit ihrem Grimm und Groll nicht allein gelassen, so zeigte sie sich im Frühling noch viel zudringlicher und unverschämter. Je schöner die Tage, je angenehmer die Abende, je lieblicher die Nächte wurden, desto inniger fanden Stadt und Universität es heraus, wie angenehm es sich auf Kepplershöhe vorsprechen, einkehren und sitzen lasse, sowohl mit den gelehrtesten Gedanken im Kopf wie mit den längsten Strickstrümpfen in den Händen.

»Wenn an der Tür zu lesen stünde: hier können Familien Kaffee kochen, wollte ich gar nichts darüber sagen«, sagte die Tante; so aber hatte sie selber, Tag für Tag, wie sie das Jahr aus seinem Füllhorn schüttelte, den Kaffee für die Universität und die Stadt zu besorgen und auch das dazugehörige Gebäck zu liefern.

»In den Zeitungen liest man es dann und wann, daß ein ganzes Gemeinwesen vergiftet wurde, weil dem Konditor zufällig statt des Zuckers Arsenik in die Kuchen geriet; hier aber scheint das leider nicht vorkommen zu können«, sagte die gute Tante.

Ohne einen Trost hätte sie es auch sicherlich so nicht bis zum Herbst ausgehalten, sondern vorher sich selber als Massenmörderin in die Blätter gebracht. Es gab nämlich Regentage, an denen kein Gast sich auf Kepplershöhe einfand, und dann hatte die alte Herrin mit dem Kinde das Reich da ziemlich häufig doch allein. Kepplershöhe war am Ende ein so wertvoller Besitz, daß Papa und Mama oder vielmehr Mama und Papa Kleynkauer wirklich nichts dagegen einwenden konnten, wenn ihr Evchen dort, auch unter veränderten Familienbezügen, möglichst festen Fuß behielt.

»Ja, geh nur hin und sei nach Kräften liebenswürdig gegen den alten Drachen!« sagte die Mama, und das Mägdelein fuhr dann jedesmal recht zusammen und war nur lieb wie immer gegen die greise, getreueste Freundin in ihrem jungen Leben. Oh, wie gerne! ...

Da saßen sie denn beieinander – so ziemlich wie sonst –, während der Regen auf den Baumblättern trommelte, ein braver Landregen, der, wie die Tante sich ausdrückte, mit der Sintflut leider nur so verwandt war wie die Hauskatze mit dem Tigertier.

»Wir müssen uns aber auch so damit begnügen. Schwemmt er das nichtsnutzige Nest da rundherum nicht weg, so hält er es uns heute wenigstens vom Leibe. Und also, mein Herzchen, wollen wir uns zum mindesten so behaglich zusammendrücken wie die Familie Noah in ihrer Arche. Also dein – dein – dein Zukünftiger ist jetzt in Berlin, um sich auch dort an den maßgebenden Stellen von seiner besten Seite zu zeigen? Das ist recht! Oh, wenn sie im Kultusministerium ihn nur gleich ganz zu würdigen wüßten! Oh, wenn sie ihn, auch halb unbesehen, gleich ganz dortbehalten würden!« – »Aber Tante –«

»Jaja, Kindchen, ich schwatze wie gewöhnlich Unsinn. Achte nicht darauf! Erzähle mir lieber du!« – –

Und damit ist der Erzähler da wieder angekommen, wo er vor einigen Kapiteln schon gewesen ist.

ZWÖLFTES KAPITEL

Im sechsten Kapitel nämlich war es, wo die Leser vielleicht zuerst wieder die leise Ahnung gewinnen konnten, daß doch auch diesmal bei genauem Aufmerken irgendein verständlicher Zusammenhang in die Geschichte hineinzubringen sei. In diesem Kapitel kam der kleinen Eve Kleynkauer der Faden des Zusammenhanges zwischen ihr und den Dingen dieser Welt völlig abhanden; aber der große Mann im Buche, den Wittenberg ›Horatio‹ nannte, der Herr Hofrat Doktor Herberger, war wieder am Platze angelangt und auch schon an dem Gesellschaftsabend der Frau Oberkonsistorialrätin und so weiter erschienen – diesmal wie wirklich in wirklich geheimer Sendung vom Himmel her; so meinte wenigstens die Tante Euphrosyne trotz ihrer mehr oder weniger berechtigten Verstimmung gegen den Mann. –

Die Leser erinnern sich, zumal wenn sie noch einmal drauf aufmerksam gemacht werden, aus ihren Jugendstudien, daß der Erdball mit allen seinen Ländern und Meeren nach Mercators Projektion auseinandergezogen und zu Papier gebracht werden kann. Dann liegt er platt und übersichtlich vor einem und nimmt in jedem bessern Atlas beide Seiten ein, und wenn man den Band aufschlägt, hat man das, was sonst die westliche Halbkugel heißt, zur Linken und die östliche zur Rechten. Und wenn man, um einen verstohlenen, späten Lichtschein dem Auge der Welt zu verstecken, den Folianten um sein Lämpchen aufgerichtet hinstellt, dann hat man nach Herrn Kaufmanns oder Krämers Rechnung gleichfalls Amerika zur linken Schläfe und die andern Weltteile zur rechten. Auf das Buch oder den Brief kommt es dann an, ob hinter der Welt nach Mercators Projektion die Schläfen schmerzen oder nicht.

Natürlich hängt das immer etwas damit zusammen, wie das Blut durch das Herz getrieben wird durch solche nächtliche Lektüre.

›O Gott, o Gott, o Gott«, schluchzte Eve Kleynkauer. »Er ist so gut, so klug und gelehrt – und ich? Ich weiß es ja nur zu gut, daß ich nichts bin, nichts weiß und nichts kann und seiner Güte und Weisheit und seiner hohen Pläne mit mir und der Menschheit nie, nie wert werden kann! O weshalb hat er mich doch nicht gelassen – und bei der Tante Euphrosyne gelassen, da er das doch auch gewußt hat und wie es auch jetzt ja wieder aus seinem edlen, guten Brief hervorgeht?! Was kann ich ihm denn sein, wenn ich mir auch noch so große Mühe gebe, es zu lernen, was ich ihm sein kann, und es nicht fertigbringe, weil sich mir alles, alles nur immer mehr und mehr verwirrt? Ich kann ja nichts dafür, ich kann ja nichts dafür – ich wollte es ja so gern ändern und mich auch – ja, mich auch, wenn ich es nur könnte! Oh, lieber Papa, o liebe Mama, ich kann ja nichts dafür, daß ich so dumm und selbstsüchtig, nur *ich* bin, und er *er* – ich möchte euch und ihm ja alles zuliebe tun und anders werden und der Welt mehr nützen. Oh, wenn ich es doch nur könnte! ... Und es gibt so viele andere hier in der Stadt, die seiner so würdig wären und an die er nicht so schreckliche, gute, edle Briefe schreiben müßte. Weshalb mußte er doch grade auf mich fallen, da er doch wußte, daß ich keiner seiner hohen Aufgaben gewachsen bin, daß ich auch in der Schule schon keiner von meinen Aufgaben gewachsen gewesen bin? Da war Monika Neander, die ihn soviel besser als ich in seinen hohen Bestrebungen begriffen hätte und hätte folgen können. Und Bathilde Musurus, die fast ebensogut Lateinisch und Griechisch versteht wie ihr Papa! Und die beiden von Nettesheim, früher meine besten Freundinnen, und die jetzt alle zwei – Justine sowohl wie Renate – nun so böse auf mich sind, weil sie meinen, daß ich jeder von ihnen im Wege gestanden habe. O ja, und auch sie hätten *ihm* wirklich besser als ich auf seinem hohen Wege folgen können, das ist ja auch wahr; aber daß ich ihnen im Wege gestanden hätte, das ist nicht wahr! Die Tante Euphrosyne weiß es, und – und – es ist ja auch nur mein großes, unverdientes Glück, und – ich – ich möchte mir ja auch alle Mühe geben, es nun zu verdienen, wenn ich nur wüßte wie und die geistigen Kräfte und Fähigkeiten dazu hätte! O es ist doch zu schrecklich um so ein unnützes Geschöpf wie ich und solch armen dummen Kopf wie meiner, der über das Edle und Erhabene, jaja, über das Edelste und Erhabenste und Beste nichts kriegt als sein ewiges, törichtes Kopfweh! Oh, an Renate von Nettesheim hätte *er* ganz gewiß solch einen Brief nicht zu schreiben brauchen! Ach, und nun die fürchterliche Frage: Muß ich ihn der Tante doch zeigen oder nicht, wenn sie ihn wieder sehen will?‹

Dies war freilich eine nicht unbedenkliche Frage! Das Kind hatte schon mehr als einen von derselben Sorte, wenn auch noch keinen ganz so im Demantlicht einer edelsten Mannesseele strahlenden, der Tante gezeigt oder vielmehr die Tante ihn sich zeigen lassen, und jedesmal hatte es nachher, sowohl am Universitätsplatze wie auf Kepplershöhe, bewölkten Himmel, wenn auch grade nicht Blitz und Donnerschlag, so doch ein mehr oder weniger deutliches Grummeln und Brummeln gegeben.

Die Tante hatte ihr indiskretes Hineinschnüffeln in fremde, wenn auch noch so liebliche Korrespondenz nicht bloß mit einem Ha und Hm begleitet, nein, sie hatte Bemerkungen dazu gemacht, die sogar sehr deutlich von schwüler, gewitterschwangerer Temperatur in ihrer Seele redeten. Wenn die Tante Euphrosyne in einer gewissen Weise die Nase kraus zog, dann pflegte jedesmal Evchen die Hände ganz angstvoll zu falten:

»O Gott, habe ich etwas verbrochen? Tantchen, habe ich was getan, was nicht recht ist?«

»Bewahre, dummes Lämmchen! Aber glaubst du wirklich, du seist allein in der Welt? Ne, ne, es gibt noch andere Leute in der Welt und diese alberne, nichtsnutzige Welt im ganzen noch obendrein. Zum Henker das Vergnügen, das alles nur zu genau zu kennen! Das sollen einige große Philosophen fertiggebracht haben, sich nach genommener Einsicht nicht weiter mehr darüber zu ärgern: so weit habe ich es aber leider noch nicht gebracht!« –

Nun dieser schönste Dintenerguß eines zärtlich liebenden Herzens?

»Oh, er schreibt es ja so deutlich, daß seine Sorge nur für mich ist! Ich soll sie ganz allein nur in mich zusammenfassen. Niemandem soll ich diesmal mit meiner Angst kommen – keinen um ein liebes Wort dazu bitten! Und die Tante Euphrosyne am wenigsten. Oh, er schreibt es hier ja so deutlich, daß er der Guten, der Besten gar nicht traut, und das ist ja das allerschlimmste für mich; o lieber Eckbert, bester Eckbert, was soll daraus werden? Was soll zwischen uns beiden daraus werden?« –

Das Kind nahm damals diesen herzigen Bräutigamsbrief nicht mit in sein Bettchen, nachdem es in der winterlichen Nacht nicht fröstelnd, sondern frierend sein Licht ausgeblasen und die Welt nach Mercators Projektion zusammengeklappt hatte. Nicht unter das Kopfkissen nahm es ihn mit, und dorthin hätte er doch am ersten gehört; denn jedes Kind weiß es ja, was das nutzt, sein Schulbuch unters Kissen zu legen, wenn man was lernen soll, was nicht in den Kopf will.

Eve Kleynkauer ließ Herrn Doktor Scriewers Schreibebrief zwischen den nach Herrn Krämers Rechnung auseinandergezogenen fünf Weltteilen, und da war er ja fürs erste auch wohl am besten aufgehoben. Nicht am sichersten, wie sich nach längerer Zeit auswies.

In dieser längeren Zeit war Evchen Kleynkauer krank – nicht besorgniserregend, doch so, daß sie allen

Sorge machte und ihren nächsten Angehörigen, die im täglichen Verkehr oft nicht die hierher gehörigen scharfen Augen haben können, nicht selten den verdrießlichen Ausruf abrang:

»Aber du solltest dich doch etwas zusammennehmen, Mädchen!« –

Fernstehende pflegten zu sagen: »Was fehlt eigentlich der jungen Dame?«, und dann setzten sie gewöhnlich hinzu: »Das ist so ein allerliebstes Mädchen, so ein gutes Kind; aber wenn es mein Kind wäre, würde ich nicht aus der Unruhe herauskommen.«

Wer darob nicht aus der Unruhe herauskam, das war die Tante Euphrosyne; und daß sie sie nicht zeigen durfte, wie sie wohl gemocht und es sich gebührt hätte, das machte das Elend wahrlich nicht gelinder. Kummer, der zum Grimm wird, verbessert den Charakter durchaus nicht, und wer diese psychologische Tatsache zu seinen übrigen philosophischen Erfahrungen, Betrachtungen und so weiter legen durfte, das war Horatio, der Doktor der Weltweisheit Franz Herberger, dem wir hier an dieser Stelle seinen ihm gebührenden gesellschaftlichen Titel wieder einmal nicht geben.

Da sie den Mann wieder in Wittenberg hatte, nutzte sie ihn natürlich auch aus, die alte Dame vom Universitätsplatze. Ihm schob sie mehr und mehr die ganze Verantwortlichkeit für den Jammer in die Schuhe, und wahrlich nicht bloß in die Schuhe.

Hätte er nicht zuerst einen Narren gefressen an dem holden Knaben, dem edeln Jüngling, dem ›ekligen Bengel‹, so wäre nichts so gekommen, wie es nachher kommen mußte. Was hatte er, Horatio, überhaupt am Universitätsplatz und auf Kepplershöhe bei der Tante Euphrosyne zu suchen, wenn er nichts wollte, als ihr ihr armes, kümmerliches, vergälltes Leben noch mehr in Unordnung zu bringen? Kannte sie, die Tante, sie alle nicht schon längst genug? Mußte sie sie durch so einen zugelaufenen, sogenannten guten Freund noch genauer kennenlernen? Sie dankte dafür, aber wenn sie gleich von Anfang an dafür gedankt hätte, so wäre das freilich noch besser gewesen. Wer aber kann es sich denn jederzeit vorhalten, was daraus werden kann, wenn man mal sich wieder dem Bedürfnis hingibt, einem anscheinend vernünftigen Menschen die Hand zu drücken?

»Ihrem Mamert hätte ich sie drücken sollen, lieber Herberger; denn der war zehntausendmal nicht nur vernünftiger, sondern auch verständiger als Sie, bester Herberger. Der hatte Weltverstand. Der kannte sie auch alle, und unsern speziellen Burschen hier kannte er unbedingt besser als Sie.«

»Liebe Tante, ich habe mir nie angemaßt, sie alle – uns alle so genau in- und auswendig zu kennen wie Sie. Ich würde das meinerseits unbedingt für eine Überhebung erachtet haben. Und dann hat man ja auch seine eigenen Lebenslasten auf der Seele und genug damit zu tun!«

»Da haben Sie recht, Franz, und Laura kann ebensogut darüber nachsagen wie Eva«, seufzte die Tante Euphrosyne.

Man brach auch in diesem Falle das Gespräch besser ab, als daß man es fortsetzte. Häkeleien kommen auch zwischen den größesten Philosophen vor, auch wenn die Weisheits- und Wahrheitsfreunde von verschiedenem Geschlecht sind und das erste gegen das andere unter allen Umständen zu der ausgezeichnetsten Höflichkeit verpflichtet ist. ›Der Weise hält den Mund‹, denkt am sichersten der Philosoph, wenn die Philosophin noch lange nicht denken will: ›Der oder die Klügste gibt nach.‹–

An dem Lebensschicksal der kleinen Eva änderte für jetzt der fortgesetzte freundschaftliche Verkehr und Seelenaustausch zwischen dem Hofrat und der Herrin von Kepplershöhe gar nichts. Nicht der kleinste Bruchteil von Lebenslast wurde ihr dadurch vom Herzen genommen. Das junge Mädchen kränkelte unruhig weiter, und zu dem schönen Brief zwischen den

Blättern der Welt nach Mercators Projektion geriet fürs erste leider weder die Tante Euphrosyne noch der Herr Doktor Herberger. Er hätte da wohl gut gelegen, wenn er sich nicht ununterbrochen in dem Köpfchen und Herzchen der Kleinen, auch aus seinem Versteck heraus, in den täglichen Verkehr der beiden Liebenden gemischt hätte. Da sollten denn wohl nicht bloß das Herz und der Kopf, sondern auch der Magen, von den Nerven gar nicht zu reden, der glücklichen Braut in Mitleidenschaft gezogen werden und zu dem täglichen Besuch des Doctor Scriewer auch den des Hausdoktors nötig gemacht haben!

Ja, wenn der ein Mittel gegen die Liebe, das heißt in diesem Falle gegen den liebenswürdigen blonden Eckbert gewußt hätte! Er erkannte aber weder den Sitz des Übels noch das Übel selber, rechnete diese Patientin zu denen, bei welchen ein vielbeschäftigter Arzt gern vorfährt, um die Familie zu beruhigen, von den neuesten Tagesneuigkeiten ein Wort zu plaudern und sich im übrigen auf die gute Natur der jungen Dame zu verlassen. Daß das kommende Frühjahr unbedingt eine Änderung zum Bessern in den Zuständen ihres Lieblings hervorbringen müsse, davon sind Papa und Mama ja auch ohne ihn überzeugt, trösten sich aber an der wiederholten Versicherung des großen Fachmanns immer mit derselben dankbaren, herzlichen Bereitwilligkeit. Man kann des Trostes eben nie zuviel kriegen.

DREIZEHNTES KAPITEL

Ja, das nächste Frühjahr! Der neue Frühling!

Der Mensch bleibt doch immer derselbe. Auch in den Zuständen, in denen er nur vom Zufall noch Hülfe, Rettung, Genesung und sonst alles Beste erwartet, läßt er doch im tiefsten Innern das Vertrauen auf das ewig Bleibende, immer Wiederkommende, keinem Zufall Unterworfene nicht los. Im Sommer wird er immer auf den Winter rechnen und im Winter auf den Sommer, und aller Trost, den ihm gute Freunde spenden, wird nie auf den Deus ex machina hinweisen, sondern stets auf die Regel, das ganz Selbstverständliche, das Dauernde im Wechsel.

Und nun, da wir dieses sehr schön auseinandergesetzt haben, dürfen wir ja auch wohl, ruhigen Gewissens und wie als wenn wir gar nichts gesagt hätten, dem Zufall, dem Gott aus der Maschine, sein volles Recht geben und den Leuten die unzweifelhafteste Berechtigung, die Hände zusammenzuschlagen und zu rufen:

›Nein, wie das doch oft so ganz anders kommt, als man es sich eingerichtet und erwartet hatte!‹ –

Nämlich während man in ›Wittenberg‹ noch im dicksten Winter schmachtete, die Tante Euphrosyne dem Elend kein Ende absah und ›Horatio‹ ihr mit seinen Betrachtungen und Zusprüchen mehr und mehr lächerlich vorkam, und zwar je weniger sie zum Lachen aufgelegt war, saß in Tübingen im Schwabenlande ein junger Mensch, der keine Ahnung davon hatte, daß er je von irgendwelchem Werte hier sei und gar nicht im Zusammenhange der Dinge zu entbehren sei, im grünsten, blühendsten, sonnigsten Frühling, und zehntausend Lerchen tirilierten in seiner Seele, wenn er zufällig mal von seinen Büchern und Handschriften aufsah und in das Schneegestöber draußen hineinlachte. Denn was das Äußerliche anbetraf, so war's in Tübingen noch ebensosehr Winter wie in Wittenberg, ja fast noch mehr. Was die Rauhe Alb an Wetter und Wind in das Neckartal hinübersandte, machte ihrem Namen alle Ehre. Ihr waghalsigster Sänger und Dichter hätte es jetzt noch nicht gewagt, ihr Wehen lind und ihren Atem weich zu nennen. Sie heizten in Stadt und Universität noch ebenso energisch wie im höheren Norden, jenseits der Mainlinie. Der Neckar war ausgefroren, und Uhlands Grab lag ebenso tief im Schnee wie Bürgers und Höltys. In dieser Hinsicht war im Süden keine Eigentümlichkeit bemerkbar, die dazu hätte berechtigen können, eben erwähnte Mainlinie politisch aufrechtzuerhalten. –

Was der Historisch-Gelehrte im Januar immer sagt, wenn ihn friert, das sagte auch unser Jüngling im deutschen Süden, nach dem Blick aus dem Fenster sich am Ofen behaglich die Hände reibend:

»Des kann e Chronikenwinter gebe!«

Dann, die kurze, fröhliche Joppe um seine mannhaften Glieder fest zusammenziehend, ging er zu seinen Büchern und Manuskripten zurück, und wir erlauben uns, ihm über die Schulter einen Blick auf das zu werfen, was er da augenblicklich treibt, und da ist es ein wahres Glück, daß die Leserin nicht mit zuguckt. Erstens würde sie nichts von der ganzen Geschichte auf dem Tische verstehen, und zweitens würde sie doch einer gewissen Enttäuschung anheimfallen: dieser junge Mann beschäftigte sich, nach diesen vorliegenden Skripturen, nicht damit, verklungenen Sang wieder aufzuwecken und die Ritterharfe vom Staufen wenigstens so gut als möglich bürgerlich weiterzuschlagen.

Schwabenspiegel – Corpus iuris – fränkische Kapitularien – Kaiserrecht – Laßberg, Wackernagel, Gengler – fränkische und alemannische Volksrechte – Sachsenspiegel – Land- und Lehnrecht – Homeyers kritische Ausgabe – Eike von Repkow – Eike von Repkow – Eike von Repkow und *so* weiter, Blatt ein, Blatt aus, mit frischester Dinte im Text der Handschrift des neunzehnten Jahrhunderts, unterm Text und am Rande – dem findigsten Setzer nicht lesbar, wenn keine vernünftige Abschrift genommen wurde. Diejenige junge Leserin, der es hier nach dem ersten Blick nicht so bunt, konfus und wirr vor den Augen wurde, wie es dem jungen Gelehrten bei seinem Werk nach dem hunderttausendsten geworden zu sein schien, die hatte was zuzusetzen auf diesem Felde, konnte selber eine Abhandlung über

Sachsen- und Schwabenrecht schreiben und durfte, wenn sie sich nachher nach ihrem eigenen Recht im Spiegel besah, einerlei ob als Schwäbin oder als Sächsin, sich ungemein interessant und reif für den Züricher Doktor vorkommen, so hübsch sie sonst auch sein mochte.

Es war ein germanistisches Meisterwerk, das da vorlag, oder sollte doch eines werden. Und daß der jüngste Tübinger Doktor, der Doktor Herr Eberhard Meyer in Tübingen, mit dem ausgefrorenen Neckar unter seinem Fenster, mit seinem ganzen Hirn und Herzen augenblicklich sich an der ebenso eisstarrenden Elbe, Saale oder Leine befand und doch so frühlingswarm und in seiner Bude donnernd auf und ab schritt, das hatte ebenfalls seinen Grund. Bis auf *eine* Lesart war der letzte Herausgeber des Schwabenspiegels ad absurdum geführt – Herr Julian Schmidt wußte nicht mehr von dem Dinge als dieser arme Sünder. Diese Lücke ausgefüllt, und die Sache war fertig, die Handschrift abgeschlossen und der Ehrenplatz auf diesem Felde der historisch-juristischen Wissenschaft glorreich errungen. Und Herr Eberhard Meyer hatte es herausgebracht, wo der Kodex des Sachsenspiegels lag, der für alle kommenden Zeiten hier Ordnung stiftete und der in diesem Fache gelehrten Welt endlich ihre Ruhe gab! Diejenigen Leser aber, die jetzt den Ort nicht auch schon wissen, sind einfach dumm, und an ihrer weiteren Bildung und Aufklärung hoffnungsreich weiterzuarbeiten ist für den Historiographen in der Tat eine schwere Auflage.

Natürlich lag der Kodex in Wittenberg, und ebenso selbstverständlich hatte der junge Rechtshistoriker im deutschen Süden darum an die dortige Universitätsbibliothek geschrieben, und der Dekan seiner Fakultät hatte dem Briefe das Zeugnis mitgegeben, daß man dem Absender die kostbare Handschrift zu seinem Zwecke wohl anvertrauen könne, daß sie in guten Händen sein werde und ihrerzeit ohne Eselsohren, Schnupftabaksnasentropfenflecke, Fett- und Dintenflecke und dergleichen Verunzierungen treulich und dankbarlichst zurückgestellt werden würde.

In fröhlichen Schmerzen wartete nun Herr Meyer seit einigen Wochen auf das Anlangen des Cimeliums, und wenn er, das Lied von der alten Burschenherrlichkeit pfeifend, im kitzelnden Behagen sich die Hände reibend, aus dem Fenster seines Burschenstübles, sei es in das Schneegestöber, sei es auf den im Wintersonnenschein unter seiner Eisrüstung glitzernden Neckar blickte, sah er viel weniger nach dem Wetter als nach dem Briefträger aus.

An dem Morgen aber, an welchem wir zuerst seine Bekanntschaft machten, mischte sich zum erstenmal doch einige wirkliche Ungeduld in sein bis jetzt, wie geschildert, durchweg vergnügtes Hoffen und Harren.

»Endlich könnte se da hinte in ihre Nordpolarländer sich wenigstens zu einer höflichen Antwort aufgeschwunge habe«, brummte er, nach einem neuen Auslug aus dem Fenster, und zwar nach links, gegen des seligen Meister Ludwigs Behausung hin. »Ja, freilich, wenn der sie um die Gefälligkeit angegange wäre, hätte sie, wenn auch nur aus politische Rücksichte, mehr Anstand walte lasse. Ja, so sind sie, diese Preuße! Und ihre Mußpreuße mache es ihne in allem, was unsereinem an ihne nit behaglich ist, natürlich mit Erfolg nach. Herrgott, na wartet nur, ihr Makedonier! Euch wird Athen auch nach Chäronea noch recht häufig den Schwa- den Höflichkeitsspiegel über den Main vorhalten müssen! An mir soll's wenigstens nit liegen, wenn –«

»E Briefle, Herr Doktor Meyer!«

»E Batzen Trinkgeld, Schwitzgäbele, wenn –«

»Er von der Braut ischt, Herr Doktor?«

»Von der nordischen Vormacht, dummer Kerle.«

»Des kann i weiß Gott net sage; aber von die – Preuße kommt er wohl; und a paar Kreuzerle verdient i bei der Saukälte wohl von jedem Korreschpondenten, dem i dies Wetter von der Gaß mit in die warme Stube bring.«

Der Götterbote war gegangen, und der Göttergünstling, das Schreiben in den Händen wendend und das Sigill der Wittenberger Universitätsbibliothek darauf gewahrend, zitierte zuerst den göttlichsten Sänger seines Vaterlandes:

»Und leis, wie aus himmlischen Höhen
Die Stunde des Glückes erscheint,
So war sie genaht, ungesehen,
Und weckte mit Küssen den Freund.«

Dann sagte er etwas kleinlaut: »Was Teufel, bloß e Schreibebrief?«

Dann erst öffnete er die Antwort der ›nordischen Vormacht‹ auf sein höfliches Ersuchen.

»Kodex?! ... Jawohl – Podex! Herrgottsackerment!« ächzte er sofort nach dem flüchtigsten Überblick der dienstlichen Mitteilung der Wittenberger Universitätsbibliothekverwaltung.

Wir werden die Antwort nicht ihrem Wortlaut, sondern nur ihrem Inhalt nach, aber ebenfalls dienstlich mitteilen. Den Wortlaut schenkt die Leserin uns gern und wir ihn ihr noch lieber: mit dem Schema holt man weder dem Zusammenhang der Dinge noch dem Zufall gegenüber den Kern des eben vorbeigleitenden Daseins heraus.

Mit dem besten Willen konnte Wittenberg dem literarischen Wunsche aus dem Süden nicht Folge leisten. Und wenn Ludwig Uhland aus dem Grabe aufgestanden und gekommen wäre, um hier eine Lücke in der deutschen Rechts- und Volksgeschichte auszufüllen – einerlei, ob als Rechtsanwalt, Mitglied der württembergischen Ständekammer, Abgeordneter zum deutschen Parlament oder als Professor der deutschen Literatur und Poet: Wittenberg hätte ihm den Sachsenspiegel nicht zur Einsichtnahme vorlegen können. Aus dem einfachen Grunde, weil es ihn doch nicht hatte! – –

Aber der Kodex sollte, mußte sich dort befinden! Wußte das die gelehrte Welt nicht ganz genau?

Jawohl! Wenigstens beinahe. Nicht in Wittenberg lag er, sondern in Lugau; aber Lugau steht so in jahrhundertelanger Verbindung mit Wittenberg, daß hier ein kleiner Irrtum, auch der gelehrtesten Forscher, möglich und entschuldbar war. Das Schlimme aber war, daß die Damen von Lugau ihre wissenschaftlichen Schätze nicht jedem beliebigen durch die Post zur Verfügung stellten und solches auch gar nicht durften.

Wer in dieser Hinsicht wie auch in anderer von den Nonnen von Lugau etwas wollte, der hatte, seit der Reformation, selber zu kommen. Kam er als ein höflicher, liebenswürdiger, angenehmer Mensch, so stand ihm vieles zur Verfügung. Es hat sich seit Doktor Martin Luthers Zeiten mehrere Male zugetragen, daß ein anderer Doktor, meistenteils freilich jüngerer Gelehrter, die Literaturkostbarkeiten der tausendjährigen Stiftung sich hat zeigen lassen, daß er genaue Einsicht zu seinem Zweck nahm und nachher – die Bücher an ihrem Ort liegen ließ, aber eine der Bibliothekarinnen mit sich nahm, und sonderbarerweise immer eine der jüngeren und hübschesten.

»Dees ist nun das menschliche Leben!« ächzte der liebenswürdige, junge schwäbische Gelehrte, nachdem er zu der geschäftlichen Mitteilung auch die höflich bedauernde Privat-Schlußwendung des Wittenbergers in sich aufgenommen hatte. »Da liegt die ganze Herrlichkeit über den Haufen! Da steh i nun! wie e Kind, das sich noch e Zuckerpüpple vom Baum holen wollte und sich die ganze Christbescherung über den Leib heruntergezogen hat. Das ist 'ne schöne Bescherung – sackerment, was tu i denn jetzt nur hier? Rein muß mei Sach ins Buch, oder i verzicht auf den Lorbeer ganz und lasse die ganze Suppe stehen! Und wieder die Frauenzimmer im Spiel! Hergottsackerment, selbst aus dem Schwaben- und Sachsenspiegel können sie ihre Nasen nicht weglassen. Lugau. Die Nonnen von Lugau? Ja, wenn's im schönen Sommer wäre, könnte man das Ding beinahe von der poetischen Seite nehme. In einem Klostergarten – dem Klostergarten von Lugau – unter Rosen, Orgelklängen, stillen Jungfrauen – schwarz-weißen natürli! – den Schwabenspiegel kollationiert haben: dees könnte wirklich was werden, womit man hernach hier am Ort nicht bloß bei den Fachgenossen, sondern auch in der Kneipe die Gemüter bewegen könnte. Aber jetzt – bei dieser Jahreszeit nach dem Nordpol? I danke gehorsamst! Die alten, heimtückischen Schachteln – diese Lugauer Christusbräute werde sich sauber mit meinem Kodex in ihre Klausur verkroche habe, wenn – sie net gar schon mit ihm eingefeuert habe. Na ja, die Lugauer Schwester Pförtnerin, die mir mit solcher Benachrichtigung ans Tor käme, möchte i auch net sein – meines Gesichtes wegen. I selber besähe es ums Verrecke für längere Zeit in keinem Spiegel der Welt!«

Das letztere Wort stellt auch für den fröstelndsten Feinsinnigen es unumstößlich fest, daß Doktor E. Meyer trotz seiner Abneigung, im kalten Januar und einer gelehrten Schnurre wegen den Main zu überschreiten, in Gedanken packte, ja sich schon auf der Heerfahrt befand, ja, ja, ja, sogar schon in Lugau angelangt war und dort in der Klosterbibliothek unter den Jungfernpergamenten wütete und wirtschaftete wie im Cäcilienkloster seines großen Landsmanns die Gebrüder Grimm – wollt ich sagen die Kameraden Spiegelberg und Grimm und die andern Libertiner.

»Daß sie ihres eigenen wissenschaftlichen Bedürfnisses wegen jetzt in ihrer Bücherei das Feuer im Ofen nicht ausgehen ließen, steht net zu vermute«, seufzte unser Spiegel-Schwab. »Aber heize müssen sie mir, oder, Hergottsackerment, ich heize ihnen ein, sei es mit Liebenswürdigkeite, sei es mit Grobheit! Aber – wer weiß – vielleicht kann die Sache ja auch ganz nett und lieblich ausfallen und unter Umständen angenehmer, als wenn man's mit so 'nem brutalen Flegel von Alma-mater-Kanzleiverwandten zu schaffe kriegte. Herrgott, und wie ischt mir denn? Auch das Herz brauchte ja da nicht zu kurz zu kommen! Dem Blutgeruch könnte man nachgehe! Die Verwandtschaft möglicherweise begrüße! Sitzen uns denn da nicht seit dem Anfang des vorigen Säkulums die allermöglichsten unbekannten Vettern und Basen? Des ist nun wieder mal so, wie es ist! Mit dem Schwaben- und Sachsenspiegel zermartert man sich seit Aeonen, und an *dieses* denkt man mit keinem Gedanken. Na, wartet, den lieben Leuten dort kann, wenn sie sich nur in der bescheidensten Weise anständig aufführe wolle, mit einem Vetter aus Schwaben ausgeholfe werde! Also vorwärts zu dene Wende, Wilze und Obotrite! In Gottes Namen hinein ins unheilige Deutschrußland, zu dene Semnone, Saxone, Burgundione, Variner, Rugier und Heruler, kurz, zu dene verflixte Borusse!«

VIERZEHNTES KAPITEL

Der Kaiser Napoleon, des Namens der Erste, ehe der seinen Feldzug nach Rußland antrat, hatte er doch auch erst seine Vorbereitungen zu machen. Auch er hatte zu packen, ehe er nach dem Herrscherthron von beiden Indien sich auf die Fahrt machte, und selbst ihm stellte es sich heraus, daß es damit nicht so leicht ging, wie es ihm die Phantasie, im ersten Augenblick des Entzückens, sich auch noch als Großmogul zu sehen, vorgespiegelt hatte. Da waren seine eigenen Truppen und Hülfstruppen zusammenzubringen, da war für den Nervus rerum gerendarum zu sorgen, da war dies und war das, was eben noch nicht da war, sondern auch erst herbeigeschafft werden mußte. Er, der Kaiser der Franzosen, König von Italien, Protektor des Rheinbundes, damals in Paris, hatte, abgesehen davon, daß er wie jeder andere gewöhnliche Mensch in das Wetter guckte, seine ›Verhältnisse‹ vor der Reise gradesogut zu überlegen wie Doktor Eberhard Meyer gegenwärtig in Tübingen. Aber er, der Kaiser, hatte es doch besser und leichter als der Tübinger Doktor. Er hob, ohne jemanden zu fragen, in Frankreich, Italien und Deutschland seine Truppen und Hülfstruppen aus, das Geld zur Expedition brachte er im Handumdrehen zusammen, und – das letztere war es vor allem, womit es in Tübingen haperte.

Gelehrte Leute, die einiges Interesse sowohl am Schwaben- wie am Sachsenspiegel nahmen, gab es da wohl, und mit literarischem Rat waren sie auch gerade nicht knauserig – aber der Nervus rerum! Kontributionen konnte Doktor Meyer nicht ausschreiben, höchstens konnte er für seinen großen Zweck pumpen, und dieses tat er denn auch.

Aber grade hier nahmen die Verhandlungen Zeit weg. Wer opfert nicht gern alles für einen Platz im Tempel des Nachruhms? Gewöhnlich immer die, welche am wenigsten, ja meistens gar nichts zu opfern haben.

›Dann laß sie aber auch selber zusehen, wie sie es fertigbringen und hineinkommen‹, grinst die übrige Menschheit, fest die Taschen zuhaltend, jedoch in wohlwollendster Genußfähigkeit für alles, was die ›Narren‹ in Kunst, Poesie und Wissenschaft ›fertigbringen‹ werden.

Es wurde Februar, es wurde März, es wurde April, ja es wurde Mai, ehe der junge schwäbische Gelehrte ›seine Verhältnisse so weit geordnet hatte, daß ihm nichts mehr im Wege stand, dem schwäbischen Vaterland durch eine endgültig abschließende Ausgabe seines Spiegels, grade jetzt, nach sechsundsechzig, auch auf diesem Felde zu seinen Ehren in der Welt von neuem zu verhelfen‹.

»Gott sei's getrommelt und gepfiffen! War das ein Elend!« seufzte er. »Was hat man bis hierhin mit feine Redensarte auf dem Bauche krieche müsse!«

Damit meinte er wahrscheinlich so etwas wie das eben von uns in Gänsefüßchen Eingefaßte.

Im Monat Mai hatten Staat, gelehrte Gönner und gute Freunde im Königreich Württemberg das Ihrige endlich zur Sache geleistet, Doktor Eberhard Meyer aus Tübingen befand sich auf den Rädern, um dem Wittenberger Universitätsbibliothekskataloge aus dem Schwabenspiegel so grob als möglich zu kommen und den lieben, armen geistlichen Mädle in Lugau – Kloster Lugau – ihres Sachsenspiegels wegen so höflich und liebenswürdig als möglich. Wir aber haben ihn damit fürs erste so weit, als wir ihn brauchen, und lassen ihn also fahren und sehen uns wieder nach der Tante Euphrosyne um, die, während die Tage immer länger und immer schöner wurden, in *ihrem* Feldzuge so ungefähr beim neunundzwanzigsten Bulletin aus Molodetschno angelangt war. Und leider konnte sie dasselbe in der vollkommenen débâcle rundum nicht schließen: La santé de Sa Majesté n'a jamais été meilleure. –

Ja. Während dieser Monate, während das Jahr sich aus dem Strengen ins Zarte milderte, der Schnee verging, Schneeglöckchen läuteten, die Frühlingssonne lachte und die Reben weinten, geriet die Tante immer tiefer in den härtesten Lebenswinter hinein und stak, auch so um den Mai herum, vollständig fest im Schnee und Eis der Welt nach Mercators Projektion.

Mit dem Kinde stand es, je mehr der Frühling auch nach Wittenberg kam, zusehends erbärmlicher. Und ›zusehends‹ ist leider hier für die Tante Euphrosyne wie für uns das richtige Ausfüllwort. Es standen verschiedene Leute und hatten das Zusehen, ohne irgendwie die Macht zu haben, ein Wort in den Jammer hineinzusprechen, geschweige eine Tat zu tun und ihm ein Ende zu machen.

Es war an einem Apriltage, gegen Ende des Monats, als die Tante Euphrosyne in ihrer ›armen Kleinen‹ Mädchenstübchen allein saß, nachdem man ihr unten im Hause gesagt hatte: »Fräulein ist mit dem Herrn Doktor spazierengegangen, muß aber jeden Augenblick heimkommen.«

Ohne in den Gemächern der Kusine oder in der Studierstube des Vetters Kleynkauer vorzusprechen, war die Tante eine Treppe höher gestiegen und hatte somit wieder einmal von einer Gewohnheit Gebrauch gemacht, zu der das Recht sie sich auch unter den jetzigen Umständen nicht hatte nehmen lassen.

Sonderbarerweise trieb sie augenblicklich Geographie in dem lieben Nestchen – natürlich nur aushülfsweise und in Ermangelung von anderem Zeitvertreib. Da das Kind kein Geheimnis vor ihr hatte, kannte sie alle seine kleinen Schätze und Herrlichkeiten in Schubladen, Kästchen, Näh- und Stickkörbchen, Mappen und Heften, auf Eck- und Hängebörten schon zur Genüge, griff also wie mechanisch nach dem Nächstliegenden zur Unterhaltung, und das war diesmal die Welt in Landkarten – Evchens alter, abgegriffener Schulatlas.

Ein zierlich gedrucktes Heftchen: ›Die Moral des Urchristentums im Lichte der Gegenwart von Doktor Eckbert Scriewer‹, hatte sie mit gekrauster Nase vorher aus dem Wege geschoben.

Nicht wenige Leute schieben das Neueste, das Beste in der Literatur aus dem Wege, wenn sie auch nur in der Phantasie auf Reisen gehen können. Es hat immer seine Reize, in einem Atlas zu blättern, nicht bloß für das sorgenfreie Gemüt, sondern auch für das gedrückte, ja für das letztere häufig mehr als für das erstere.

Auch die bekümmerte, sorgenvolle Seele der Tante Euphrosyne machte sich sofort auf die Fahrt.

Der Zufall hatte ihr den südwestlichen Teil Deutschlands, damals noch nicht dem Deutschen Reiche angegliedert, unter die Nase geschoben: Darmhessen vom Main an, Unterfranken, Oberfranken und das übrige von Baiern oder Bayern, die Rheinpfalz; dazu das Großherzogtum Baden und das Königreich Wirtemberg, Würtemberg oder Württemberg bis an den Bodensee. Also kurz, die ganze, schöne linksmainische Gegend außerhalb des norddeutschen Bundes mit allen Wegen und Stegen, Landstraßen und Eisenbahnen zum freiesten Phantasieflug hingebreitet – auf dem Papiere.

Die Tante kannte manches dort schon aus eigener Anschauung, obgleich sie seit bald einem Vierteljahrhundert nicht mehr in Wirklichkeit auf Reisen gewesen war. An Heidelberg knüpften sich einige ihrer lachendsten Erinnerungen. Da war sie als junges Mädchen mit ihrem gelehrten Papa gewesen, um das Handwerk zu begrüßen. Und wie hatten damals Meister und Gesellen den gelehrten Vater Kleynkauer und sein junges, hübsches Töchterlein begrüßt! O über den Fackelzug, für den der alte, würdige Herr sich vom Fenster des ›Ritters‹ aus mit Tränen in den Augen bedankte und von dem sie, die Tante Euphrosyne, heute mit lächelnder Wehmut noch ebenso genau wie damals, vor einem Menschenalter, wußte, wem er eigentlich galt!

Schwaben – das Land der Schwaben! Sie war vor einem Menschenalter nicht dahin gekommen, aber gewissermaßen von dort heraus! Sie, die Erbin von Kepplershöhe. Und so fuhr sie mit dem Finger am Neckar aufwärts, immer tiefer hinein in das Königreich Württemberg, und seltsamerweise verfinsterten sich ihre Mienen immer mehr auf dieser Fahrt: Doktor Eckbert Scriewer, außerordentlicher Professor der Logik, auf Kepplershöhe – der Herr von Kepplershöhe! … Von Deutschland bis nach Tumurkie im Innersten von Afrika, von Bopfingen, woher die Gelbfüßler stammen, bis an den Gelben Fluß ist gottlob nur ein Schritt, oder besser ein Griff, wenn man in einem Atlas umblättert. Mit einem fast bösen Griff hatte die Tante umgeblättert und die schwarzroten Grenzpfähle mit der großen chinesischen Mauer vertauscht.

»Nimmermehr!« ächzte sie grimmig. »Und wenn ich mich in meinen alten Tagen auf die Beine machen müßte, um mir einen mir anständigeren Erbnachfolger aus der unbekanntesten Blut- und Namensverwandtschaft, wie eine Nadel aus einem Wagen voll Heu, herauszusuchen. Mein Gott, mein Gott, und mein armes Kind, dem ich da in dem alten Garten für so manchen schönen Frühling, Sommer und Herbst sein behaglich Nestchen gesichert glaubte! Wer hilft mir in dem Elend und aus dem Elend und der Verwirrung?«

Die bloße Vorstellung, daß der Laffe, der kalte Gefühlskomödiant, ihr ›armes Kind‹ eben vielleicht im wittenbergischen Botanischen Garten spazierenführe und sie es nicht hindern könne, daß auch er, der blonde Eckbert, mit Kepplershöhe in Sicht, auch sich da oben sein Nest mache und sicherlich auch den Stadterweiterungsbauplan mit in die Rechnung ziehe, machte ihr physisch so übel, daß das ganze himmlische Reich darunter litt. Sie schlug von neuem um im Weltbilderbuch und zerknitterte das Blatt China dabei vollständig; und – und da lag sie vor ihr: die Welt in Mercators Projektion und auf dem Blatte die Blätter mit der zierlichen, spinnenfüßigen, ihr leider nur zu gut bekannten Handschrift, in der Doktor Scriewer alles, was er schriftlich mitzuteilen hatte, zu Papier brachte – auch seine Liebesbriefe!

»Was haben wir denn hier?« fragte die Tante, mit spitzen Fingern wie nach einer Spinne, Raupe oder einem Tausendfuß greifend. »Was Neues von der alten Sorte?« Ihre Diskretion hinderte sie nicht, so indiskret als möglich zu sein. Alles, was von *dem* Knaben kam, hatte ja leider einen so unendlichen Wert für sie, mußte ihn haben – Gott sei's geweint und geklagt! –

Sie überflog das Blatt oder Heftchen. – Neu! – Unbekannt! – Sie las. Sie las weiter, und wie sie weiterlas, wurden ihre Augen größer, greller – gräsiger. Immer mehr zitterten die Hände, die das zierliche Dokument hielten, immer unheimlichere Töne entdrangen der Tante Euphrosyne, und als sie dem Ende nahe war, las sie stehend, sitzend ging's nicht länger, und als sie zu Ende war, warf sie einen Stuhl um und stürzte fort, durch das Wort: »Du Lump!« Evchens Kanarienvogel fast zu Tode erschreckend.

Beinahe hätte sie auf dem Treppenabsatz auch noch die Base, die Frau Oberkonsistorialrätin Professorin und Doktorin der Theologie Kleynkauer, umgeworfen. Diese Dame entging dem Schicksal, durch die Tante Euphrosyne umgestülpt zu werden, für jetzt nur dadurch, daß sie sich mit einem Angstruf an die Wand drückte.

An ihr vorbei – aus dem Hause heraus! Und wenn je Doktor Franz Herberger in Wittenberg seinen Spitznamen in Wahrheit verdient hatte, so war das an diesem Tage; denn da hatte auch er eine Geistererscheinung. Er sah wohl nicht den Geist Allerhöchst des Herrn Vaters seines Prinzen erscheinen, aber er sah die Tante Euphrosyne Kleynkauer bei sich eintreten, und zwar völlig als ›toter Leichnam‹ sowie auch ›ganz in Stahl‹.

Zu einer der sowohl aus dem Original wie aus den Übersetzungen in Wittenberg bekannten Fragen an das Gespenst kam er aber nicht.

Das Gespenst sagte:

»Da! Lesen Sie mal. Heute abend kommen Sie wohl und sagen mir Ihre Meinung darüber.«

Damit ging es wieder ab und in seine Gruft am Universitätsplatz zu Wittenberg zurück. Hamlets Vaters Geist hätte seinen Abtritt von den Wällen Helsingörs wirklich nicht graulicher nehmen können.

FÜNFZEHNTES KAPITEL

Daß der Baron Horatio ein großer Philosoph sei, sagt Prinz Hamlet bei mehr als einer Gelegenheit in dem wunderlichen Drama; daß er aber durch seine Philosophie irgend etwas Erkleckliches zur Entwirrung oder zur Lösung des tragischen Knotens in Helsingör beigetragen habe, können wir mit dem besten Willen nicht finden.

Aber grade hierdurch verdient unser ›Horatio‹ in unserm ›Wittenberg‹ seinen gesellschaftlichen Scherznamen wenigstens etwas; und als dramatische Respektsperson bleibt er uns im höchsten Grade wertvoll, wenn er gleich heute gradesowenig zum Zweck führende Weltweisheit für die Tante Euphrosyne in sich hatte wie sein Namensvetter damals für seine Königliche Hoheit von Dänemark.

Als Hofrat Doktor Herberger der Tante den von dem Kinde unterschlagenen Seelenschönheitserguß Doktor Scriewers nicht etwa im dunkeln Abend oder in der geisterhaften Nacht, sondern schon am frühen, hellen, freundlichen Nachmittag zurückbrachte, seufzte er nur:

»Woran die Kleine krankte, wußten wir schon ohne dieses und wissen es jetzt nur ein wenig genauer. Welch ein Engel von einem Menschen! Sie haben recht, Fräulein: dieser Bursche ist so gut in seiner Art, daß es wirklich ein Segen für die Menschheit sein würde, wenn man ihn ein Unikum nennen dürfte; aber leider ist das nicht der Fall. O Mamert! Mamert! ... Sehen Sie, hier sind auch Tränenspuren der Kleinen auf dem ekeln Giftblatt – und hier ein zittriger Bleistiftstrich des armen Wurms, um sich eine besonders hervorstechende Edelmutsschönheit dieser Kreuzotter besser merken zu können. Wie das bedauernswerte Geschöpf dran studiert hat, um seiner würdig zu werden! ...«

»Seiner würdig!« ächzte die Tante Euphrosyne. »Und dieses schöne Wetter draußen – alle Veilchen unter den Hecken, alle Lerchen in der Luft – alle Hände und alle Fensterbänke voll Maiblumen, und mein Kind – mein, mein, mein Kind in diesem Frühling und seinem achtzehnten Lebensjahre mit diesem infamen, kühlen, schlüpfrigen Seelenhoheitsschlingel am Arm auf dem Wege ins trostlose Leben hinein! Herberger, Herberger, was Sie mir da eben sagen, habe ich mir wahrhaftig schon selber gesagt; so geben

Sie mir doch einen Rat, einen vernünftigen Rat! Sie haben doch auch ihre Kämpfe auszufechten gehabt und, wie man sagt, den Widerstand der wahrlich nicht stumpfen, sondern bitterscharfen Welt zu besiegen verstanden. – Laura Warberg in Lugau gibt mir da gewiß bald völlig recht! Geben Sie mir jetzt, mit diesem Brief in der Hand, einen Rat: was soll, was kann ich tun, das Kind vor sich selber zu retten?«

»Lugau!« sagte Horatio, und »Lugau!« wiederholte die Tante Euphrosyne. Und obgleich der weise Mann ihr mit dem Wort an gutem Rat zu dem, was sie schon längst selber in sich bewegte, nicht das geringste hinzugetan hatte, so nahm sie sein Wort doch als einen Trost und als etwas ganz neu zu ihrer Hülfe im Jammer Aufgefundenes und war ihm, wenigstens einen Augenblick doch erleichtert aufatmend, im hohen Grade dankbar dafür. Gottlob sind wir Menschen so.

»Ja, Lugau!« rief auch sie. »Sehen Sie, bester Freund, wenn Sie mir je aus der Seele gesprochen haben, so ist das eben gewesen! Zu Pfingsten bin ich mit dem Kinde in Lugau, und wenn hier in Wittenberg die Welt darum untergeht! Und habe ich es dort im Kloster, so werde ich schon dafür sorgen, daß es fürs erste nicht wieder herauskommt. Lieber da lebendig eingemauert als hier im vergnügten Leben unter solcher treuesten Eltern-Obhut und im Arm zärtlichster Liebe: nicht wahr, die Redensarten lauten ja wohl so? Ich werde heute noch beim Vetter Kleynkauer einige Worte darüber fallenlassen, wie sehr unter den jetzigen Verhältnissen ein Übergang von Kepplershöhe an den Universitäts-Studien-Fonds nicht nur in meinem Sinne, sondern auch dem des würdigen ersten Gründers und Besitzers – *meines* Ahnherrn – liegen könne. Verlassen Sie sich drauf, Herberger, zu Pfingsten sind wir in Lugau – das Fest der Freuden wird dem armen Wurm nicht hier in Wittenberg verdorben. Ehe ich selber in Wirklichkeit dermaleinst auf Kepplershöhe spuken gehe, werde ich jetzt erst mal den alten schwäbischen Sternengucker dort in der Phantasie des Hauses Kleynkauer spuken lassen. Und geben Sie acht, Doktor, es hilft. Nochmals besten Dank für Ihren wirklich guten Rat, lieber Herberger. Mein Gott, mein Gott, wie klammert man sich hier einmal wieder an die Täuschung, daß die schöne Erde doch nicht ganz allein durch das Absurde und das Nichtsnutzige ausgefüllt werde! Um keine Ecke hier in der Stadt biege ich ohne die Hoffnung: jetzt kommt die Erlösung, und wenn es die Vorsehung nicht ist, so muß es unbedingt der Zufall sein, der die Komödie, die Tragikomödie, die Tragödie zum Abschluß bringt! So jetzt wieder! Jawohl Herberger, es muß etwas in Lugau passieren! Was freilich, davon habe ich nicht den geringsten Begriff; aber die Geschichte kann, kann, kann so nicht zu Ende gehen! Jedenfalls werde ich sofort an Schwester Augustine schreiben. Herberger, um diese Ecke herum muß *es* uns entgegenkommen!«

»Unmöglich ist das glücklicherweise noch nicht«, sagte Horatio. »Jedenfalls werde auch ich nach Lugau schreiben.«

Wie oft sein Namens- und Studienverwandter in dem bekannten Theaterstück die Achseln zu zucken gehabt habe, steht unter den Bühnennotizen nicht angegeben; aber –

»Sehen Sie wohl«, sagte die Tante Euphrosyne, »ist doch auch Ihnen auf Ihrem heißen, staubigen oder verregneten, aufgeweichten Lebenswege Kloster Lugau zu einem Ruhepunkt geworden, wo Sie zum Aufatmen gekommen sind! Ich für mich will ja schon dankbar sein, wenn mir das nur für den kürzesten Augenblick dort möglich wird. Hier am Ort halte ich sowenig wie mein Kindchen die Luft länger aus!«

SECHZEHNTES KAPITEL

Auch Kloster Lugau hatte seinen Platz in der nach Krämer und Kompanies Entwurf auseinandergezogenen Welt. Es war seinerzeit zu einem Zweck gegründet worden, und der Gründer hatte seinen Vorteil sehr wohl dabei im Auge behalten, wenn auch diesmal grade nicht seinen pekuniären oder gesellschaftlichen. Er hatte sein Geld hergegeben zum Bau und auf Verzinsung in dieser Welt nicht gerechnet. Aber in jener! Ja, für jene Welt rechnete er drauf, daß ihm wenigstens einiges für seine Stiftung ins Guthaben geschrieben werde und durch manches in seinem Soll dort im großen Hauptbuche des Himmels ein Gnadenstrich gezogen werde.

Das Bedürfnis, wenigstens etwas nicht ganz rechtmäßig erworbenes Gut dem Herrn über alle Güter wieder zur Verfügung zu stellen, hatte vor tausend Jahren irgendeinem armen Sünder aus billungschem, wettinschem oder welfischem Geschlecht, wohl nicht ohne einiges Zureden der Geistlichkeit, bewogen, mit seinem Mammon zu Kreuze zu kriechen. Zu Kreuze in der wirklichsten, wahrsten Bedeutung des Wortes. Wenn der Böse, dem Sprichwort zufolge, nicht selten hinter dem Kreuze steht, so steht ebensowenig selten der Heilige mit dem Klingelbeutel dort, und sie wußten es sowohl von Rom wie von Mainz, Hildesheim oder Halberstadt besagtem Ludolfinger, Billunger, Wettiner, Brunonen oder Welfen besorgt genug ans Herz zu legen, was sie in ›seinem Alter‹ bei ›seinen Gesundheitszuständen‹ und mit ›dem und dem auf dem Kerbholz‹ an ›seiner Stelle‹ tun würden.

Wenn dann der Ludolfinger nicht tat, was sie, die hohe Geistlichkeit, unter seinen Umständen jedenfalls getan hätte, so übernahm sie natürlich auch nicht die Verantwortlichkeit für die Folgen.

Da halte denn mal einer, der nicht lesen und schreiben gelernt hat und höchstens von Natur aus doch ganz gut zu rechnen verstand, seinen Geldbeutel zu. An einem gewissen warmen Orte in seinem Panzer, wie eine Schildkröte in dem ihrigen, aber in alle Ewigkeit hinein gebraten zu werden ist keine erquickliche Vorstellung. Ein gekrönter, glühender Helm in der Hölle – brrrr! Weshalb war der alte Herr so dumm und kam nicht hier unten noch in jenen besseren Zeiten an, wo ihn noch die Walküren, die Totenwählerinnen, auf dem Felde auflesen und ins Behaglich-Kühle hätten mitnehmen können? Nun male deine drei Kreuze unter die Schenkungs- und Stiftungsurkunde und stirb *ruhig* im Bette, Grave und Herzog der Deutschen! Daß man auch dich und deinesgleichen nach einem Jahrtausend noch mitzuzählen hat, beweist dieses Blatt. –

Aber wie kam es, daß der fromme alte Sünder ein Nonnenkloster gründete? In dieser Hinsicht kann man in den urältesten Chroniken, die von der Stiftung handeln, zwischen den Zeilen lesen, daß er wohl berechtigt war, auch im späten, gebrechlichen Alter dem schönen Geschlechte seine Liebe und Zuneigung zu beweisen. Als junger Mensch nämlich und nach Möglichkeit ins reifste Mannesalter hinein soll er von einem gewissen dynastischen Recht damaliger Zeiten den Jungfrauen gegenüber derartig Gebrauch gemacht haben, daß die Stiftung eines Jungfernklosters nur eine Höflichkeit mehr im ›frumben Minnedienst‹ war.

Geschmack hatte der gottselige Greis jedenfalls; und auch nach einer andern Richtung hin. Die Lage seiner Gründung konnte auf seinem Gebiete gar nicht passender und angenehmer gewählt werden. Da erhob sich das Gebirge mit seinen Vorbergen grade in der richtigen Entfernung von der Klostermauer, um die schärfsten Winde von der heiligen Schwesternschaft abzuhalten. Reiche Felder und Wiesen mit kleinen Gehölzen und einzelnen Baumgruppen dehnten sich rundum, auch kleinere und ein großer, fast seeartiger Teich fehlten nicht behufs der Fastenfische. Der Klostergarten ließ nichts zu wünschen übrig; seine Obsterträge waren noch heute weit ins Land hinein berühmt. Daß die Klosterkirche weit ins Land hinein berühmt war, verstand sich wohl von selber. Selbstverständlich war sie romanischen Stils, ebenso wie die Kreuzgänge, während sich an den Wohn- und Wirtschaftsgebäuden schon viel Gotisches einmischte. Auch das Rokoko, welches die adeligen Äbtissinnen des achtzehnten Jahrhunderts hier und da hinzugetan hatten, war allmählich alt genug geworden, um vor den Augen der Kunstverständigen Gnade zu finden. Sonderbarerweise erklärte der gegenwärtige Tag das, was er selber hinzugetan hatte, für das einzig Unschöne an Kloster Lugau. Der Regierungsbaumeister, der an und in Lugau renoviert, restauriert und neu gebaut hatte, mochte es der Regierung, was den Kostenanschlag anbetraf, noch so sehr zu Dank gemacht haben, mochte bei seinen Berufsgenossen in noch so hohem Ansehen stehen und aller staatlichen Ehren- und Ordensklassen noch so würdig sein: in ein Handbuch der Kunstgeschichte gehörte er nicht als Muster, oder doch nur als ein Muster davon, wie man es nicht zu machen habe. Zum Glück ist das uns, die wir hier nicht Kunstgeschichte treiben und schreiben, ganz einerlei. Was geht uns der Immenkorb an? Wir haben es mit den Immen zu tun! Daß die Bienen, die heute im Klostergarten von Lugau um die Blumen summen, noch immer Honig machen und Wachs bereiten wie ihre Schwestern vor tausend Jahren, das ist uns die Hauptsache! –

Nach diesem grauen Mauerwerk und grünen Garten voll Bienen, Schmetterlingen und Klosterschwestern führen wir nun den Leser und die Leserin, und zwar im schönen Monat Juni. Hatten die katholischen Nonnen es ihrerzeit in Lugau gut gehabt, so hatten es die lutherischen in unseren Tagen darin auch nicht schlecht, ja eigentlich noch besser. Tausend Jahre hatte das Kloster gestanden, und die Leserin mag selber in der Weltgeschichte nachschlagen, was alles in so einem Jahrtausend über die fromme Stiftung hinweggegangen sein konnte. Wenn es ihr aber genügt, daß aus allem guten und schlimmen Geschichtswetter an Gütern und Kapitalien so viel dort übriggeblieben war, daß eine ›Stelle‹ dort immer noch etwas Wünschenswertes für eine weltentsagende Jungfrau sein konnte, so soll uns auch das recht sein. Zu Pfingsten wittenbergscher Bücherstaub und Pergamentmoderduft, wenn wir uns lugauschen Blumenstaub, Berg- und Waldduft, wenn wir uns lugausche Blütenblätter ins Fenster wehen lassen können? – Das wäre noch besser! ... Uns genügt es vollkommen, daß seit dem sechzehnten Jahrhundert und dem Doktor Martin Luther ›Wittenberg‹ ein zu Pergament, zu Papier gebrachtes vollgültiges Anrecht für seine Professorentöchter, Stadtpfarrers-, Konsistorialrats- und Kirchenratstöchter an die härenen Kutten, die Gürtelstricke und Geißeln des frommen Gründers von Kloster Lugau hat und dasselbe im heftigsten Wettstreit mit den Töchtern des höheren Krieger- und Beamtenstandes nach Möglichkeit ausnutzt.

Daß eine vom höhern Adel der ›Provinz‹ als Domina das Schwesternhäuflein in klösterlicher Zucht hielt, war schicklich – wenn auch nur in dankbarer Rücksichtnahme auf den weiland erlauchten Stifter aus dem Stamme der Brunonen, Ludolfinger, Wettiner oder Welfen. Die Rücksichtnahme auf die mehr bürgerlichen Verhältnisse der Gegenwart war auch hierbei nicht aus den Augen gelassen worden, und blaues und rotes Germanenblut wußten sich, manchmal mehr, manchmal weniger, doch durchschnittlich ganz gut in die seit dem Jahr achthundertsiebenzig doch ein wenig veränderte Welt zu schicken. Daß sehr blaues Blut auch in den Adern einiger Schwestern rann, war durch das Vorherrschen des bürgerlichen Elements nicht ausgeschlossen. Eine davon kennen wir schon, wenn auch nicht aus dem William Shakespeare, so doch aus dem geselligen Scherzbedürfnis der Stadt und Universität ›Wittenberg‹, welche zwei wir, wie wir hier ausdrücklich bemerken wollen, *nur* aus dem William Shakespeare kennen. –

Man erreichte im Jahre 1870 Kloster Lugau noch nicht ganz vermittelst der Eisenbahn. Heute soll das möglich sein; aber damals hatte man mehrere Stunden mit der Post oder auf einem gemieteten Wagen von der nächstliegenden Bahnstation ab zu fahren, ehe man an das Mauertor aus dem Jahre 1490 und den Schatten der hohen Lindenbäume vor demselben gelangte. Aber das Kloster hatte auf dem nächsten Bahnhofe sozusagen seinen eigenen Charon, der für es die Überfahrt aus dem Säkulum gegen eine billige Taxe und ein reichliches Trinkgeld vermittelte. Mit einem Obolus begnügte dieser Charon sich freilich nur ungern.

»Ich bedanke mich auch ganz gehorsamst, Fräulein«, sagte Dickdrewe, nachdem er den Damen beim Aussteigen behülflich gewesen war und auch die Koffer und Schachteln an der Klosterpforte abgesetzt hatte. »Und nun wünsche ich ein recht fröhliches Fest hier in Lugau. Schönes Wetter haben wir ja ausnahmsweise mal, und an der Luft hierherum und der Kost da drinnen wird es auch nicht liegen, wenn ich dies junge Frölen nicht mit röteren Backen als wie jetzo später mal wieder von hier abhole. Ist es nicht wahrhaftig, als käme es schon wie ein Pfingstkuchengeruch da über das alte Gemäuer? Na, nochmals viel Pläsier in Kloster Lugau, Fräulein Kleynkauer. Da kommen schon die anderen alten und jungen geistlichen Tanten. Na, adjes denn nochmals; – wenn's wo vergnügt wird und anfängt, gut aus der Küche zu riechen, muß unsereiner immer weiter!« ...

Der Mann hatte recht; es war nicht bloß die Tante Augustine, die aus der äußeren Klosterpforte hervorstürzte, um den eben in Lugau anlangenden ›Logierbesuch‹ in Empfang zu nehmen und zu begrüßen. Ein halbes Dutzend anderer jüngerer oder älterer ›geistlicher Tanten‹ kam mit ihr unter die hohen Linden hinaus, und – wieder hatte Dickdrewe recht: alle brachten sie einen pfingstfestlichen Duft an sich mit, und zwar in der Tat aus der Küche oder vom Backofen her. Nach Weihrauch roch keine von ihnen; – jaja, was wohl der fromme Gründer hierzu gesagt haben würde?! ...

»Da seid ihr denn endlich!« rief die Tante Augustine. »Nun laßt euch vor allen Dingen erst mal besehen!«

Und die Klostertante, nur einen kurzen, aber vielsagenden Blick auf die Tante Euphrosyne werfend, besah sich das Kind wirklich sehr genau, faßte es dann noch zärtlicher, aber auch sozusagen vorsichtiger unter die Arme, am liebsten schien sie es auf dieselben genommen zu haben wie ein wirkliches Kind, um es aus der Zeitlichkeit im braven Kloster Lugau in Sicherheit zu bringen.

»Was hat man aus dir gemacht, mein armes Herz?« Aber nun standen sie schon in dem alten, von den schönen romanischen Kreuzgängen umgebenen Klosterhofe, und aus allen Fenstern sahen die Nonnen, die nicht mit ans Tor dem Pfingstbesuch entgegengelaufen waren, teilnahmvoll auf ihn herunter – auch Fräulein von Kattelen, die Frau Priorin, die hinter vorgehaltenen Händen und im Flüsterton sonst auch wohl als ›Polizeiwachtmeister‹ unter der frommen Schwesterschaft umging. Und aus der Pforte der Klosterkirche kam eine schöne junge Dame, die jüngste der Nonnen von Kloster Lugau, unter aufgespannten himmelblauem Sonnenschirm – eine hochgewachsene, etwas zur Wohlbeleibtheit neigende, blonde, blauäugige Asketin im elegantesten Frühlingskostüm, reichte der Tante Euphrosyne freundlich die Hand, nahm der Tante Augustine das Evchen vom Arm weg, schloß es in ihre eigenen Arme, küßte es und sagte:

»Gut, daß du da bist, Mätzchen! Mein armes Mäuschen, hat sie dich auch in den Klauen gehabt, die böse Katze Welt? Freilich, freilich, da müssen wir für dich wirklich hier nach dem Rechten sehen!«

Das war ein vieldeutiges Wort, und Fräulein von Kattelen, der Polizeiwachtmeister von Kloster Lugau, würde es vielleicht noch anders und schärfer bezeichnet haben; aber diese jüngste Nonne von Kloster Lugau, Gräfin Laura Warberg, war schon längst bekannt, Fräulein von Kattelen nannte es: berüchtigt, wegen ihrer vieldeutigen Worte.

SIEBZEHNTES KAPITEL

Daß im Jahre nach Christi Geburt achthundertsiebenzig Kloster Lugau ohne seinen Gründer nicht möglich war, ist selbstverständlich; undenkbar aber war Lugau im Jahre achtzehnhundertsiebenzig ohne Fräulein Augustine Kleynkauer, der frommen Stiftung Erzkuchelbäckerin, in ›Wittenberg‹, um sie von der Tante Euphrosyne in der Familie Kleynkauer und deren Verwandtschaft und Bekanntschaft zu unterscheiden, die ›Klostertante‹ genannt. Ja, was den Kuchen- und Küchengeruch anbetraf, so wußten die frommen Büßerinnen von Lugau, was sie an der Schwester Augustine hatten! Ein hohes kirchliches Fest, ganz abgesehen von den ›privaten Festivitäten‹, Geburtstagen und dergleichen, ohne die Schwester Augustine war rein undenkbar. Wie sehr sie auch im lutherischen Lugau sich durch stilles Gebet, durch, natürlich den verschiedenen Charakteren angemessenes, Insichgehen auf Ostern, Pfingsten, Himmelfahrt und Weihnachten vorbereiten mochten, die Kleynkauer mit ihrem wunderbaren Gefühl für so was und mit ihrem Rezeptbuch schlossen sie immer darin ein, sowohl in das stille Gebet wie in die lauten übrigen Vorbereitungen.

Wer hatte für die neun gesunden Kräuter zum Gründonnerstag zu sorgen?

Die Schwester Kleynkauer.

Wer für die bunten Eier zum ersten Ostertag, und zwar nicht bloß für die Kinder des Dorfes Lugau?

Fräulein Augustine.

Auf wen verließen sich gegen den Tag des heiligen Ritters Martinus heran die Nonnen von Lugau den Gänsen von Lugau gegenüber, und wen sahen die letzteren um diese Zeit des Kirchenjahres mit dem bittersten Mißtrauen in die guten, aber verständnisvollen Augen?

Fräulein Augustine Kleynkauer war's.

Beim Pfingstfest sind wir: wenn wir jetzt noch von den Weihnachten anfangen wollten, wo würden wir da ein Ende finden, wenn sich das Reden anfängt um Fräulein Augustinens Verdienste und Unentbehrlichkeit um und in Kloster Lugau?

Bleiben wir bei den Maibäumen! Sie hatten auch unangenehme Charaktere im Kloster, sogar gräßliche (›Das erspart der Herrgott keiner Menschengemeinschaft‹, sagt die Tante Kennsiealle); aber selbst die scheußlichsten gingen wenigstens an den hohen Festtagen in sich und im Backhause und in der Küche der guten Kleynkauer um den Bart. Sie kochte und buk gar zu gut; und ihre Rezepte gingen weit über Kloster Lugau hinaus, wurden an verschiedenen kleineren Höfen hochgehalten und erst neulich auch an einem größern durch Ophelias Vermittlung der regierenden Herrin in Abschrift mitgeteilt. Wenn der Luisen- oder Schwanenorden für dergleichen weibliches Verdienst verteilt würde, hätte ihn die Tante Augustine Kleynkauer längst, wäre Großkreuz oder besser Grand Cordon, denn von ihrem Herde aus hatte sie alle, die sie hier kennenlernten, am Bande.

Maienbirken nicht bloß am Tor, sondern auch an allen Zellentüren, die sich auf den langen Gang öffneten, durch den Fräulein Augustine jetzt ihre Wittenberger Gäste zu ihrem Privatreich in dem gottgesegneten frommen Immenkorbe führte!

»Auch dafür habe natürlich ich sorgen müssen. In den Büchern und Gedichten wissen sie alle damit Bescheid und vor Gefühlen und Rührung nicht aus und ein; aber in der Wirklichkeit sind die Gefühlvollsten sogar die Faulsten und lassen sich am liebsten von anderen aufwarten. Und nun, Kinder, da seid ihr gottlob mal wieder bei mir, und nun macht's euch bequem. Hört ihr, da läuten auch grade die Pfingstglocken vom Kloster Lugau das Fest ein:

›Wenn die großen Glocken gehn,
Muß der Kuchen auf dem Tische stehn‹,

und seht ihr, da steht er, und nun laß dich noch einmal genauer besehen, Kleine! Vor allen Dingen müssen wir dich erst wieder ein wenig herausfüttern; und jetzt bist du in der Beziehung in meiner Kur und Behandlung. Ich denke, es wird sich schon machen – nun aber entschuldigt mich für einen Augenblick, was zetert denn die alte Katze, die Kattelen, da im Korridor in das liebe Glockengeläut hinein? Fräulein Kleynkauer wird gewünscht von der Frau Priorin? Ja, warte, hat sie sich selbstverständlich grade diesen Augenblick ausgewählt und aufgespart, um mir mit einer ihrer Dummheiten zu kommen! Also einen Augenblick – Bescheid wißt ihr, legt ab, macht es euch bequem. Beim Kofferauspacken helfe ich natürlich.«

Nun war es eine bekannte Sache in Lugau, daß, wenn Fräulein von Kattelen und Fräulein Kleynkauer, sei es in geistlichen, sei es in weltlichen Angelegenheiten, etwas untereinander auszumachen hatten, das Ding nie kurz übers Knie abgebrochen wurde.

Die schönen alten Klosterglocken von Lugau läuteten wohl eine gute Viertelstunde in die Verhandlung bei der Frau Priorin hinein. Der Wittenberger Logierbesuch hatte völlig Zeit, es sich bei der Schwester Augustine bequem zu machen sowie sich auch von neuem in der Klausur derselben umzuschauen.

Gottlob, hier in der frommen Einsamkeit ist noch alles so wie sonst, alles so wie immer! Für große Veränderungen und Fortschreiten mit der Mode, für Stilgerechtigkeit und dergleichen war die Klostertante nicht. Alles noch an seiner Stelle in altjungferlicher Reinlichkeit und Behaglichkeit; dem Behagen alle Raumverhältnisse angemessen! Geräte, Bilder und Tapeten, daß die Frau Doktorin Luther ihre wahre Freude dran hätte haben und sagen dürfen: ›Sieh mal, Martin, hätten wir das im Kloster Nimbschen so haben können, wer weiß, ob ich mir von Freund Koppe dort so bald über die Gartenmauer und nach Torgau hätte helfen lassen. Mann, und der Blick hier aus dem Fenster ist doch auch ganz was anderes als der bei uns in unserem multrigen Wittenberg! Und sieh mal, was für hübsche Gardinen!‹ …

Jawohl, der Blick aus allen Fenstern vom Kloster Lugau! Über die blühenden Gärten der Stiftung, die Teiche, die Wiesen und Felder, über Dorf Lugau und vor allem auf das nahe Gebirge! Das war freilich etwas anderes als Wittenberg – selbst von Kepplershöhe aus gesehen!

»Setze dich da in der guten Seele Stuhl, guck in die schöne Welt und kümmere dich um nichts; hier sind wir Herren«, sagte die Tante Euphrosyne mit der Kaffeetasse in der Hand und dem zärtlichsten, besorgtesten Blick auf die junge Braut – des blonden Eckberts Braut. »Und ihren Festkuchen soll sie uns auch nicht umsonst gerühmt haben. Du mußt dich zwingen, Kindchen; denn das Herz willst du der Tante Augustine doch wohl nicht brechen wollen.«

Und Evchen Kleynkauer zwang sich, so gut es gehen wollte; aber in dem Fensterlehnstuhl der Klostertante saß sie gern nieder, mit dem Blick über das grüne Land und auf die blauen Berge; und obgleich sie die Aussicht schon gut kannte, sagte sie doch wieder: »Oh, wie schön!«

Es war auch schön. Vorzüglich, nachdem man so durch einen langen, heißen, staubigen Tag gefahren war und noch dazu aus Wittenberg kam und sich dort, wie sich Mama, das heißt die Frau Oberkonsistorialrätin Kleynkauer, ausdrückte, so schwer aus den Armen der Liebe losgemacht hatte.

»Oh, hier das Leben zuzubringen«, seufzte Eva Kleynkauer. »Wie schade, daß die Glocken aufgehört haben! Ach, und auch begraben zu werden auf dem lieben, alten Kirchhof bei den guten Schwestern seit tausend Jahren. Es ist ja so schlecht, so böse von mir, nicht mit allen Kräften mit für das Beste der Welt wirken zu können! Ich wollte es ja auch so gern; aber – oh, hier, hier so in Sicherheit zu sein im Leben wie im Tode, hier in Lugau bei den guten – guten Tanten!« ...

Die Kirchenglocken von Lugau schwiegen freilich jetzt, nachdem sie die Pfingsten eingeläutet hatten; aber, wie als wenn sie das Wort an den Nächsten dazu abgegeben hätten, erklang es hinter der Klostermauer dem Dorf Lugau zu, nicht grade harmonisch und melodisch, aber mit desto größerem Nachdruck und mit jugendkräftigster Stimme:

»Die linden Lüfte sind erwacht,
Sie säuseln und weben Tag und Nacht,
Sie schaffen an allen Enden.
O frischer Duft, o neuer Klang!
Nun, armes Herze, sei nicht bang!
Nun muß sich alles, alles wenden.«

Die Tante Euphrosyne, vom Auspacken ihres Reisekoffers sich aufrichtend, horchte und fragte die in diesem Augenblick von ihrer Vorfestkatzbalgerei mit Fräulein von Kattelen, der Frau Priorin, hochroten Kopfes in die Zelle zurückkehrende Tante Augustine:

»Was ist denn das für ein neuer Singvogel im Kloster Lugau?«

»Die Person!« sagte die Tante Augustine zuerst über

die Schulter rückwärts. »Zuviel Zucker verbraucht?! ... O könnte ich dir doch in den Teig kneten, was der Menschheit am dienlichsten ist. Da hast du wieder eine Probe von unserm hiesigen Klosterfrieden, Synchen! Soll man da nicht selber vor Gift vergehen, weil man der Menschheit hier einen wirklichen Dienst durch eine gute Dosis Rattengift wohl erweisen möchte, aber doch nicht darf? Und wieder grade heute, vor den heiligen Pfingsten!«...

»Die Welt wird schöner mit jedem Tag,
Man weiß nicht, was noch werden mag,
Das Blühen will nicht enden.
Es blüht das fernste, tiefste Tal:
Nun, armes Herz, vergiß der Qual!
Nun muß sich alles, alles wenden.«

»Laß doch die alte Hexe, Stinchen! Wer der Sänger da hinter eurem Zaun ist, wollen wir wissen«, lächelte die Tante Euphrosyne, auch Kennsiealle in Wittenberg genannt.

Und das verkniffene Gesicht von Lugaus Erzkuchelbäckerin glättete sich wie der Ozean vor einem Faß voll Öl:

»Der Sänger? Na, wenn ihr das Gesang nennen wollt, meinetwegen! Ja, das ist freilich ein ganz frisch nach Kloster Lugau zugeflogener Singvogel! Das ist unser Schwab.«

»Euer Schwab?«

»Jawohl! Und daran knüpft sich freilich eine Geschichte – mehr als eine Geschichte – eine ganze Historiensammlung. Aber wenn ich davon anfange, höre ich so bald nicht wieder auf; also jetzt erst weiter in eurer Einrichtung! Kinder, werdet nur erst wieder warm im Kloster Lugau; auch wir können hier in unserer Abgeschiedenheit das Unsrige erleben. Für dich, Synchen, hab ich grade hier noch eine ganz besondere Pfingstfestüberraschung.«

ACHTZEHNTES KAPITEL

Sie hatten in dieser Nacht am längsten Licht im Kloster Lugau, die beiden Kleynkauerinnen, die Basen Euphrosyne und Augustine. Bis weit über die Geisterstunde hinaus saßen sie in der Zelle der letzteren, nachdem sie das Kind zu Bett gebracht hatten, und beredeten Vergangenes, Gegenwärtiges und Zukünftiges – selber zwei Geisterbeschwörerinnen ersten Ranges.

»Von deinem blonden Eckbert hab ich nun genug. Hast mir brieflich schon übel genug durch ihn gemacht! Was kann man dir da wünschen? Daß er vor Hochsinn euch vor der Nase platzt oder sich so hoch erhebt, daß ihr ihn ganz aus den Augen verliert? Beides halte ich noch für möglich: ich kenne diese Sorte auch aus meinem Klosterleben hier ziemlich genau. So was gibt es nicht bloß draußen bei euch im Säkulum.«

Seufzend erhob sich die Tante Euphrosyne, verließ für einen Augenblick das Zimmer, kam zurück und sagte:

»Wenn von ihm die Rede ist, überfällt es mich zum Ekel auch immer wie Todesangst. Gottlob, das Kind ist noch da in seinem Bett und schläft sanft. Sollte man nicht wünschen, so schliefe es über das ganze arge Leben hinweg und ich hätte auch bis zu meinem Grabe keine weitere Sorge mehr, als ihm die Fliegen abzuwehren? Im wachen Dasein kann ich ja nichts, nichts, gar nichts für es tun! O Stinchen, wenn du wüßtest, wie dumm, wie arm, wie leer und kahl, geplündert, beraubt und bestohlen ich mir vorkomme! Ich! ... Ich, die ich sie alle zu kennen und zu übersehen glaubte! O wenn Überhebung auch gestraft werden muß, so hart brauchte die Strafe doch nicht auszufallen. Wir sind in der Pfingstnacht; aber grade da fällt es einem erst recht bitter auf die Seele, daß keine Zeichen und Wunder mehr geschehen, um uns Armen im Geiste im Erdendunkel zu helfen!«

»Meinst du?« fragte die Tante Augustine. »Wir hier in Lugau, daß heißt die Gräfin Laura und ich, sind seit ungefähr acht Tagen anderer Meinung.«

Mit sehr großen Augen sah die Tante Euphrosyne die alte Klosterschwester an.

»Was redest du da? Wen oder was könnte mir der Himmel von oben zum Trost in meinem Jammer schicken?«

»Diesmal kam er wie ihr mit Dickdrewes Fuhrwerk in Lugau an. Unsere Satzungen erlaubten es ja leider nicht, ihm hier im Kloster bei uns Nonnen ein Bett anzubieten; so hat er sich denn im Dorf einquartiert. Dort wohnt er seit einer Woche beim Förster Gipfeldürre.«

»In des Himmels Namen denn: Wer? Wer?«

»Nun, wenn du willst, Base Kleynkauer, dein Erbe auf Kepplershöhe – der Vetter aus Schwaben! Dein Vetter aus Schwaben, Base Euphrosyne Kleynkauer! Da er den Sachsenspiegel bei euch in Wittenberg nicht gefunden hat, so ist er jetzt hier bei uns in Kloster Lugau – wie gesagt seit acht Tagen – auf der Suche danach.«

»Den Sachsenspiegel – der Vetter aus Schwaben – der Erbe von Kepplershöhe?« ...

»Ja, ja, ja! Seit acht Tagen stellt dieser Herr Doktor Meyer aus Tübingen auf der Jagd nach seinem alten Schmöker das Kloster Lugau – Subpriorin, Priorin, Domina und die gesamte Schwesternschaft, die Erzkuchelbäckerin natürlich nicht ausgeschlossen – auf den Kopf. Kannst ihm jedenfalls suchen helfen! Da nimmt er jede Hülfe in dem fidelen Gefängnis, wie er sich auszudrücken beliebt, mit Dank an. Synchen, es geschehen doch noch Zeichen und Wunder, und du selber gehörst dazu. Wenn jemals wer zur richtigen Stunde vom Himmel nach Kloster Lugau geschickt worden ist, so bist du gelehrtes Tier es. Wenn wer uns Nonnen von Lugau, Fräulein Seraphine von Kattelen eingeschlossen, sagen kann, was dieser – dein Schwab grade jetzt hier bei uns nach dem Sachsenspiegel zu suchen hat, so bist du das!«

Die Tante Euphrosyne Kleynkauer hatte beide Ellbogen auf den Tisch gestützt und hielt den Kopf mit beiden Händen, sah aber nicht auf die Klosterbase Kleynkauer, sondern mit weitgeöffneten Augen auf die Lampenkuppel, als leuchte ihr da wirklich ein Licht aus einer andern Welt. Und wenn Schwester Augustine gemeint hatte, auf solche Eröffnung hin werde ihr die Base aufgeregtest an die Schultern fahren und ›alles aus ihr herausschütteln‹, so hatte sie sich geirrt.

»Du weißt, Base«, sagte erst nach einer Weile Wittenberg zu Lugau, »du weißt, ich lasse Leute, die mir wirklich etwas zu sagen haben, gern so lange als möglich ausreden. Hat sich das Kind nebenan nicht gerührt? Nein? So sprich weiter – erzähle – o Liebste, Liebste, so rede doch endlich weiter!«

»Armes Herz!« sagte die Klostertante, der Wittenberger Base zärtlich-verständnisvoll mit sanfter Hand über den Rücken streichend. Und dann – erzählte sie weiter, so sehr als möglich der Reihe nach. Es gewährte ihr augenscheinlich selber ein Vergnügen, die Sache noch einmal zu berichten. –

»Wie gesagt, er fuhr mit unserm Dickdrewe vor, ließ sich als ein Doktor Eberhard Meyer aus Tübingen bei unserer Oberin melden und wird da auch wohl die nötigen Legitimationspapiere vorgewiesen haben; denn nach einer Weile kam die ganz aufgeregt zu mir in das Waschhaus: ›Kleynkauer, haben Sie den Schlüssel zu unserer dummen Bücherkammer, oder können Sie mir wenigstens sagen, wo ich ihn zu suchen habe? Du liebster Himmel, als wenn man nicht schon genug an dem ewigen Ärger über die Journalmappen und mit dem Wittenberger Leihbibliothekar zu tun hätte! Nun kommt mir auch dieses noch über den Hals. Haben Sie je unter den alten Scharteken in unserer – Bi-blio-thek einen Spiegel, einen sogenannten Sachsenspiegel bemerkt? Der fremde Herr, der da bei mir sitzt, ist ein Gelehrter aus Schwaben und von dem Wittenberger Bibliothekar an mich verwiesen von wegen dieses nichtsnutzigen Sachsenspiegels, und die ganze gelehrte Welt nicht nur in Wittenberg, sondern der Welt überhaupt hat in diesem Moment die Augen und Brillen auf Lugau gerichtet, wie er sagt, der Herr Doktor. Beste Augustine, wir blamieren uns vor dem Weltall, wenn Sie mir nicht sofort den Schlüssel zu unserer Bi-blio-thek verschaffen, wenn wir für den Herrn Doktor den Schlosser kommen lassen müssen!‹ – ›Beruhigen Sie sich nur, Frau Domina, so arg wird's nicht werden. Wer war denn zuletzt drin?‹ – ›Ja, da fragen Sie mal, Liebste! Keine von den Damen will dort was zu suchen gehabt haben, und das mag ja auch wohl sein; aber – der Schlüssel fehlt, und der schwäbische Doktor wird bei sich zu Hause saubere Geschichten von der berühmten Lugauer Nonnenbibliothek erzählen.‹ – Da half nun nichts, Euphrosyne, das ganze Kloster begab sich auf die Suche; denn der Lugauer Schlosser war uns allen doch zu schenierlich und noch dazu auch auf dem Felde oder über Land, kurz, nicht aufzufinden. – ›Oh, es tut mir so unendlich leid, meine hochverehrten Damen, Ihnen solche Mühe machen zu müssen!‹ ruft unser gelehrter Störenfried, und jede von uns mag sich innerlich über das Vergnügen erbosen, was ihm unsere Verlegenheit augenscheinlich macht. Aber liebenswürdig blieb er. Zuerst bändelte er natürlich mit der Gräfin Laura an, zu mir kam er in die Küche, um sich wenigstens *die* anzusehen, da es mit der Bibliothek noch nichts sei. Auch drunten bei ihnen in Schwaben sei das in allen Klöstern doch immer die Hauptsache, meinte er und hatte wohl auch nicht unrecht. Die Domina lud ihn selbstverständlich zum Tee ein; Synchen, ich sage dir, so einen fidelen Kommersch habt ihr in eurem Wittenberg seit lange nicht gehabt; davon ließe sich wirklich bis in die Morgenröte hinein erzählen! Zuerst erfuhren wir nun, was das eigentlich mit dem Sachsenspiegel auf sich habe, daß es ein altes Gesetzbuch sei, daß es auch einen Schwabenspiegel gebe und daß die eine vermoderte Schwarte ohne die andere und den Doktor Meyer aus Tübingen als Vermittler zwischen beiden gar nicht länger in der gelehrten Welt und Wissenschaft denkbar sei. Aber diese Auseinandersetzungen wurden unserm Gast gottlob bald selber langweilig, und wie im Handumdrehen sind wir durch unsern Eulenspiegel in des Knaben Wunderhorn geraten. Die Frau Domina öffnete ihren Flügel, und erst gegen Mitternacht brachte der Klostergärtner mit der Laterne unsern Gast nach dem Dorfkruge von Lugau. Zuletzt hatte er boshaft vorgeschlagen, ein Pfänderspiel zu spielen, und zwar: Dieser Schlüssel, der soll wandern von der einen zu der andern, und dabei kam es mir plötzlich wie eine Erleuchtung: Die Kattelen hat ihn! ... und richtig, so wies es sich am anderen Morgen denn auch aus! Fräulein von Kattelen hatte ihn und hatte in der Lugauer Klosterbibliothek ihr Pelzwerk und sonstige Wintergarderobe einer gründlichen Mottenausräucherung unterworfen; den Büchern schadete das ja nicht, und man war auch sonst mit solchem Gestank an dem Orte am ungestörtesten. Na, das mag ja denn auch wohl so sein; aber der Duft, der uns am andern Morgen zur Visitenstunde entgegenschlug, als wir dem Fremden mit hellem Triumph auf allen Gesichtern das Lokal erschlossen, war freilich nicht übel und der Urheberin völlig angemessen. – Wir Weibsleute prallten alle zurück, wer aber wie außer sich in das Gewölbe hineinsprang und hustend und prustend jauchzte:

›Die Fenster auf, die Nasen zu!
Geschwinde, geschwinde!‹,

das war unser Schwab. Gründlich hatten wir zu lüften, ehe wir, oder vielmehr er sich auf die Suche nach der kostbaren Eselshaut, wie er sich ausdrückte, machen konnte; und dabei, ich meine bei der Suche, sind wir – ist er, meine ich, ist er denn heute noch!«

»Er hat das Buch noch nicht gefunden?« rief die Tante Euphrosyne.

»Kennst du die Klosterbibliothek zu Lugau?« fragte die Tante Augustine. »Bergehoch, bis an die Decke hinauf wie Kraut und Rüben durcheinander! Wie wenn der Doktor Faust darin nach dem Stein der Weisen gesucht, wieder nichts gefunden und in der Wut alles übereinandergeschmissen hätte, so sieht's da aus. Unser jetziger Doktor ist in dem jauchzendsten Entzücken über die Wüstenei. Man versteht manchmal sein Schwäbisch nur halb; aber was man davon versteht, das läuft alles auf die höchsten Lob- und Ehrensprüche für uns Lugauer Nonnen hinaus!«

Trotz ihrer bedrückten Seele mußte die Tante Euphrosyne doch hell auflachen.

»Das glaube ich!« rief sie.

»Ja, glaube es nur. Er hat uns sämtlich schon so weit herangeschmeichelt, daß wir ihm mit dem besten Willen bei seinem Aufräumen und Ordnungstiften zur Hand gehen, und wird's den anderen überdrüssig: Laura Warberg und Augustine Kleynkauer halten bei ihm im Moder und Staub aus, bis er seinen Willen hat. Seife und reine Handtücher wird's freilich wohl noch zur Genüge kosten; aber es ist zu nett, ihn am Werke zu sehen und auch nach Kräften behülflich zu sein! So viel gelehrtes Blut hat man doch auch noch immer in sich, daß es einem behagt, wenn man so ein Menschenkind aus einem literarischen, ästhetischen oder wissenschaftlichen Entzücken ins andere fallen sieht. – ›Wissen Sie, Gnädigste, los werden Sie mich hier fürs erste nicht. Das Quartier hab ich schon gewechselt und bin aus dem Krug zum Förster Gipfeldürre gezogen; der Mann könnte selbst dem Schwarzwald eine Ehre machen. Das hier in Ihrem, mit Erlaubnis zu sagen, Augiasstall wollen und müssen wir schon rein und klein kriegen. Ist die Schwarte wirklich vorhanden, so suche ich danach bis zum Schwarzwerden. Da kommt es für die Wissenschaft und Unsterblichkeit auch auf einen schönen Tod im Schwefel- und Kampfergeruch nit an, gnädiges Fräule. Wissen Sie, die Schwaben räuchert man nicht so bald aus, und wenn auch noch so viele Mittel dagegen in den Zeitungen angepriesen werden. Und wissen Sie noch, Komtesse Warberg, so 'ne verwahrloste Bücherei, wo seit tausend Jahren nur der Wurmfraß, der Schimmel, die Mäuse und die Mädle, wollt i sagen, die allergnädigsten Damen drüber und darin gewesen sind, das ist so was für unsereinen! Wissen Sie, da heißt es in Wahrheit: Suchet, so werdet ihr vielleicht finden! Was tu ich mit der besten Ordnung in Wittenberg, in Tübingen, in Ihrem borussischen Nutrimentum spiritus oder im Britischen Museum, wenn dem Forscher so ein unabgegraset Feld blüht wie hier bei Ihnen in Lugau? Der Sachsenspiegel muß heraus! ... Der Kanonenofen da sieht mich freilich a bißle verdächtig an; aber das kann der liebe Herrgott doch nicht zugelassen haben, daß der die sicherste Auskunft darüber abgeben könnte! Freilich, wissen Sie, gnädigste Gräfin, wo heute in Hellas ein Kalkofen steht, da weiß man ziemlich genau, daß es da mal pentelischen Marmor, bearbeitet von Phidias, Polyklet und Praxiteles, gegeben hat; aber so schlimm kann mich hier in Lugau der Himmel doch nicht wegen der Motten in der Wintergarderobe der Damen gestraft haben. Der Sachsenspiegel von Kloster Lugau muß her! O lieber Himmel, Zeus, Pallas Athene und all ihr Unsterblichen, was haben wir denn hier? Herrgott von Blaubeuren, da haben Sie ja eine Handschrift des Waltharilieds aus dem vierzehnten Jahrhundert, die wir seit dem fünfzehnten bei uns in Tübingen vergeblich suchen. Darum sollte ja selbst der selige Uhland wieder von den Toten auferstehen.‹«

»Augustine«, sagte die Tante Euphrosyne, »ich habe dich ruhig erzählen lassen – ich habe dich nicht unterbrochen – du weißt, wie gern ich dir zuhöre; aber –«

»Das alles geht dich nicht das geringste an. Nach

Kepplershöhe verlangst du. Jaja, ich begreife das vollkommen und bin auch gleich dort mit meinem Schwaben, mit unserem – deinem Vetter aus Schwaben; aber sitze du mal dein armes, liebes Leben ab in Kloster Lugau und benutze dann nicht die Gelegenheit für dein altes, gelehrtes Wittenberger Professorenblut und gehe aus deiner Küche nicht mit solchem jungen, netten Enthusiasten hinein in alle Tiefen und auf alle Höhen seines gelehrten Bestrebens. Ja, dich erst hätte ich mal mit dem Doktor Meyer aus Tübingen in der Lugauer Nonnenbücherei und Wüstenei sitzen, wühlen und schwatzen sehen und hören mögen!«

»Erzähle weiter«, sagte die Tante Euphrosyne.

»Nun, verhungern und verdursten ließen wir den Mann bei seiner nüchternen und trocknen Beschäftigung auch nicht. Im Gegenteil, wir gingen ihm mit Speise und Trank fein sauber um den Bart. – ›Kinder‹, sagte nämlich die Äbtissin, ›da wir jetzt einmal so drinsitzen mit diesem nichtsnutzigen, nicht aufzufindenden Eulen-, Sachsen- oder Schwabenspiegel, so bleibt uns nichts übrig, als uns diesem wirklich ganz netten Bücherfresser wenigstens nach einer andern Richtung von der liebenswürdigen Seite zu zeigen. Mir wird allmählich ganz schwül bei dem Gedanken, daß die Regierung und ein hohes Kultusministerium durch ihn Wind von diesem Verluste kriegen und uns, meine Damen, persönlich dafür verantwortlich machen. Die Herren da oben wären aus eigenem bösen Gewissen imstande und schickten uns eine Strafkommission zur endlichen Ordnung der gelehrten Dinge in Lugau über den Hals. Gräfin Warberg, fragen Sie den Doktor doch einmal bei Gelegenheit, wie er über unser Schicksal denkt.‹ – ›Das habe ich schon getan, Frau Domina, und er hat lachend gemeint: ‚Ja, wie kann man auch Frauenzimmern dergleichen Schätze zur Aufbewahrung anvertrauen?‘ Aber machen Sie sich nur weiter keine Sorge, Gnädigste, dem Greuel hier helfe ich schon allein so in vierzehn Tagen oder drei Wochen ab; und den Lugauer Sachsenspiegel muß ich ja finden.‹«

»Der Mann gefällt mir immer besser!« seufzte die Tante Euphrosyne. »Die Vetternschaft, die Vetternschaft, Augustine!«

NEUNZEHNTES KAPITEL

»Ja, mit der Vetternschaft machte sich das auf die natürlichste, einfachste Weise. Wir hockten wieder in der Bücherei auf der Suche nach dem lugauschen Sachsenspiegel, wir drei: der Schwab, die Gräfin Laura und ich. Rund um uns bergehoch das gelahrte Kraut und Rüben unseres hiesigen Jahrtausends, in Folio, in Quart und Duodez, wie du willst, in Rollen, geschrieben, gedruckt und gemalt. Daß die Regierung da nicht längst einmal ein Einsehen getan hatte, war freilich eine Merkwürdigkeit. Selbst einem Laien mußte es klarwerden, daß jetzt, nach sechsundsechzig, von Berlin aus wohl eine Kommission mit voller Verfügung über die Nonnen von Lugau eintreffen und besser als wir nach der Ordnung sehen und den Schlüssel, das Reinmachen, die Motten und die Spinnen in ihre uniformierte Verwaltung nehmen könne. Die bösen Ahnungen unserer Frau Domina konnten da recht gut zur Wahrheit werden, und zwar nicht zu unserem fernern stillen Klosterfrieden und Behagen. – ›Schauen Sie, meine Damen‹, sagt plötzlich unser Schwab, auf einen würdigen Perückenkopf aus dem Anfang des vorigen Säkulums in einem Quartanten deutend, ›da haben wir wieder einen aus der großen Familie der Meyer, in dem ich in Ihrem edlen Wittenberg die Verwandtschaft hätte begrüßen dürfen, wenn er heute dort noch das Katheder paukte. Da hat ein schwäbisch Magistergewächs vor anderthalbhundert Jahren eine Quecke von Maulbronn nach dem Norden zu getrieben,

Knollen angesetzt und einen neuen Busch aufgetrieben, der sich wie Ihres verehrten Freiherrn von Münchhausen türkische Bohne bis zum Monde aufrankte und von dort bei zu- oder abnehmendem vom untersten Horn in die Wissenschaft des gegenwärtigen Tages herniederbammelt.‹ –›Was Sie sagen!‹ rufe ich, mit beiden Händen nach dem Tröster greifend. ›Wie kommt denn dies Buch aus der Kleynkauerschen Bibliothek in die Lugauer? Da sehen Sie das Bücherzeichen, Doktor, Sie können das hundertfach in den Schränken meiner Base Euphrosyne antreffen. Und nun sagen Sie mal, süddeutsches Menschenkind, da haben Sie bei Ihrer neulichen Durchreise durch Wittenberg nicht den kleinsten Versuch gemacht, eine noch möglicherweise dort vorhandene Verwandtschaft wiederaufzufinden?‹ – ›Hm, gnädigstes Fräulein, zwischen dem alten Herrn hier auf dem Titelblatt und den heutigen im Schwabenlande verbliebenen schönen Resten der Familie Meyer liegt nicht nur der Siebenjährige Krieg, sondern auch die Französische Revolution, der Kaiser Napoleon, der Überfall bei Kitzen, die Schlacht bei Leipzig, und neulich haben sich auch noch die Schlachten bei Königgrätz und Tauberbischofsheim dazwischengelegt. Dergleichen verwischt die zärtlichsten früheren Bezüge und Verbindungen im unruhigen Erdenleben. Dazu suchte ich auch wirklich für diesmal nichts weiter bei den Borussen und Neoborussen als – was wir drei hier eben auch mit allem Eifer suchen: meinen, meinen, meinen Sachsenspiegel! Zeigen Sie doch noch mal die Schwarte her! Ein feines Exlibris! Was ist das für ein Turmgebäude zwischen den Posaunenengeln und Rokokoschnörkeln?‹ – ›Kepplershöhe ist das, Schwabenmensch!‹ schrie ich. ›Kepplershöhe, wie sie Ihr Ahnherr vor anderthalbhundert Jahren aufgerichtet hat! Und auf Kepplershöhe sitzt meine Base und Ihre Tante Euphrosyne Kleynkauer, in völliger Gesundheit, den besten Lebensjahren, und verteidigt den Familienturm gegen den Stadterweiterungsplan und hält auch für Sie undankbaren Spiegelschwaben die alten glorreichen Familienerinnerungen und Andenken fest und beieinander!‹ – Euphrosyne, jetzt hättest von Rechts wegen du und nicht wir zwei anderen die Augen des jungen Mannes sehen müssen. – ›Nun, vielleicht läßt sich das in Wittenberg an verwandtschaftlichem Gefühlsaustausch Verabsäumte hier im Kloster Lugau nachholen‹, mischt sich jetzt Gräfin Laura nach ihrer guten Weise behaglich in die Auseinandersetzung. ›Zu Pfingsten kommt sie ja nach Lugau, die Tante Euphrosyne. Franz – der Herr Doktor Herberger hat es mir auch geschrieben!‹ – Und dann fügt sie lachend was Italienisches an, was auf Deutsch heißen sollte: An diesem Tage lasen wir nicht weiter; – und da hatte sie recht: für diesen Tag war's vorbei mit dem Suchen nach dem Sachsenspiegel bei den Nonnen von Lugau.«

»Welch ein merkwürdiges Zusammentreffen!« murmelte Euphrosyne Kleynkauer.

»Nicht wahr? Ja, es passiert dann und wann doch noch etwas auf Erden, was einen gewissermaßen in Verwunderung setzen kann. Das ganze Kloster kam in Aufregung über den Fall. Die weiteren Verhandlungen darüber verlegten wir natürlich ins Freie, in den Garten, unter die grünen Bäume. Nun, was deinen Herrn Vetter aus Schwaben und mich anbetrifft, so wissen wir jetzt so ziemlich um einander Bescheid. Das Weitere ist nun deine Sache, Synchen. Meiner Meinung nach ist dieser Schwabenspiegler oder Spiegelschwab ein Menschenkind, das man Herr Vetter, Herr Bruder oder Herr Neffe nennen kann, ohne sich vor der Welt mit ihm zu blamieren. Bis auf Fräulein von Kattelen sind wir hier auch sämtlich dahin über ihn einig, daß es, wenn kein Prachtmensch, so doch ein braver Gesell ist und daß wir seit Jahren keine vergnügtere Unterbrechung unserer, offen gesagt, oft etwas langweiligen Klosterstille gehabt haben als wie jetzt durch ihn. Und auch er scheint mit uns zufrieden zu sein, und ehrlich ist er auch: ›Dees hätt i mir nimmer gedacht‹, hat er in seinem allerliebsten Dialekt gesagt, ›daß man das Fest der Freuden in einem neupreußischen Nonnenkloster angenehmer begehen könne als wie daheim, wo es wahrlich keinen Anstand hat, daß sie grade zu Pfingsten auf den sonnigsten Bergeshöhen, den romantischsten Burgtrümmern, in den elegischsten Klosterruinen einem die Bowle mit Politikgift, Pfaffengalle, allgemeiner Dummheit und persönlichster Unverschämtheit vergifte.‹ – Allmächtiger, da schlägt es ja schon Mitternacht, und morgen müssen wir beizeiten in die Kirche, wie du weißt, Kleynkauern. Komm zu Bett, alte liebe Seele, und denke, daß man gottlob im schlimmen Leben auch die Zeit zu allem Guten immer noch vor sich haben kann!«

Ehe die beiden ›Alten‹ selber zu Bette gingen, standen sie in Strümpfen noch eine ziemliche Weile vor dem Bettchen des ›Kindes‹. Das schlief einen ruhigen Kinderschlaf und hatte von ihrer Unterhaltung in seine süße Bewußtlosigkeit hinein nicht das mindeste vernommen.

ZWANZIGSTES KAPITEL

»Das will ich schon vor dem lieben Gott verantworten«, hatte die Tante Augustine gesagt, und die Tante Euphrosyne hatte die Verantwortlichkeit, ohne etwas zu sagen, auf sich genommen: sie hatten beide, aus gleich sorgenvollem Herzen heraus, die Kleine auch die Kirche verschlafen lassen. Und das so jung schon vom heißen Lebenstage ermüdete Menschenkind lag so totenähnlich im Arm der guten Mutter Natur, daß weder die Glocken noch der Gesang der Nonnen von Lugau es in seinem Schlafe störten und daß es erst durch die letzten aushallenden Orgelklänge nach beendigtem Gottesdienst erweckt wurde.

Da richtete sich freilich Evchen Kleynkauer fast erschrocken im Bette auf und hatte sich erst eine geraume Weile zu besinnen, ehe es ihr wieder klar war, wo sie sich befand und was das für schöne Klänge seien und daß das Grün vor dem Fenster zu den alten Linden im Klosterhofe von Lugau gehöre und daß die Sonne, die so hell durch den Vorhang schien, nicht Wittenberger, sondern Lugauer Sonne sei.

Sie sank wie in neuer Betäubung zurück, als wie auch durch diese lieblichen, beruhigenden Klänge, Lichter und Farben neu und schwer belastet auf dem Herzen – auf dem Gewissen. Wieder ein Versäumnis! Wieder die bittere Gewißheit, mit der schönen, treuen, wohlmeinenden Welt nicht mitgehen zu können – zu kindisch, zu dumm, zu schwach, zu willenlos auch hier, selbst hier in Lugau, für Liebe, Pflicht und Werktätigkeit zu sein!

Sie versuchte es, sich zu erheben, und sie blieb liegen – matt, todmüde trotz des guten, langen Schlafs im Klosterfrieden von Lugau, nicht weinend, aber mit den Händen über den Augen, um die Tränen zurückzudrücken, um Licht, Farbe, Töne – alles, alles auszulöschen, und in die Stille und Dunkelheit der Ewigkeit mit ganzer Seele sich hinuntersehnend aus Angst vor der Welt nach Mercators Projektion.

»Aber was soll denn dies bedeuten? Wach und noch in Federn, faules Frauenzimmer? Willst wohl die Pfingsten und die schöne Welt da draußen ganz den anderen lassen?« rief die Tante Euphrosyne, in voller Fülle Lugauer Pfingstluft, -licht und -leben aus Kirche, Klosterhof und Klostergarten in der Tante Augustine Gastzelle tragend und ihr Kind mit beiden Armen umfassend, es erhebend und zärtlich abküssend. »Aber das hat du gut gemacht, mein Herz, und an der Predigt hast du wenig verschlafen – nun aber heraus, an den Kaffeetisch zu der Tante Stine glorreichen Festkuchen und dann in den Garten, den Wald, auf die Berge. Ist es der schändliche Wittenberger Winter gewesen? So hat mir die Welt ja noch nie gegrünt und geblüht wie in diesem gottgesegneten Frühsommer!«

»Ja, Püppchen, das ist so, wie die Tante Synchen sagt«, rief die Klostertante. »Nun tu aber das Deinige dazu, daß die liebe Pracht hier nicht ungenossen dahingeht. Hör die Lugauer Schwalben und Spatzen, wie sie sich schon mokieren. Das bitt ich mir aus, daß du den Kuchen nicht alt und den Kaffee nicht kalt werden läßt. Singt die Welt, so sing mit! Springt die Welt, so spring mit! So kommt man auch über Stock, Stein, Sumpf und Moor weg, wenn man sein ganzes junges, liebes, langes Leben noch so vor sich hat wie du, mein armes, liebes Herzchen. Pfingsten, Pfingsten – und guten Rat und Treue und Trost von allen Seiten für dich!«

Jetzt kamen die Tränen – in Hülle und Fülle. Und Eve faßte die beiden guten Weiber, die zwei mitleidigen, braven Seelen auf einmal in die Arme und hielt sie und herzte und küßte sie wechselweise und schluchzte:

»Ja, ja, ja, ihr habt recht, und die Undankbare, Böse bin ich allein. Ihr seid so gut – alle sind so gut, und die Welt ist schön. Ich will mich auch bessern und zusammennehmen und keinem, keinem mehr Sorgen und Verdruß machen. Keinem, keinem! ... Behaltet ihr mich nur lieb und helft mir, so geht ja vielleicht noch alles gut, und auch ich werde auf Erden noch zu etwas nützlich. Ich will mir gewiß alle Mühe geben, die Welt zu erkennen und zu verbessern; aber helft mir – du, Tante Euphrosyne –, bleibt bei mir, haltet Wort: immer, immer helft mir mit eurem Rat und Trost und eurer Treue!«

»Dann vor allen Dingen erst mal in die Kledaschen, Mädchen!« rief die Tante Euphrosyne, nach Möglichkeit ihre Sorgen, ihre Angst und auch ihren Verdruß, Ärger und Ekel verbeißend. »Und laß dir sagen, während du schliefest, in der Nacht hat mir die Tante Stine noch eine Überraschung bereitet, und die kann ich jetzt drunten im Garten an dich weitergeben. Ein sauberer Zeisig ist den Lugauer Nonnen hier neulich zugeflattert und wünscht auch deine Bekanntschaft zu machen. Kepplershöhe kennst du doch?

»Aber, ich bitte dich, Tante Euphrosyne?!« lächelte Evchen.

»Nun, er behauptet, wie er mich jetzt – das heißt heute morgen, während du die Morgenfrische verschliefest, kennengelernt habe, müsse das ein Käficht nach seinem Geschmack sein, und er werde auch da demnächst mit unserer Erlaubnis zufliegen, zumal da er schon seit länger als anderthalb Jahrhunderten ein Anrecht auf Busch, Baum, Strauch, Licht, Luft und – freundlichste, gelehrte, wissenschaftliche Wittenberger Aufnahme habe. Drunten im Garten sitzt er zwischen Fräulein Laura und Fräulein von Kattelen und macht sich beiden liebenswürdig. Hab ich mein Wunder an ihm gehabt, so sollst du es jetzt gleichfalls haben. Er ist auf deine nähere Bekanntschaft jetzt fast noch gespannter, als wie er's vorhin auf die meinige war. Nicht wahr, Tante Stinchen?«

»Daß er heute morgen noch viel an seinen Sachsenspiegel denkt, unser Lugauer Spiegelschwab, glaube ich grade nicht!« lachte des fröhlichen Klosters verständige Erzkuchelbäckerin. Ein Stündlein später machte dann freilich Fräulein Eva Kleynkauer aus Wittenberg im Klostergarten große Augen, als Fräulein Euphrosyne Kleynkauer vorstellte:

»Dein Vetter, Herr Doktor Eberhard Meyer aus Tübingen! – Ihr Bäschen, mein Pflegekind auf Kepplershöhe, Fräulein Evchen Kleynkauer, Herr Vetter aus Schwaben.«

Da jetzt außer Gräfin Laura und Fräulein von Kattelen die halbe Schwesternschaft von Lugau sich vor dem Mittagessen und der Nachmittagskirche noch für einige wohlige Augenblicke aus den Zellen in das Blühen und Grünen, das Bienensummen und Schmetterlingsgeflatter ihres Gartens heruntergezogen hatte und natürlich bei der Vorstellung gegenwärtig war, so war für das, was Herr Eberhard Meyer hierzu zu sagen hatte, eigentlich kaum die rechte Zeit. Auch er hatte sich fürs erste bei Kundgebung seiner Gefühle darauf zu beschränken, daß er gleichfalls die größten, die verwundertsten, die glänzendsten Augen zu dem Segen machte, der ihm da widerfuhr. Aber innerlich machte er schon seiner Seele Luft, und innerlich läßt sich in den kürzesten Moment in Vergnügen und Verdruß, in Freude und Leid, in Liebe und Haß viel Wortwerk zusammenpressen.

»Verzaubert! Verzaubert!« rief er da im besten Hochdeutsch. »Bin ich in der wirklichen Welt bei den Preußen und Mußpreußen oder nicht? Liege ich unter der Klosterlinde zu Hirsau mit der Nase im Ludwig Uhland, oder gibt es das hier auch? ... ›In einem Klostergarten eine bleiche Jungfrau ging!‹ Ich träume das! Nein, ich träume das nicht! Dazu sind diese alten Tanten zu real und diese Tante – meine Tante – die liebe Tante Euphrosyne vor allem! ... Euphrosyne! ... Eva! Augustine! Laura! ... Herrgott, wenn mich nur eine von den Damen, wenn mich nur das Fräulein von Kattelen da an der Nase zupfen wollte, um mir die völlige Sicherheit zu geben, daß ich dieses nicht träume! Nein, nein, das ist nicht aus alten Schmökern und neuer Romantik und Lyrik! Das ist richtiges Himmelblau mir überm Kopfe, das sind wirkliche blaue Berge dort über der Mauer, das ist lebendiges Grün – das ist die Tante Euphrosyne und das – liebe Mädle, meine norddeutsche, preußische Base, das Evle Kleynkauer. Es ist wirklicher, lichter, verständiger, wonniglicher deutscher Lebenstag – vivat Herr Eike von Repkow!«

»Sie sind heute natürlich zu Tische mein Gast, Herr Dok– lieber Herr Vetter Meyer«, sagte die Tante Augustine. »Und für die Folgezeit während Ihres Aufenthalts bei uns in Lugau werden Sie mit Förster Gipfeldürre wohl auch einige andere Verabredungen treffen müssen, bis wir – Ihren Sachsenspiegel gefunden haben. Meinen Sie nicht, Vetter?«

»Ich lasse mir jetzt alles gefalle im Kloster Lugau! Weiß ich denn, ob ich auf'm Kopfe steh oder auf dene Füße? O Bäsle Eva, gebe Sie mir wenigstens erst mal Ihre Hand! An der Nase faßt mich ja doch niemand; keine von dene Dame kann's übers Herz bringe, mich aus *dem* unverdiente Glückstraum zu erwecken.«

»Meine Damen«, lächelte, nach der Uhr sehend, Frau Oberin von Lugau, »Fräulein Augustine hat recht, es wird wirklich Zeit zu Tische und zur Kirche. Aber nachher haben wir alle ja den schönen Tag noch vor uns. Kommen Sie, Laura. Wo waren Sie denn eben mit Ihren Gedanken? Sicherlich nicht bei uns hier. Sie haben es natürlich vollkommen vergessen, daß Sie heute mein Gast sind.«

Laura Warberg wachte in der Tat auf der Gartenbank wie aus einem süßen, behaglichen Traum auf, erhob sich langsam in all ihrer stattlichen, behaglichen Fülle und nahm zuerst das Evchen gut und zärtlich in die Arme.

»Du arm, klein, gejagt Vögelchen! ... Ja, kommen Sie, liebe Frau Domina. Meine Damen – liebe Tante Kennsiealle, Herr Doktor, wünsche wohl zu speisen.«

Sie ließ das Kind aus den Armen los, nahm den Arm der Frau Oberin und ging mit ihr zu Tische. Da es wirklich Zeit dazu war, folgte ihrem Beispiel ganz Lugau; aber in allen Zellen war heute nur von *einem* Ereignis die Rede, und in der Pfingstnachmittagskirche predigte der Pastor von Kloster und Dorf Lugau zu Ohren, die eigentlich nicht recht bei der Sache waren.

Nachher benutzten sie dann natürlich den Rest des schönen Tages, um das wunderbare Ereignis nach allen Seiten hin zu vertiefen. Das ist leicht gesagt: Wittenberg und Tübingen hatten sich wieder; aber die Sache sich selber und den anderen ganz klarzumachen und bis ins Kleine auseinanderzusetzen, das war nicht so rasch besorgt. Welche Familientraditionen und persönliche Erinnerungen hatte da die Tante Euphrosyne Kleynkauer wachzurufen – was alles hatte die

Base Augustine ihrerseits dazuzugeben! Und erst der Vetter Meyer aus Schwaben! Wie hatte der den drei gegenwärtigen Vertreterinnen des Hauses Kleynkauer Bericht zu tun über sein berühmtes Haus! Als richtiger Vetterlesschwab hatte er jedoch seine Geschlechtsregister so gut am Bande wie das Buch der Genesis: ›Dies ist das Geschlecht Noah: Sem, Ham, Japhet; und sie zeugeten Kinder nach der Sündflut.‹ Und ohne weitere Hülfsmittel brachte er den zwei alten Tanten und dem jungen Bäsle die beiderseitigen Stammbäume mit allen Verästelungen und Verzweigungen derartig vom Jahre 1750 an zu Papier, und mit solchem Eifer, daß Gräfin Laura Warberg, die, von der Nonnenschaft im Garten abgesendet, dazukam, rief:

»Na, Kinder, ganz solltet ihr den wundervollen Abend doch nicht darüber versäumen! Und dann rate ich, beschwört da nicht Geister, die nachher nur mit Verdruß, Ekel und unter Gezerr und Gekläff aller Art zu bannen sind. Wir haben auch unsere Erfahrungen darüber. Komm, Evchen; die Verwandtschaft ist richtig, das leuchtet ja der Tante Euphrosyne zehntausendmal klarer aus dem vergnügten Gesichte hervor als wie aus all dem Krickelkrackel des Herrn Doktors hier. Die Frau Domina gibt einen großen Tee des Lugauer Pfingstwunders wegen, die Damen kommen schon lange vor Ungeduld um unter den Linden, und nur Fräulein Seraphine von Kattelen sitzt still und geduldig und macht das zur Sache gehörige Gesicht. Es ist meine feste Überzeugung, sie kann es wieder mal nicht fassen, daß auch bei dieser Angelegenheit das Schicksal sie nicht vorher um ihren Rat gefragt hat.«

»Großer Gott, Euphrosyne«, rief die Tante Stinchen, »und sie sitzt auch nicht bloß drunten im Klostergarten, sondern auch schon oben in ihrem Zimmer bei ihrem Dintenfaß! Was wird die noch in dieser Nacht nach Wittenberg und sonst in die Welt hinein schreiben!«

»Hm«, sagte nach einigen Augenblicken ärgerlichen

Nachdenkens, mit einem klugen Blick in die Ferne, die Tante Kennsiealle, »weißt du, Augustine, mir soll es schon recht sein, wenn das liebe Herz mir fürs erste die Korrespondenz mit dem Säkulum über den Fall abnehmen will. Ich habe für jetzt nichts schriftlich darüber abzugeben und du auch nicht, kleine Eve. Übrigens hat die Gräfin recht: wir wollen die Damen im Garten nicht warten lassen. Geben Sie Ihrem Bäschen den Arm, Vetter Eberhard. Seht nur, wie schön die Sonne untergeht! Mir ist seit einem Jahre nicht so leicht zumute gewesen wie an diesem holdseligen Abend.«

EINUNDZWANZIGSTES KAPITEL

Der Mond war im Zunehmen an den Pfingsten achtzehnhundertundsiebenzig und leuchtete auch lieblich vom frühen Nachmittag an in den Abend hinein; aber von den Nonnen im Klostergarten zu Lugau hatte nicht *eine* ein Auge für ihn. Und seinen Untergang beim Gesang der Nachtigallen warteten sie auch nicht ab, die Nonnen im Klostergarten zu Lugau; denn dazu waren sie alle zu verständig und meistens auch wohl zu sehr bei Jahren und wußten, wie leicht man sich den schlimmsten Rheumatismus aus dem schönsten Sommerabend holt. Aber was die guten Seelen an Gefühl und Verständnis für der Erde Lieblichkeiten in sich hatten, das kam doch heraus beim großen Tee der Frau Oberin unter den alten Linden des Klostergartens von Lugau. Sie hatten alle, wie Kinder an einem neuen Spielzeug, ihr Seelenvergnügen am Evchen Kleynkauer; und daß der Doktor Eberhard Meyer aus dem romantischen Schwabenland heute abend Hahn im Korbe war, das verstand sich ja wohl von selber.

›I träum des, i träum des!« sagte er innerlich mehr als einmal, und seltsamerweise war er doch selten so hell und wach gewesen wie grade an diesem rechtsmainischen Pfingstfestabend unter den Nonnen im Garten von Kloster Lugau. Auch hatte er nie in seinem Leben soviel Tee getrunken wie an diesem Abend, und die Tante Euphrosyne mußte wahrhaftig ihm zu Hülfe kommen gegen des Klosters Erzkuchelbäckerin.

»Aber nein, Augustine, wenn der Vetter wirklich nicht mehr kann, so kann er nicht! Endlich muß man auch hierin einem Menschen auf sein Wort glauben.«

Da bei der Hauptsache nicht das geringste Geheimnis war und nach allen Seiten hin frei und offen darüber geredet werden konnte, so blieb es selbstverständlich auch die Hauptsache und wurde demgemäß besprochen im Klostergarten von Lugau. Alle nahmen sie Anteil in Lugau an der Tante Euphrosyne und ihren Wittenberger Verhältnissen und Zuständen, Leiden und Freuden, und da war auch Fräulein Seraphine von Kattelen nicht ausgeschlossen. Alle wußten sie Bescheid, und manche sogar ziemlich genau, um den Doktor Eckbert Scriewer, und sehr viele von ihnen waren auch schon auf Kepplershöhe zu Gast gewesen und dort ebenso gastfreundlich aufgenommen worden wie Fräulein Euphrosyne in Kloster Lugau.

Und das Kind! Wie gesagt, und um es noch einmal hübsch auszudrücken: das ganze Kloster (Ausnahmen ändern auch hier nichts an der Regel) hatte das Kind eben wie ein Kind auf dem Schoße, wischte ihm die Tränen aus den Augen, ließ es auf das Picken der Uhr hören, kramte Kisten, Kasten und Schubladen zu seinem Ergötzen aus; und die ältesten der guten Schwestern trugen dann und wann sogar das trostreichste Spielzeug des Lebens ihm aus ihren Zellen und ihren von den Jahren verschütteten Erinnerungen herzu.

Und der Doktor Meyer! Horatios Zurückkunft nach Wittenberg hatte die dortige Welt in Aufregung gesetzt, wie wir wissen und beschrieben haben – Ophelias Eintritt ins Kloster, das heißt Gräfin Laura Warbergs unbefangene, heitere, zuversichtliche Ankunft in

Lugau, hatte den dortigen geistigen Frieden nicht wenig gestört; aber der Sachsenspiegelschwab hielt als ausgiebiger Unterhaltungsstoff allem die Waage: heute hier in Lugau, aber in den allernächsten Tagen schon auch in Wittenberg.

»Meine Damen, jetzt wird es aber wirklich Zeit, daß ich ein Machtwort rede«, sagte die Frau Oberin, »an *einem* Abend reden wir die Sache, ich meine dieses hocherfreuliche, ja eigentlich rührende Familienwiederfinden, nicht aus. Es wird wahrhaftig zu feucht und kühl hier im Garten; die Tage haben wir ja noch vor uns, und morgen, am zweiten Pfingsttage, möchte ich doch nicht gern ganz Lugau mit verbundenen Köpfen in der Kirche oder, mit dem Hexenschuß behaftet, auf den Stuben hockend haben. Fräulein Euphrosyne, nochmals meinen herzlichen Glückwunsch, und möge der liebe Gott fernerhin alles zum Guten wenden. Herr Doktor, daß der liebe Gott alle menschlichen Schwachheiten zum Besten wenden kann, das haben Sie einmal recht deutlich in der Nonnenbibliothek von Lugau erfahren. Nicht wahr, Sie wünschten jetzt kaum noch, sie in besserer Ordnung und Ihren Spiegel sofort richtig an Ort und Stelle gefunden zu haben? Nun machen Sie aber auch, daß Sie zu Ihrem Förster Gipfeldürre ins Quartier kommen. – Die Klosterordnung haben wir Ihretwegen eigentlich doch bereits ein wenig überschritten. Und nun du, Evchen, mein Herzenskind, gib mir noch einen Gutenachtkuß, und Gott – nun, gesegnet sei auch diesmal dein Eingang und Ausgang in Kloster Lugau! ... Geben Sie mir Ihren Arm, liebe Laura – gute Nacht, gute Nacht, meine Damen! Beste Kattelen, den Präsentierteller mit den Klostertassen und -gläsern, der vorhin dem armen Hannchen Busse aus dem Dorfe verunglückte, nehme ich auf meine Privatrechnung. Auch das soll uns nicht die Pfingstfeststimmung verderben.« ––

Der Lugauer Klostergarten gehörte wieder den nächtlichen Singvögeln, aber auch den Eulen und Fledermäusen. In den Gemächern der Nonnen leuchteten die Lampen auf, um früher oder später wieder zu erlöschen. Anfangs huschten noch allerlei Schatten hinter den Vorhängen der Damen hin und her, aber auch das hörte früher oder später auf. Nach Mitternacht hatten wiederum nur Fräulein Euphrosyne und Augustine Kleynkauer noch Licht im Kloster; bei Förster Gipfeldürre im Dorf freilich Doktor Eberhard Meyer auch noch. Ob die übrigen alle schliefen, können wir nicht sagen; Fräulein Eva Kleynkauer im Gastbett der Tante schlief noch nicht. Von ihr wissen wir es.

Sie hatte sich wie ein braves Kind vernünftigem Zureden gefügt und war zu Bett gegangen, aber diesmal lag sie nicht, ohne von sich und der Welt nach Mercators Projektion zu wissen; sie lag wach und horchte nicht bloß auf die Lugauer Nachtigallen aus dem Klostergarten und das Käuzchen vom Kirchturm her und auf die schöne alte Turmuhr, die ihr die Stunden zuzählte, sondern auch auf die zwei guten alten Seelen in der Zelle der Tante Augustine. Sie hatte eigentlich Gewissensbisse dabei, obgleich von ihr selber wenig oder gar nicht die Rede war, sondern meistens nur von Kepplershöhe und, merkwürdigerweise, sehr eingehend von Geldangelegenheiten und solchen Geschäften. Das meiste verstand sie durch die Türritze auch nur halb oder gar nicht; und als einmal der Name ihres Verlobten in Verbindung mit Kepplershöhe vorkam in der Unterhaltung nebenan, fuhr sie mit dem Kopf angstvoll so tief in die Kissen, daß auch dabei kein Verständnis für sie herauskommen konnte. Daß die Tante Euphrosyne eine reiche Dame war, hatte sie wohl schon beiläufig gehört; aber daß sie so wohlhabend war, daß sie ganz Wittenberg im Sack haben konnte, wenn sie wollte, das erfuhr sie doch erst in dieser Nacht durch die Tante Augustine.

»Wie sich dieser Vetter aus Schwaben im weiteren auswachsen wird«, sagte nämlich die Tante Augustine, »das weiß man bei der kurzen Bekanntschaft doch wohl noch nicht ganz genau; da muß man ihn vorsichtig noch länger etwas genauer studieren. Aber daß wir ihn haben, daß du ihn hast, daß er uns wie von oben her grade jetzt nach Lugau und in dein Elend hereingefallen ist, das ist schon an und für sich ein so großer Segen, daß ich bloß an die dadurch möglichen Gesichter in Wittenberg zu denken und sie mir zu malen brauche, um ihn in seiner ganzen Fülle für dich zu erkennen. Ich will nicht sagen, daß du jetzt ›Gewonnen Spiel!‹ rufen kannst. Beileibe nicht! Aber daß der Herrgott dir da einen guten Trumpf in die Hand gegeben hat, das ist auch sicher, soweit ich die Welt kenne; und daß man sie auch von Kloster Lugau aus ziemlich genau kennenlernen kann, das wirst du mir auf mein Wort glauben. Wie viele Advokaten von diesem unserm stillen Gottesfrieden aus mit Vermögens- und Erbschaftsangelegenheiten zu tun haben, davon ist ganz das Ende weg, und man muß grade so ein arm, hier zu Schauer gekrochen Huhn wie ich sein, um darüber unbeteiligt mit Gelassenheit nötigenfalls ein Buch für unsere, wie es scheint, recht berühmte Bibliothek schreiben zu können. Weißt du, Synchen, wir sind wieder in der stillen Nacht, und das Kind schläft gottlob wieder ganz ruhig; – du hast leider wohl recht mit deinen Sorgen um es. Es ist in der Tat recht heruntergebracht worden durch sein überschwenglich junges Lebens- und Liebesglück! Da sage ich nun wie der greuliche Mensch in dem gruseligen Shakespearestück: Halt den Knopf auf dem Beutel! Halt den Knopf auf dem Beutel, Base Kleynkauer! Daß sie bei der Hochzeitsausrichtung auf deine intimste Mitwirkung rechnen, das ist meine feste Überzeugung; den Haushalt der Kusine Blandine kenne ich schon lange und habe ihn auch von Lugau aus immer im Auge behalten; wie es mit den Vermögensverhältnissen des armen Vetters Professor steht, ist mir auch kein Buch mit sieben Siegeln; – sie rechnen auf dich, Euphrosyne, sie rechnen auf Kepplershöhe, und nicht nur bei der Aussteuer der armen Kleinen; und wer vor allen auf dich rechnet, das ist der liebe blonde Eckbert, der Herr Doktor Scriewer. Man muß ein halbes Menschenalter im Kloster Lugau gelebt haben und hier in allerlei Privatsachen der Schwestern hineingeguckt haben und auch zu Rate gezogen sein, um da in dem Himmelreich auf Erden Bescheid zu wissen. Es kommt mir fast wie eine Sünde vor, hier heute in der zweiten Pfingstnacht so sprechen zu müssen; aber der Heilige Geist ist doch seinerzeit auch nicht hierniedergeschickt worden, um noch mehr Lügen und Heucheleien in der Welt zu verbreiten! Also halt den Beutel zu, das ist auch aus meiner Klostererbtantenerfahrungsweisheit mein Rat. Glaub mir auf mein Wort: Es dauert nicht lange, so haben wir die gesamte Familie aus Wittenberg, den lieben Vetter Scriewer natürlich eingeschlossen, hier, um gleichfalls so rasch als möglich das Glück zu haben, die Bekanntschaft deines neuen Herrn Vetters aus Schwaben zu machen. Wenn du dann nicht diesen deinen sichern Meyer als Spatzenscheuche in dein Erbsenfeld stellst, dann bist du nicht die, für die ich dich bis jetzt taxiert habe! Und wenn wir fürs erste weiter nichts erreichen, als daß sie uns das arme, kranke Herz hier im Lugauer Frieden lassen, solange es du für wünschenswert hältst, so ist das schon viel gewonnen. Alte, Alte, hast du in deinem Jammer nur noch auf den Zufall gerechnet, so solltest du jetzt doch wieder anfangen, auf des lieben Gottes Vorsehung zu zählen. Er hat viele Wege, auf welchen er uns unglückselige Kreaturen aus dieser Erde Elend und Wirrwarr in seine rechte Ruhe führen kann. Krämers Rechnung reicht da freilich nicht hin.«

Wo von dem Gebirge her der Buchenwald sich am weitesten in die Niederung hinabzog und fast mit den letzten Gärten von Dorf Lugau verwuchs, dort unter den letzten stattlichsten dunkeln Waldbäumen lag die Försterei, allwo beim Förster Gipfeldürre Herr Eberhard Meyer aus Schwaben auf seiner Jagd nach dem Sachsenspiegel und ›wege der bodenlose Liederlichkeit der prachtvolle Kloster-Frauenzimmerle im verwilderte Preuße- und Neupreußelande‹ hatte Quartier nehmen müssen.

Auch da hatte jemand weit nach Mitternacht noch Licht, Doktor Meyer aus Tübingen nämlich, und zwar bei weit aufgesperrten Fenstern. Er konnte wahrlich der frischesten norddeutschen Wald- und Bergluft nicht genug bekommen, und ein Wunder war das bei seinem gegenwärtigen Körper- und Seelenzustande nicht.

In Hemdärmeln lag er im geöffneten Fenster und atmete, träumte, dachte, phantasierte und redete in die dämmerige Frühsommernacht hinein. Es war eigentlich schade, daß Förster Gipfeldürre mit seiner gesamten Familie im tiefen Schlaf auf dem Ohr lag. Die würden zu ihrer guten Meinung von ihrem jetzigen jungen Gast noch eine sehr schöne hinzugewonnen haben, wenn sie hätten mit anhören können, wie er dann und wann seinen Gefühlen Laut gab.

›Für tot verbellt der seinen heutigen Lugauer Kloster-Pfingsttag noch lange nicht!‹ würde sicherlich der fröhliche Graukopf und grüne Jägersmann, Förster Gipfeldürre, gebrummt haben. ›Lottchen, dem müssen sie gut mit ihren Traktamenten, trocken und naß, aufgewartet haben, unsere lieben Damen!‹ –

»I träum des, i träum des!« wiederholte immer noch der Vetter aus Schwaben, Kloster Lugaus Spiegelschwab, alle fünf Minuten auch den Versuch wiederholend, durch ein neues Zündholz seinen Ulmer Maserkopf im Brand zu erhalten. ›Und wenn Tübinge, Heidelberg und Freiburg – alle vier Fakultäte zugleich an meiner Begriffsfähigkeit schüttele und mich meinetwege auch dabei auf den Kopf stelle, sie schüttele nichts heraus als die feste, dauerhafte Überzeugung, daß in dieses traumselige Chaos fürs erste noch keine Ordnung zu bringe ist. Herrgottsakrament, will i's denn auch anders? Was kann der Mensch vom arme Erdedasein denn noch Besseres verlange als solch einen Zufallglückstraum? Wir möge es anstelle, wie wir wolle, wir treibe die Wunder net heraus aus der Welt –

Und leis, wie aus himmlischen Höhen
Die Stundes des Glückes erscheint,
So war sie genaht, ungesehen, und –

man weiß gar net, wonach man zuerst greife soll auf diesem grünenden, blühenden Weihnachtstisch zu Pfingsten! Gestern noch Schnee und Eis am Neckar, alte Schwarten, Speculum saxonicum et suevicum, Waffenverbot und Reichsacht, eheliches Güterrecht, Erb- und Vorstimmrecht in Schwaben und Sachsen; und heute das ganze Füllhorn der Romantik über einen ausgeschüttet bei dene Borusse! Glockenklang und Chorgesang, Lindenblüte, Kloschternonnen – die Tante Euphrosyne – des Knaben Wunderhorn von Kepplershöhe her und auf Düfte und Klänge aus Himmelsblau und Sonnenäther herniedergleitend der Welt Lieblichkeit in Person, dies herrliche Mädle, dies himmlische, entzückende kleine Wittenberger Bäsle – mein, mein Bäsle! Dein Vetter aus Schwabe, Eva – Herr Vetter Meyer, Ihre Kusine, Fräulein Eva Kleynkauer aus Wittenberg! ... Meyer, Meyer, Meyer, halt deine fünf Sinne beieinander! Du träumst dies, du träumst dies, und morgen wachst du doch wieder auf bei deine Herre Zobel, Weiske, Laßberg, Wackernagel und Laband, bist in Kloster Lugau bloß wegen der närrische Jagd nach deinem verruchten alten Schmöker, und hoffentlich gestehe sie es wenigstens dann endlich, die Lugauer Nonne, daß sie ihn längst unter dem Küchenherd verfeuert habe. Sie habe dich hier rechts vom Main bloß zu ihrem Pfingstspaß mal so verzaubert. Morgen früh hat sich natürlich ein preußischer Meyer für Kepplershöhe gefunden, und es war nur ein Irrtum; – morge früh setzt dir selbstverständlich das herzige alte Weible, die Tante Euphrosyne, einen bedauernden Knicks hin, und es war nur ein Irrtum! Daß das wonnigliche Jungfräule seit länger als einem Jahr glückliche Braut und mit ihrem gottseligen, neupreußischen Kandidaten der Theologie oder so was in Wittenberg verlobt ist, weißt du ja schon, hat dir ja schon vorhin im Klostergarten Schwester Seraphine mit allen Umstände zu wissen gegebe! Himmelherrgott, Meyer, Eberhard Meyer, so bis zum Lautherausheule vor Verblüfftheit, Ratlosigkeit, Wonne und Wehmut wie in dieser Wundernacht bist du doch nimmer gebracht worde, seit sie dich aus dem Stift heraus- und in das deutsche Recht hineinwarfe! Herrgott, wer in Tübinge will Prügel dafür haben, daß er mir aus diesem himmlischen, nordischen Durcheinander wieder zu meine erbeigentümlichberechtigte helle, klare, vernünftige fünf Sinne verhilft?‹

ZWEIUNDZWANZIGSTES KAPITEL

Ältere Leser und Leserinnen erinnern sich wohl noch, wie der Frühling und noch heftiger der Sommer des Jahres achtzehnhundertneunundsechzig von den wirklichen, das heißt in diesem Falle wahren, das heißt aufrichtigen, deutschen Dichtern und Dichterinnen besungen wurden. Mehr oder weniger katarrhalisch verstimmt, schlugen sie alle zugleich verstimmte Harfen, Lauten, Leiern und Gitarren. Einen so regenverschleierten, umwölkten lyrischen Helikon hatte der vernünftige Mensch noch nimmer gesehen: auf und um den Gipfel roch es diesmal auch dort nach Kamillentee und am Fuße nach Opodeldok; die geweihtesten, das heißt hartnäckigsten Sänger und Sängerinnen oben husteten und prusteten und litten unten am Rheumatismus, und – der Regen regnete jeglichen Tag.

Wie anders im Lenz und nachher auch im Sommer

des Jahres achtzehnhundertsiebenzig! Die ältesten Jungfrauen in Lugau erinnerten sich nicht eines solchen immer reinen himmlischen Blaus über ihrer stillen, friedlichen, weltverlorenen, frommen Heimstätte, nicht einer solchen Lieblichkeit, Pracht und Fülle ihres Klostergartens. Die Erde wurde von Pfingsten an schöner mit jedem Tag, das Blühen wollte nicht enden: wir müssen hier wirklich zu einem der älteren deutschen Dichter zurückgreifen, um den richtigen Ton für die allgemeine Stimmung der Nonnen von Kloster Lugau zu finden –

Es blüht das fernste, tiefste Tal:
Nun, armes Herz, vergiß der Qual!
Nun muß sich alles, alles wenden.

Und die Welt im Kloster Lugau wurde auch jünger mit jedem Tag. Die ältesten Jungfrauen lernten es noch einmal, sich mit des Jahres Jugendschönheit auf den vertrauten Fuß der eigenen Jugendjahre zu stellen. Im Garten kramten sie mit frischen Blumen, und in ihren Zellen kramten sie in alten Kommoden und in den verborgensten Schubladen ihrer Schreib- und Nähtische und brachten aus alten Stammbüchern, Albums und Liederbüchern alle vertrockneten Blumen, Verse und Denksprüche zutage, und manch ein graues Haupt beugte sich auch wohl tiefer über ein dunkles Bildchen aus jener Zeit, wo die Photographie noch nicht erfunden war: Schattenbilder damals wie heute; aber heute wie damals welch liebe, süße, wehmütige oder auch leider schlimme Schattenbilder! …

Er konnte es eigentlich nicht verantworten, dieser Doktor Meyer aus Schwaben, daß er den Nonnen von Lugau grade in diesem Frühling den ganzen Ludwig Uhland, den Justinus Kerner, den Eduard Mörike, und was er sonst in der Art (nicht in Büchern gedruckt!) von Hause auf seiner Jagd nach dem Sachsenspiegel mitgenommen hatte, in ihren Klostergarten hineintrug!

Hatte ihn aber dieser norddeutsche, dieser preußische Frühsommer nicht auch gefangen, ihn etwa nicht wie am Kragen genommen, um ihn in diesen Lugauer Klostergarten zu führen und ihn mit der Nase in den nächsten besten Blütenbusch zu stoßen? ›Da riech drauf, aber mit Verständnis, wenn du des Reiches Sturmfahne fernerhin weiterzutragen wünschest, du närrischer Sachsenspiegelschwab!?‹ –

Die Tante Euphrosyne hatte natürlich, nachdem sich ihre ersten Gefühle über den neuentdeckten Herrn Vetter wieder etwas beruhigt hatten, von neuem, ja noch im verstärkten Maße ihr Pflegekind im Auge; und was die Natur tun konnte, es in Sonnenschein zu tauchen, mit Tau zu waschen und ihm in Garten, Feld, Wiese und Wald immer bunteres, immer hübscheres Spielzeug in die Hände zu geben: der Tante Euphrosyne genügte es noch lange nicht.

»Wie melancholisch guckst denn du nun wieder in die Welt, Alte?« pflegte die Tante Augustine wohl zu fragen. »So hör doch nur deinen Doktor da hinter dem Busch, wie gut er mit den Lugauer Nonnen umzugehen weiß und wie angenehm er vor allem unser Evchen zu unterhalten weiß. Den lustigen Gesellen hat dir der Herrgott doch noch als seine besondere Zutat ins Rezept für euer armes, kleines, verstörtes Wittenberger Hühnchen getan. Das war das Kind, welches eben lachte! Und so hab ich es seit eurer Ankunft hier noch nicht lachen hören. Tu mir den Gefallen, Synchen, und verdirb nicht du jetzt durch deine Gesichter dem großen Doktor da oben die Wirkung eurer Lugauer Frühlingskur! Wie voll aller Schnurren und Schwänke der Bursch sitzt! Und dann ist er auch wieder imstande und bringt die Gräfin Laura zu Rührungsseufzern, was wahrhaftig bei der lieben, behaglichen Seele so leicht nicht ist! Daß der Mensch nach Lugau gekommen sei, um da in der Bibliothek wissenschaftliche Studien zu treiben, glaubt ihm weder sein Tübingen noch unser Wittenberg. Wer aber gestern zu mir in die

Küche gekommen ist und gesagt hat: ›Hören Sie, Augustine, tun Sie mir die Liebe an und sehen Sie in Ihrem Kochbuch nach, was eigentlich Leberspätzle sind, nächsten Sonntag hab ich Ihren Herrn Vetter zu Tisch, und die Familie Kleynkauer ist geladen‹, das ist die Frau Domina gewesen! ... Bitt ich dich, ich habe jetzt alle seine schwäbischen Leibgerichte herauszusuchen, ehe der hier seinen Sachsenspiegel gefunden oder vielmehr bei uns sämtlichen Lugauer Nonnen sich herumgegessen hat. Was singt er ihnen denn da nun jetzt wieder? Na, nächstens schicken sie uns nicht nur von wegen unserer Büchereiverwaltung eine Kommission, sondern auch ein hochehrwürdiges Konsistorium mischt sich ein und revidiert die Klosterordnung von Lugau. Ist das nicht da die Kattelen an ihrem Fenster, die sich schon ihre Notizen macht?«

Es war Fräulein von Kattelen, die, anscheinend nur mit ihrem Strickstrumpf beschäftigt, an ihrem Fenster saß, aber sicherlich den Klostergarten von Lugau scharf im Auge behielt. Ob das Volkslied, das der Doktor Meyer aus Tübingen eben zum besten gab, zu dem Lugauer Klostergarten und den Nonnen drin paßte, werden wir freilich einem hochehrwürdigen Konsistorium zur Begutachtung nicht anheimstellen; darüber haben wir selber einzig und allein zu urteilen!

»Wer bekümmert sich, und wenn ich wandre
Hier aus dieser Kompanie?
Ist's die eine nicht, so ist's die andre,
Wer bekümmert sich, und wenn ich wandre?
Morgen geht's in aller Früh.«

»Nun höre einer den Schelm«, lachte die Tante Augustine. »Als ob der jetzt sein Quartier beim Förster Gipfeldürre aufgäbe! Als ob der jetzt seinen Sachsenspiegel wirklich fürs erste fände, selbst wenn er ihn heute noch aus irgendeinem alten Spinnenwinkel zutage förderte! Was aber die Warberg für eine wundervolle Altstimme hat!« – »Nun höre sie einer!« sagte aber auch Schwester Seraphine am Fenster ihrer Zelle mit einem Blick auf einen großen Kupferstich, eine Kreuztragung Christi, an ihrer Wand, der nur bedeuten konnte: ›Herr, was müssen die Gerechten ausstehen in dieser argen Welt!‹ Daß sie aber, um von dieser argen Welt nichts mehr zu sehen und zu hören, das Fenster schließen, die Vorhänge herablassen und doppelte Gesundheitswatte in die Ohren stopfen konnte, fiel ihr sonderbarerweise nicht ein. Im Gegenteil, sie behielt den Klostergarten von Lugau sehr im Auge und Ohr; und sie hatte, dem lieben Gott sei Dank! für ihr Alter noch immer ganz gute Augen und ein recht feines Gehör. So leicht entging ihren Sinnesorganen innerhalb der Lugauer Klostermauern nichts von dem, was dermaleinst sicherlich beim Jüngsten Gericht gerochen wurde; und wenn dann der Himmel in Sachen Kloster Lugau doch einer Kronzeugin benötigt sein sollte, so war Fräulein von Kattelen jedenfalls dafür da und konnte genaueste Auskunft geben über alles, was an Ärgernis während ihres Aufenthaltes dorten vorgekommen war. Und da die frommen Schwestern das sämtlich wußten, so hätten sie sich wirklich ein bißchen besser in acht nehmen sollen – die gute Seele, ›unsere Kattelen‹, mußte wahrlich bald zusammenbrechen unter der Last der Verantwortlichkeit vor dem Weltenrichter, die auf ihr ruhte.

Taten sie es? Wie es der Schwester Seraphine vorkam, von Jahr zu Jahr, von Tag zu Tag weniger.

Die Welt ward schlimmer mit jedem Tag; und wenn der heilige Stifter diesen heutigen Nachmittag vor tausend Jahren hätte voraussagen können, so würde er nach Fräulein von Kattelens festester Überzeugung seine Gründung mit vollstem Recht unterlassen haben; die Nonnen von Lugau und ihre zugereisten Sommergäste trieben es doch fast zu arg! –

»Höre sie, höre sie einer! Sollte man es glauben? Sollte man es für möglich halten?« ächzte die Kronzeugin an ihrem Fenster. »Das geht doch noch über ihr Eiersuchen am letzten heiligen Ostertage! Der Kleynkauern und der albernen Warberg kommt das aber auch noch mal zu Buche, was sie mich damals haben finden lassen; und der Gnädigsten – der Frau Oberin vergesse ich es auch nicht, daß sie zu der Schändlichkeit nur lachte und meinte: ›Beste Kattelen, Sie müssen das den Damen nicht so übelnehmen; so böse, wie Sie es auffassen, war die Devise nicht gemeint; und ich habe über die Sottise, die der Osterhase mir, wahrscheinlich durch Vermittlung der lieben Laura, ins Nest gelegt hat, auch nur gelacht; – wenn Sie wollen, lassen Sie uns tauschen – Anzüglichkeit gegen Anzüglichkeit – mehr oder weniger unsere Fehler haben wir alle, und der Scherz bleibt doch immer innerhalb unserer Gartenmauer.‹ – Gehorsamste Dienerin, Frau Domina, daß nicht alles innerhalb unserer Gartenmauer bleibt, dafür werde ich denn doch auch ein wenig sorgen; höre, höre sie einer! Wenn sie nächstens Blindekuh in der Kirche spielen, soll es mich gar nicht wundern. Seit dieser ausländische junge Mensch und diese alte, widerwärtige Studententante mit ihrem kranken Hühnchen eingerückt sind, sind sie zu allem fähig. Aber da da, hier werde ich der Frau Oberin doch beweisen, daß nicht alles hinter der Lugauer Klostermauer mit dem Mantel der christlichen Liebe zugedeckt wird. Allmählich wird es wahrhaftig hier Zeit und Christenpflicht, daß ich meiner guten Scriewer doch einen Wink zukommen lasse!« –

Acht Tage lang sah es die Gute noch mit an, mit den Gefühlen und in der Stimmung der Familie Zudecker (auf hebräisch Lot) in Sodom; dann aber trug sie es nicht länger mehr, sondern benutzte um die Mitte des Brachmonats eine der stillsten, schönsten Mondscheinnächte dazu, um der Welt aufzudecken, wie es in Sodom und Gomor – nein, in Kloster Lugau herging. Das heißt, sie schrieb an eine ihrer besten Freundinnen draußen im Säkulum, die Frau Kirchenrätin Scriewer, die Mama eines unserer besten Freunde, ebenfalls draußen in der Zeitlichkeit, an die Frau Mutter des Herrn Doktor Scriewer in Wittenberg.

›Liebe Malwine!

Verdient hast Du ihn eigentlich nicht, diesen Brief nämlich, denn seit meinem herzlichen, innigen Glückwunsch zu der Verlobung Deines lieben Sohnes habe ich nichts wieder von Dir gehört und vergeblich auf eine Rückantwort auf so manche mich interessierende Frage gewartet. War das recht von Dir? Aber freilich, Du lebst in Deiner bewegten, Dir jeden Augenblick wohltuend ausfüllenden Welt weiter und hast für die arme Lugauer Einsiedlerin von Deinem lieben, schönen, segensreichen Leben nicht das geringste übrig. So sind wir armen Menschen, und wie der liebe Gott mit uns, so müssen wir schon miteinander Geduld haben. Ich halte es eigentlich auch für ein Unrecht, Dich heute wieder einmal an mich zu erinnern und Dich so in meine Einsamkeit, in die Verödung, die Verlassenheit meiner hiesigen alten Tage herunterzuziehen. Aber wessen das Herz voll ist, dessen geht auch die Feder über, und so in dulci jubilo wie jetzt, und zwar in einem auch Dich vielleicht interessierenden Jubiläum, haben wir hier in Lugau seit lange nicht gelebt. Dein Herr Sohn wird Dir sicherlich wohl schon Bericht darüber gegeben haben, daß wir jetzt Dein Schwiegertöchterchen, natürlich in Begleitung der Wittenberger Kleynkauern (als ob wir an unserer hiesigen nicht schon genug hätten!), zur Stärkung ihrer Gesundheit hier haben. Wie Blandine dazu gekommen ist, dies zuzugeben, begreife ich eigentlich nicht. Nun, aber darüber müßt Ihr beiden guten Mütter freilich wohl besser urteilen können als ich; – in einer guten Haut scheint mir Deine liebe kleine Eva, Dein zukünftiges Töchterchen, leider nicht zu stecken. Sie macht auch mir in der Tat einige Sorge, und in der Hinsicht wäre es wirklich recht wünschenswert, daß die Lugauer Luft von recht wohltätigem Einfluß wäre.

Aber die Lugauer Luft! Beste, Teuerste, ich bin überzeugt, wenn Du sie so wie ich Tag für Tag und vorzüglich in der letzten Zeit bei Tage und bei Nacht zu atmen hättest, würde sie doch auch Dir wohl ein wenig schwer auf die Brust fallen. O hätte ich sie Dir doch nur einen einzigen dieser jetzigen angenehmen Sommertage durch, und wenn auch nur von meinem Fenster aus, zu kosten geben können, natürlich mit allen Ingredienzien! Sind wir in Kloster Lugau oder in der Arche Noah? In der letzteren, wenn es nach dem Lärm geht; aber ich hoffe fest, daß Du diesen Brief sofort nach dem Lesen verbrennst; und mit dieser dringenden Bitte nun zu der Dich wahrscheinlich später noch mehr berührenden Hauptsache meines heutigen Briefes: Ich glaube nicht, daß Deine zukünftige Frau Schwägerin in Wittenberg, die Frau Oberkonsistorialrätin Kleynkauer, mit der Wendung, die der diesmalige Aufenthalt ihrer Kusine, der alten Studentin, der sogenannten Tante Euphrosyne, hier bei uns genommen hat, ganz freien Herzens einverstanden sein kann. Wenn ich an die Vermögens- und Geisteszustände der Besagten, die meiner Meinung nach schon längst unter Kuratel stehen sollte, denke und dabei an die Gefühle unserer guten Professorin, so wird es mir oft ganz bänglich ums Herz. Als ob wir hier mit Närrinnen noch nicht übergenug gesegnet wären, hat uns das Schicksal auch noch einen Narren dazu über den Hals geschickt, aber einen, wie ich meine, recht gefährlichen Narren, den Herrn Doktor Meyer aus Tübingen! Liebste, beste Scriewern, wenn Ihr nicht sehr auf Eurer Hut seid, den sehr möglichen Erben von Keplershöhe!!! ––– Unter dem Vorgeben, hier nur in unserer Rumpelkammer ein wissenschaftliches Manuskript aus dem vorigen Jahrhundert suchen zu müssen, hält sich dieser junge Mensch seit vorigem Monat hier in Lugau auf, hat sich bei dem Förster im Dorf eingemietet, und – Eure Wittenberger halbverrückte Studententante, die Base unserer hiesigen albernen Schwester Augustine Kleynkauer, hat in ihm ihren schwäbischen rechten Vetter, den richtigen Abkömmling des Gründers von ihrer Kepplershöhe, entdeckt, und wie ich das Ding leider Tag für Tag besser von meinem Fenster und auch sonst einsehe, ist sie imstande, Euch Armen, Euch nichtsahnenden, teuern Menschenkindern, Dir, dem Herrn und der Frau Professor in Wittenberg und Deinem lieben, trefflichen Herrn Sohn, einen Streich zu spielen, der dann freilich an Bosheit, Heimtücke, Rachgier und Rücksichtslosigkeit nichts zu wünschen übriglassen wird. Daß sie mit dem Herzensbündnis Deines Sohnes und ihres langjährigen, lieblichen Spielpüppchens, Deiner zukünftigen Schwiegertochter, der kleinen, wirklich auch mir täglich mehr ans Herz wachsenden Eva Kleynkauer, nicht einverstanden ist, wissen wir ja wohl alle und machen uns keine Illusionen darüber. Mich wenigstens hat unsere hiesige Kleynkauer, die ahnungslose, dumme Gans, die Augustine, von Anfang an nicht in dem mindesten Zweifel darüber gelassen; und mit dieser Kenntnis der Sachlage sitze ich nun hier am Fenster, sehe in das Wesen und Treiben im Lugauer Klostergarten hinab, höre auch dann und wann, hier und da ein Wörtchen, das nicht für mich berechnet war, sowohl von den zwei Kleynkauern wie von den übrigen Damen! O wärst Du arme, liebe, beste der Mütter doch nur zur richtigen Zeit, im rechten Augenblick hier an meiner Stelle oder neben mir, um selber zu sehen, selber zu hören und dann Dir und all den teuern anderen selber das Beste zu raten!! ...

Ich kann das letztere nicht. In meiner langjährigen Einsamkeit und Stille habe ich dermaßen jeden Zusammenhang mit Eurer rauschenden Welt verloren, daß ich auch zu diesem Briefe an Dich *(den Du jedenfalls sofort verbrennen wirst!)* mich nur mit Mühe und in völliger Zerschlagenheit an Leib und Seele habe aufraffen können. Aber ich trug es nicht länger! Keine Seele zu haben, der man in der Schlechtigkeit und Gewissenlosigkeit rundum sein Herz ausschütten kann, das bringt den Geduldigsten endlich zu einem bittren Aufschrei! Wie glücklich wäre ich, liebste Malwine, wenn Du mir zurückschreiben würdest: ‚Du siehst doch wohl zu schwarz, Seraphine! In Wittenberg und hier bei uns sieht man dieses alles doch ein wenig ruhiger an.' — — Nun, ich muß Dir denn das überlassen. Irrte ich mich in meinen Befürchtungen, so will ich mich gern, gern geirrt haben! Leider glaube ich aber nicht an eine solche Rückantwort Deinerseits. Jedes Kinderauge muß das hier in Lugau sehen, so wie ich es sehe! Und sollte Dein lieber Herr Sohn nicht auch sich doch recht bald einmal nach seinem herzigen Bräutchen hier bei uns in Kloster Lugau umschauen? Das liebe Kind fängt gottlob an, wieder aufzublühen, und der hiesige Aufenthalt bekommt ihr, dem Himmel sei Dank! vortrefflich.

Was würde ich darum geben, wenn ich auch Dich einmal wieder in meine Arme schließen könnte, meine gute Malwine! Der liebe Gott behüte Dich und alle die Deinigen und führe alles zu Eurem Besten aufs beste hinaus, das ist der herzliche Wunsch Deiner getreuen Freundin

Seraphine von Kattelen.‹

Sie wußte jedenfalls mit der Feder umzugehen, Fräulein Seraphine von Kattelen in Kloster Lugau. Ihre besten Freundinnen und schlimmsten Feindinnen mußten ihr das lassen zu allen ihren sonstigen guten Eigenschaften. Für die Feindinnen war es fast zuviel des Guten.

DREIUNDZWANZIGSTES KAPITEL

Schrecklich, aber wahr – in dem eben mitgeteilten Briefe kam jedes Wort aus dem Herzen und entsprach auch durchaus, wie die Schreiberin die Welt sah, der

Wahrheit. Daß wir in einer Welt leben, die jeder auf eine andere Weise sieht, dafür konnte sie, die Briefstellerin, nichts. –

Es herrschte augenblicklich ein vergnügtes Leben in Kloster Lugau, und daß Schwester Seraphine von Kattelen sich einsam und verlassen in ihm fühlte, das war vollkommen begründet. Schwester Augustine verbrauchte darin und zu den allgemeinen Festtagskuchen zuviel Zucker, und die Frau Domina konnte häufig zu stillen, aber bitteren Betrachtungen Anlaß geben. Mit einem: ›Liebe Kattelen, Sie müssen das nicht so scharf ansehen!‹ war doch manchmal manches nicht abgetan. Ein wenig ermahnendes Zureden, Abwehren, kurz, eine etwas schärfere Zucht wäre in Küche, Kirche, Keller, im Salon und in den Privatgemächern der Nonnen von Lugau dann und wann wohl an Ort und Stelle gewesen. Wenn der gütige Herrgott, der freilich etwas noch nach irdischem Behagen trachtenden Lebensführung seiner frommen Lugauer Damen mit eigenem Behagen zuzusehen schien, durchaus nicht Pech und Schwefel auf sie regnen ließ, ja, ihnen zu ihrer diesjährigen Sommerfreude sogar das allerschönste Wetter schickte und ihnen nur selten einen großen Tee oder Kaffee im Klostergarten oder einen Ausflug zu Berg und Wald durch schlechtes Wetter verdarb: so lag das eben in seiner Allgüte. Anspruch hatte Lugau, der Weltanschauung der Schwester Seraphine gemäß, nicht darauf.

Und nun zu der Hauptsache des schwarzgalligen Dintenergusses! Wenn die Briefschreiberin in betreff des Allgemeinen bei der Dinge Wahrheit geblieben war, so war es geradezu entsetzenerregend, wie gut, wie treu, richtig sie gesehen, gefühlt, empfunden hatte in allem, was sich auf das Besondere bezog.

Ja! Die Tante Euphrosyne war eine zwar halbnärrische, doch sehr energische, schlaue Heimtückerin, und der Zufall – das Schicksal hatte ihr den schwäbischen Vetter nicht zum zeitlichen Besten der Familien Scriewer und Kleynkauer geschickt, grade in diesem Sommer seinen dummen Kodex im Kloster Lugau zu suchen.

Ja! Dieser fabelhafte Verwandte aus dem Königreich Württemberg war zu einer unheimlich drohenden Gewißheit geworden. Dieser Herr Doktor Eberhard Meyer stellte augenblicklich nicht bloß Lugau auf den Kopf auf seiner Suche nach dem Sachsenspiegel, sondern er war imstande, sich auch auf Kepplershöhe festzusetzen und von dort aus sich recht unangenehm zu machen und Verhältnisse in Verwirrung zu bringen und tröstliche Aussichten zu verbauen, die nach den ›Gefühlen‹ der Frau Blandine Kleynkauer und der Frau Malwine Scriewer sowohl nach menschlichem wie nach göttlichem Recht bis jetzt unanrührbar sicher gestanden hatten.

Ja! Leider ja! Mamsell Euphrosyne Kleynkauer, die Tante Kennsiealle, war fähig – ihr Testament zu ändern, aus reinem Eigensinn, purer Bosheit und auf die Gefahr hin, das künftige Lebensbehagen des armen, blassen, schon so zarten Gänschens, der kleinen Eve Kleynkauer, und ihres trefflichen, zu so schönen Hoffnungen berechtigenden Verlobten recht sehr zu stören. Daß die Lugauer Luft dem lieben, willenlosen Kinde augenblicklich wirklich recht gut zu bekommen schien, änderte somit gar nichts an den trübsten Befürchtungen für die Zukunft.

Wahr, wahr, wahr! Alles wahr in dem Briefe der Schwester Seraphine von Kattelen, und der einzige Mangel daran, daß nicht mit einem einzigen Wort die Rede in ihm war von Gräfin Laura Warberg. Die ›ewig lächelnde, maulfaule, boshafte Trine‹ hätte unbedingt auch noch hineingehört in ihrem Freundschaftsverhältnis zu den zwei Kleynkauerschen Hexen, der jungen Kleynkauer und dem fremden Lümmel, dem Doktor Meyer aus dem Schwabenlande. Vorsicht nach oben hin ziert aber nicht bloß den strebenden Mann im Weltgetümmel, sondern auch die der Welt entfremdete Lugauer Klosternonne in ihrer stillen Klause.

»He, Doktor, wo stecken Sie denn?« rief Gräfin Laura tief aus dem Busch heraus. »Ich für mein Teil stecke hier gründlich fest und komme ohne Hülfe nie wieder ans Licht und noch weniger nach oben! Nennt das Menschenkind dies einen auch Weibsleuten zugänglichen Pfad! Oh, hätte ich mich doch mehr auf Förster Gipfeldürres Grinsen als auf seine Zustimmung verlassen! Doktor Meyer, Sie können dies nicht verantworten! ... Evchen, Evchen, wenn dies deine Tante wüßte!«

»Aber meine Damen«, klang es von der Höhe aus dem Buschwald herunter, »i bitt Sie, nur noch fünf Minute mit zugeklappte Sonneschirm und die Krinoline a bißle z'sammegenomme, und – venit ad occasus mundique extrema Sesostris.«

»Jetzt spricht das Ungeheuer gar noch griechisch, Eve; und natürlich nur, um sich durch einen Gemeinplatz aus der Verlegenheit zu helfen. Kennen wir, bester Herr, aus eigener anderer Erfahrung! – Kommen Sie lieber zurück und helfen mir in der Bedrängnis. Das Wieselchen hier neben mir windet sich schon eher allein durch!«

»Einen Sonnenuntergang werde wir habe, wie ihn der selige König Sesostris nimmer erlebt hat, und der Tante Augustine Kaffeeküche rieche ich auch schon von der Welt Ende, das heißt der Schutzhütte her«, klang es zurück, und der Gerufene stieg wirklich zu galanter Hülfleistung wieder hernieder und sagte: »Da, Gnädigste, greife Sie mutig jetzt noch mal in den Griff meines Hakenstocks; i ziehe, Bäsle Evele schiebt, und hernach bei dene Kuchenkörbe besinge i Ihne unsere Heldentat besser als der Marcus Annaeus Lucanus die Pharsalische Schlacht.«

Ehe Gräfin Laura sich auf den ritterlich hergehaltenen Stockgriff ihres Führers einließ, tat sie die im Grunde nicht unberechtigte Frage:

»Also aus dem alten Tröster sind alle die gräßlichen Zitate, mit denen Sie uns Ihren so äußerst bequemen Gemsenstieg zu allem übrigen verschönert haben? Haben wir etwa den auch da unten in unserer famosen Nonnenbibliothek?«

»Freilich haben Sie ihn! Auch durch eine unversorgte Wittenberger Professorentochter eingeschleppt. Alles haben Sie, was net dahin gehört und jedenfalls anderswo besser aufgehoben wäre. Leydener Ausgabe von Oudendorp! Und ich hab den halben Nachmittag mit ihm im Klostergarten auf der Bank liegen müsse, weil die verehrte Schwesterschaft in Christo mit ihrer Toilette net zu Ende komme konnte. Nu, zu hübsch konnte sich g'wiß keine für den lieben Gastfreund machen.«

»Was sagst du dazu, Evchen?« lachte die Gräfin. »Ist dir in Wittenberg in deinen Lebenskreisen je eine solche Unverschämtheit vorgekommen? Mir in den meinigen wohl – aber jedenfalls doch in etwas anderer Form. Na, dann spannen Sie sich wieder vor, Sie Schwabenspiegler, und du faß meinen Rock, Kind; aber reiß mir die Krausen nicht aus, sonst schelten sämtliche ehrwürdige Tanten da oben auf dem Bergesgipfel. So, uf! Langsam, Doktor! Bedenken Sie, daß Sie heute nicht mit Ihren sechsen am Spieß auf Abenteuer ausziehen! ... Gott sei Lob und Preis, da sehe auch ich noch mal Licht zwischen den Bäumen und rieche der Tante Augustine Kaffeeküche!« –––

Daß die ›zueinander passenden Elemente‹ des Klosters Lugau sich wieder einmal zu einem Ausflug auf einen der ihrer Stiftung zunächst liegenden schönen Berge zusammengetan hatten, werden wir keinem mehr zu sagen brauchen. Von den hohen Würdenträgerinnen der geistlichen Gemeinschaft war diesmal keine bei diesem unschuldigen Sommervergnügen zugegen. Der Frau Oberin war's zu heiß gewesen, und die Frau Priorin fand überhaupt nie ihre Rechnung bei derartigen Torheiten, wo alles zuletzt doch nur auf Ärger, Verdruß, zerrissene Kleider, zerschlagene Gliedmaßen und gewöhnlich auch zum Beschluß auf einfallende Gewitterangst, richtigen Landregen, aufgespannte Regenschirme und durchgeweichtes Schuhwerk hinauslief. Vermißt wurde die Gute kaum.

Die älteren Damen hatten den hübschen Aussichtspunkt und die Schutzhütte natürlich zu Wagen erreicht, die Jugend bis an den Fuß des Berges auch, war dann aber, wie Gräfin Laura sich ausdrückte, wieder mal so dumm gewesen, das Gute für das Bessere hinzugeben. Wir haben die drei jungen Leute auf des schwäbischen Vetters lieblichem, angenehmem und äußerst bequemem Richtwege angetroffen.

»Wenn Sie wieder einmal des Reiches Sturmfahne bei solchem Pläsiervergnügen voranzutragen wünschen, so suchen Sie sich doch lieber ein ander Heergeleit dazu aus, mein Herr. Ich bin eigentlich a bißle zu schwer dazu!« seufzte – aber im vollsten Sommerbehagen – Laura, unter dem allerletzten Aufstieg noch einmal auf einen bemoosten Stein sinkend und sich soviel Luft als möglich mit dem Taschentuch zufächelnd. »Und wenn das deine Tante Euphrosyne geahnt hätte, so weiß ich doch nicht, ob sie dir, Kleine, die Erlaubnis gegeben haben würde, dich hier so an meine Courschleppe zu hängen! Laß dich doch mal besehen, wie siehst du denn eigentlich aus auf die Strapazen?«

Ei, es war ein Wunder, wie gut das Kind aussah, wie gut ihm die kurzen Wochen seines Aufenthaltes in der Lugauer Luft und dem Lugauer Leben bekommen waren! Ganz Wittenberg hätte man dreist herzurufen können und hätte nichts von ihm gehört als: »Aber nein, Fräulein, welch eine Veränderung! Und in der kurzen Zeit!«

»Eine Bitte habe ich, Herr Doktor Meyer«, sagte Gräfin Laura.

»Die wäre?« rief der schwäbische Gelehrte, von seinem Steinblock am letzten Ruhepunkte unter der Bergeskuppe mit der schönen Aussicht in dem hellsten Eifer aufspringend.

»Bitte, bleiben Sie sitzen«, lachte Wittenbergs ›Ophelia‹, mit beiden Händen abwinkend. »Es würde mir nur sehr angenehm sein, wenn Sie es uns vorher wissen lassen wollten, wen von uns beiden, das Evchen oder mich, Sie zuerst zu verschlingen wünschen.«

Den Mund öffnete der Vetter aus Schwaben weit genug hierauf, aber nachher doch nur zu dem abgebrochenen Ausruf: »Ja, aber um Gottes wille –«

»Nämlich in unserem ganzen Leben sind wir nicht so unheimlich angestiert worden wie jetzt eben von Ihnen. Bitte, bitte, sagen Sie es uns, ehe Sie zuschnappen, daß wir wenigstens unsere Sonnenschirme in der letzten Not aufspannen können.«

»Das Märchen! Das Märchen!« rief der Schwab im reinsten Hochdeutsch, seinerseits beide Hände zum lachenden blauen Himmel erhebend. »Fräulein – Gnädigste, der Traum, der Traum! Haben Sie Erbarmen, haben Sie Mitleid mit meiner äußerlichen Hülle! Weiß denn meine unsterbliche Seele selber von der noch Bescheid und wie sie sich in der Erdenwelt aufführt? Hab ich die Damen mal wieder angestiert? ... Komtesse Warberg, wenn mir mein preußisches Bäsle nicht zu Hülfe kommt, so hab ich keine Waffe mehr gegen Sie – der Traumwandler ergibt sich auf Gnade und Ungnade in alles, was Sie über ihn verhängen. Gestern noch Winter, Tübingen, Wittenberg, Eike von Repkow; heute die Tante Euphrosyne, Kloster Lugau, Gräfin Laura Warberg, Förster Gipfeldürre – Kepplershöhe – die Höhe da über uns und der Sonnenuntergang nachher vor uns: wer soll da nicht Augen zum Verschlingen machen? Wer soll nicht große Augen machen, Bäsle Evele, wenn er Sie damit ansehen darf?«

»Liebe Eve, ich glaube, wir haben uns jetzt wohl so weit erholt, daß wir weiterklettern können. Ich meine, allmählich müssen die guten Tanten da oben mit einiger Unruhe nach dir ausschauen.«

Es war etwas wie eine leise, trübe Warnung in dem Ton, mit welchem ›Ophelia‹ die letzten Worte sagte; aber der Himmel blieb lichtblau und wolkenlos, das junge Waldgrün leuchtend wie vorher. –

»Sie lesen auch den Shakespeare, Herr Doktor?« fragte sonderbarerweise die Gräfin, zum Weiterklimmen sich von ihrem Sitze erhebend. Und verwundert sah der schwäbische Gelehrte sie an.

»Was soll nun das wieder, Gräfin? Jawohl, ein wenig – von Zeit zu Zeit – in verlorenen Augenblicken. Aber mit gütigster Erlaubnis, weshalb fragen Sie danach grade jetzt?«

»Nun, haben Sie ihn denn nicht eben zitiert? My bosom's lord sits lightly in his throne – leicht auf dem Thron sitzt meiner Brust Gebieter! Hat Sie Kloster Lugau wirklich so selbst- und weltvergessen gemacht, daß Sie gar nicht mehr wissen, was für Augen Sie machen und was für Reden Sie führen?«

Herr Eberhard faßte sich mit beiden Händen an den Kopf und rief lachend:

»Ja, ja, es ist so! Aber wie kann ein Mensch, der so wie ich im Glückstraum schwimmt, alle seine fünf Sinne und seinen kompletten Intellekt gesund beieinander halten? Da schwätzt man denn so vor sich hin und weiß selber net was.«

»Komm, mein Herz«, seufzte Gräfin Warberg, »jetzt nimm du meinen Arm und laß dich von mir führen, laß auch mal deinen Puls fühlen. Nun, das geht ja! ... Gottlob, da sind wir auf der Höhe! – Das war ein Ritt, Evchen, für den ich die Verantwortung nicht wieder mit übernehme. Da wedelt die Tante Euphrosyne uns ihre Sorgen, aber auch ihr Vergnügen schon mit dem Taschentuche zu. Dem Himmel sei Dank, diesen angenehmen Nachmittag scheint uns hier in Mantua, das heißt da oben in der Schutzhütte, noch kein Bote, kein Signor Balthasar durch die neuesten Nachrichten aus Verona verdorben zu haben!«

Dem letzten Stoßseufzer hatte das kluge, behagliche, gute Mädchen keine lauten Worte gegeben. Dazu verdarb es sich von Natur aus und durch Erfahrung zu ungern selber irgendeine helle, ruhige, freundliche Stunde im wirren, unruhvollen Erdenwesen.

VIERUNDZWANZIGSTES KAPITEL

»Die güldne Sonne, voll Freud und Wonne,
Bringt unsern Grenzen mit ihrem Glänzen
Ein herzerquickendes, liebliches Licht –«

Sie waren mit ihrem Kuchen und Kaffee in der Schutzhütte fertig und hatten sich mit ihrem Paul Gerhardt noch ein wenig höher auf den eigentlichen Berggipfel und Aussichtspunkt gezogen. Da saßen sie, die Nonnen von Lugau, unter einigen Schattenbäumen im Kreis mit ihren Strickzeugen und Liederbüchern, und der Spiegelschwab lag ein wenig abseits unter einem Busch, über seinem Kopfe die leichten Sommerwölkchen, hinter sich das höhere Gebirge und vor sich, weit ausgebreitet, die Norddeutsche Ebene, wahrlich im güldnen Sonnenglänzen.

Es waren meistens recht dünne Alte-Jungfern-Stimmen, die den lieben Gott da lobten; aber seine Freude konnte er doch dran haben, und der Warberg ›wundervoller Alt‹ hielt auch einem Erdenkenner den Chorgesang beisammen und trug ihn herrlich nach oben:

»Mein Auge schauet, was Gott gebauet
Zu seinen Ehren und uns zu lehren:
Wie sein Vermögen sei mächtig und groß;
Und wo die Frommen dann sollen hinkommen,
Wann sie in Frieden von hinnen geschieden
Aus dieser Erden vergänglichem Schoß.«

Er hätte mitsingen können, der Herr Doktor Meyer aus Tübingen; die Tante Euphrosyne hatte ihn an ihre Seite herangewinkt; er hätte mit in des kleinen Bäsles, der Eva, Büchlein gucken können; aber er hatte trotz mehr als eines unwillig erhobenen Fingers abgewehrt und war abseits ›in Gras und Blumen‹ liegengeblieben, wie er lag. Es war ihm zu sehr, als breche er durch eigenes Mittun den schönen Zauber der Stunde, als müsse er beim ersten Laut der eigenen Stimme mit dem sofort aufgefundenen Lugauer Kodex des Sachsenspiegels in der Tübinger Universitätsbibliothek sitzen und ihn sein ganzes ferneres Leben lang mit anderen gleichen alten Schwarten vergleichen.

Gräfin Laura hatte einen wundervollen Alt, aber im Chor der Schwestern von Lugau sang noch ein jüngstes Stimmchen schön mit, und der Vetter aus Schwaben sah auf das liebliche, sich über das Gesangbuch der Erzkuchelbäckerin beugende Köpfchen und griff in das Gras zur Seite, wie um nach einem Halt zu suchen, und griff in den dichten Haarbusch und griff in die Weste und stierte, daß die Warberg wohl wieder vor zu großem Appetit nach Lugauer Klosternonnen hätte warnen dürfen.

»Daß mir dees wonnigste Wunder auch zu allem übrigen Segen begegnen mußte! I träum des, i träum des, und im nächsten Moment wach i mit einem Schrei auf und spreng den Zauber in den gewohnten, gewöhnlichen Lebensregentag 'nei und auseinander!« ...

Sah nicht die Gräfin Laura Warberg aus ihren großen, ruhigen Augen über ihr Liederheft zu ihm herüber, als jetzt Kloster Lugau sang:

»Laß mich mit Freuden, ohn alles Neiden
Sehen den Segen, den du wirst legen
In meines Bruders Hand – Güter und Haus.
Geiziges Brennen, unchristliches Rennen
Nach Gut mit Sünde, das tilge geschwinde
Von meinem Herzen und wirf es hinaus!«

Und nun war's, als bliebe zwar die Sonne, wenn auch schon zum Untergehen sich neigend, am Himmel, als ziehe sich aber über diesen anfangs leise und die Welt nur noch verschönernd ein Schleier, der jedoch immer dichter werde und ohne Windhauch eine Kühle mitbringe, die zur Kälte werde, ein Etwas mit sich bringe, das nicht in die Sommerlust, in keine Erdenlust hineingehöre, sich nicht atmen lasse und auch einen starken, sicheren Mann, einen Tübinger Doktor beider Rechte, dahin bringen könne, in Atemnot, Herzspann und Weltuntergangsangst durch einen lauten Schrei die Gesellschaft und Gemütlichkeit zu verstören ...

»Kreuz und Elende, das nimmt ein Ende;
Nach Meeresbrausen und Windessausen
Leuchtet der Sonne erwünschtes Gesicht.
Freude die Fülle und selige Stille
Darf ich erwarten im himmlischen Garten;
Dahin sind meine Gedanken gericht't!«

sangen aber die Nonnen von Lugau, und das war der Schlußvers ihres heutigen Lobgesangs zu Ehren des höchsten Herrn über Himmel und Erde, Glück und Unglück, Leben und Tod, und das war in Anbetracht des Entsetzens, das ein Aufschrei des Spiegelschwaben in den vergnüglichen Tag gebracht haben würde, auch ein Glück.

»Nun, Leute, wer noch eine warme Tasse Kaffee will, der melde sich; es wird Zeit!« rief die Tante Augustine. »Kalter Kaffee soll ja wohl schön machen; aber das hat ja gottlob von uns keine nötig. Schöner, als jede von uns ist, kann keine werden – nicht wahr, Vetter Eberhard?«

»Bei Venus Urania, bei den neun Musen, den drei Grazien, sämtlichen Horen und was sonst von heidnischen himmlischen Damen um den Olymp wimmelt: i will keine von euch anders, Tante Stinele. Den Buckel könne se mir 'naufsteige!« rief der Vetter aus Schwaben, aus Gras und Blumen, aus Seligkeit, Wonne, Traum, Seelenangst und Herzensbangen aufspringend und den Hut zum blauen Äther hinaufschleudernd.

»Sehen Sie, Vetter, und für das liebe Wort blüht Ihnen auch sofort die Belohnung: in die letzten Wittenberger Zeitungen gewickelt, mehr als ein Butterbrot mit gekochtem Schinken und dergleichen, da Sie doch meinen Kuchen nur aus verwandtschaftlicher Höflichkeit loben. Und dann, Vetter, hab ich da noch im Wagen eine oder ein paar Flaschen von einer Sorte, mit der mich neulich einer aus Ihrer Gegend oder vom grünen, deutschen Rhein oder sonst daher wahrscheinlich recht angemogelt hat. Mir, der Tante Euphrosyne und der Frau Domina kommt er entsetzlich sauer vor; aber Fräulein von Kattelen meinte, mit viel Zucker lasse er sich trinken; glücklicherweise sei das aber meine Privatsache, und Kloster Lugau habe für die Versüßung nicht aufzukommen. Nun, da ist es mir denn wirklich ein Trost, daß man endlich mal einen Sachkenner aus dem richtigen Reben-, Wein- und Essiglande zur aufrichtigen Begutachtung hier hat.«

Nun saßen sie mit ihren letzten Kuchenresten und ihren Butterbroten und auch mit der Tante Augustine lieblichem ›Frauenberger‹ aus dem schönen, aber freilich etwas saueren Moseltal und sahen in ihrem Tal in der Tiefe die Fenster von Kloster Lugau im feurigen Widerschein der untergehenden Sonne blitzen und darüber hinaus die Ebene mehr und mehr im Dunst und Duft des Abends sich verschleiern. Der Friede Gottes lag auf der Welt, als ob aller Streit, alle Zwietracht, alles Ärgerliche, Böse, Schlimme, alles Bangen und Sorgen, Hassen und Neiden für alle Zeit ausgelöscht sei. Die Lugauer Damen hatten nicht mehr zu ihren Strickzeugen und Häkelarbeiten gegriffen, sondern hielten ihre Hände meistens fromm und vergnügt gefaltet im Schoß; der Vetter Meyer aus Schwaben aber drehte zwischen den seinigen, weltverloren wie die andern, das zerknitterte Wittenberger Zeitungsblatt, in welchem ihm eben die Tante Augustine sein

Teil von den Klostererfrischungen hatte zukommen lassen. Auch er hatte in diesem Augenblick keine Ahnung mehr davon, daß er doch eigentlich hierher ins Land gekommen sei, um die tausendjährige Kulturstätte da unten im Tale eines gelehrten Zweckes wegen vom Keller bis zum Dache, bis in die höchste Turmspitze hinauf umzustören. Was Sachsenspiegel? Was Schwabenspiegel? Ein Gott hatte ihn ergriffen in seinen Neckarbergen und ihn wie ein Vogel Rock auf diesem Berge abgesetzt, wahrlich nicht jener vergilbten, muffigen Urväter-Schwarten wegen, sondern um ihn auf die lebendige Blutverwandtschaft im ganzen deutschen Volke, auf Kepplershöhe, die Tanten Euphrosyne und Augustine Kleynkauer und zwei blaue Augen, die schönsten Spiegel – ›net bloß in Sachse und Schwabe, sondern auch in Franke, Bayern und bei dene Alemanne rechts und links vom Rhein‹ – aufmerksam zu machen!

»I träum des nit; i erlebe es, und wenn ich's vermöcht, würd ich zum Nutze meiner spätesten Enkel davon singen und sagen; aber – zu Papier und in Bücher läßt sich's ebe net bringe.«

Ja, er träumte es nicht, daß er vor kurzen vier Jahren die Stuttgarter Bäcker auf ihrer Fahrt nach Mergentheim begleitet hatte, um ihnen dort im Deutschordenhaus zu helfen, ihre heimatliche Weckensuppe an die Tauberbischofsheimer Verwundeten, Kranken und Sterbenden als Kost und letzten Trost auszuteilen; und daß er jetzt hier saß, um mit den Lugauer Klosternonnen, dem Paul Gerhardt, dem Gerhard Tersteegen, dem alten Herrn von Canitz und dem Johannes Rist unseres Herrn Gottes Lob vor Preußen und Neupreußen, Sachsen, Schwaben, Franken, Friesen, Bayern und Alemannen zu verkünden und seine Vorsehung zu preisen!

Für einen Mann, und noch dazu württembergischen Parteimann, der seit Wochen keine Zeitung angesehen hatte, hatte er in der Tante Augustine Kuchen- und

Wurstpapier nur wenige Blicke geworfen, und die hatten, wie er meinte, überflüssig genügt, ihn in dieser Hinsicht für neun längere Wochen aufs laufende zu bringen und dabei zu erhalten.

Paris: Die Kaiserliche Regierung verfolgt mit gespanntester Aufmerksamkeit die Entwicklung der Dinge in Spanien. –

›Des glaub i dem Louis schon. Was sich aber da für den Lump ent- und verwickelt, kann mir doch höchst gleichgültig sein.‹

Ems: Seine Majestät der König setzt in unserem weltberühmten Badeort seine Kur mit erwünschtestem Erfolg fort. Das Wetter fährt fort, herrlich zu sein, und das Behagen, mit welchem der hohe Herr sich seiner täglichen Brunnenpromenade hingibt, läßt darauf schließen, daß auch das politische schöne Wetter fürs erste sich nicht ändern werde. Die Liebenswürdigkeit, mit der König Wilhelm –

› – vor vier kurze Jahre, Anno sechsundsechzig, *mir* den Spaß an der Weltgeschichte und der Geschichte der hehren Mutter Germania verdarb, soll mich net verhindern, ihm auch meinerseits den besten Kurerfolg zu wünschen; – auch schon der Tante Euphrosynele wegen; – aber – was kümmert's mich sonst?‹

Madrid: Das Pariser Telegramm, welches die Proklamation der Exkönigin Isabella betreffs ihrer Abdankung zugunsten ihres Sohnes Don Alfonso brachte, hat hier nur ein allgemeines Lächeln hervorgerufen. Der Regent Serrano sowie der Marschall Prim –

– ›haben wohl die Güte, *mir* fortdauernd gewogen zu bleiben, aber wozu das Wittenberger Wurstblatt uns aus Lugau grade heute abend hier mit ihre ewige, dumme spanische Angelegenheiten behellige will, davon sehe i ums Verrecke den Grund net ein. Oh, wie schade! Da fange sie an, ihr Geschirr zusammezusuche, ihr liebe, gastfreundliche Körbe und Tasche zu packe und die übriggebliebene Brocke zu sammele, die liebe gute Seele. War des e angenehmer Tag!

War des e herzige Hahnenfahrt mit diese wundervolle Lugauer Klosternonnen! Die hätten der Uhland, der Kerner, der Schwab und der Mörike mitmachen müssen, und sie riefen auch eher nach ihrem Pegasus als jetzt schon an diesem himmlischen Abend nach den Kutschern. Alles und alles wie auf Goldgrund – das Evele, mein süßes Bäsle – die Euphrosyne, die Augustine, die Laura und alle, alle –

,Im Walde deucht mir alles miteinander schön,
Und nichts Mißliebiges darin, so vielerlei
Er hegen mag –'

da hebt die prachtvolle fromme Walküre, die Gräfin Warberg, das Kind vom Boden und trägt es und hält es wie ein Kind! Den möcht ich sehen, der mir jetzt glaubhaft mache wollte, daß ich hierher zugereist sei, um aus der Lugauer Nonnen Sachsenspiegel den Schwabenspiegel zu emendiere! Zum Henker mit dem Schwaben- und dem Sachsenspiegel! Steige nieder, regnum coelorum, versinke, Zeitlichkeit – da!‹ ...

Er hatte bis jetzt das Wittenberger Tageblatt noch immer in der Faust behalten, nun aber zerknitterte er es, ballte es zu einer Kugel zusammen und schleuderte diese den Berg hinunter in das Waldgebüsch hinein, und – er hätte das lieber nicht tun sollen.

Ob ihn Paris, Ems und Madrid viel angingen, mochte die Zukunft erweisen; aber für seine allernächste Gegenwart enthielt das Zeitungsblatt eine Spalte mit der Überschrift: Lokales – und da stand doch noch etwas zu lesen, was ihn persönlich sehr, sehr nahe betraf.

Nämlich:

Wittenberg. Wie wir vernehmen, ist betreffenden höhern Orts einer der jüngeren Dozenten unserer hiesigen weltberühmten Alma mater, der auch in diesem Fach durch verschiedene Arbeiten rühmlich bekannte Herr Doktor Eckbert Scriewer, dessen Ernennung zum außerordentlichen Professor nur noch eine Frage der Zeit ist, damit beauftragt worden, in Kloster Lugau die dortige merkwürdige, doch der gelehrten Welt seit lange fast ganz aus dem Gedächtnis entschwundene Klosterbibliothek einer Revision zu unterziehen. Wie man jetzt erfährt, birgt diese im Laufe der Jahrhunderte auf ziemlich seltsame Weise von den frommen Damen zusammengetragene und, wie gesagt, beinahe vollständig verschollene Bücherei unter ihren Schätzen einige Unica, die wirklich wohl verdienen, endlich von neuem ans Licht gezogen zu werden. Man spricht in hiesigen Kreisen davon, daß es wohl das Richtige sein werde, wenigstens die dortigen wertvollen Manuskripte, Inkunabeln und so weiter mit der hiesigen Universitätsbibliothek zu vereinigen, sie somit der Gefahr, nach jahrhundertelanger Vernachlässigung durch gänzliche Verwahrlosung zugrunde zu gehen, zu entreißen und sie endlich ihrem Zwecke entgegenzuführen. Herr Doktor Scriewer ist in betreff der Vorverhandlungen in dieser Angelegenheit mit den nötigen Vollmachten versehen worden, und können wir ihm bei seinem vielleicht notwendigen diplomatischen Feldzuge gegen die verehrten geistlichen Damen von Lugau scherzhaft, doch auch im Ernst, nur das beste Glück wünschen. Hoffentlich bald etwas Näheres und recht Günstiges über diesen jetzt entbrennenden Kampf um die – Bücherei der Nonnen von Kloster Lugau! ...

Für den Heimweg vertraute die Tante Euphrosyne nicht wieder dem Vetter aus Schwaben und seinem schönen Richtewege ihr Pflegekind an, und auch Gräfin Laura zog diesmal einen Platz in einem der Wagen, in denen die älteren Damen die Höhe erreicht hatten, vor. Ihren Doktor Meyer setzten sie neben einen der Kutscher auf den Bock, und so fuhren sie alle zu Tal, und es wies sich aus, daß der Fußweg doch ein Richteweg gewesen war und daß die Wagen einen weiten Umweg durch das Gebirge zu machen hatten, ehe sie Kloster Lugau erreichten.

Anfangs war die Unterhaltung noch recht lebendig; aber im Hochwald wurde es allgemach dunkler und dunkler und das laute Lob des schönen Tages verstummte mehr und mehr.

Noch einmal begann mit ihrem wundervollen Alt die Gräfin Warberg:

»Der Mond ist aufgegangen,
Die goldnen Sternlein prangen
Am Himmel hell und klar –«

aber nur wenige, müde Stimmen und ein helles Stimmchen fielen ein, doch auch die verstummten bald wieder, und auch Laura gab's auf, wie sie sich ausdrückte, ›den letzten Saft aus der Zitrone herauszuquetschen‹. Übrigens schrieb man ja auch Dienstag, den 28. Juni 1870, und da fiel Neumond ein, und das liebe Abendlied paßte in der Hinsicht heute durchaus nicht.

Dagegen aber lag freilich, als man in der letzten Dämmerung aus den Bergen in die Ebene gelangte, auf den Lugauer Dorf-Klosterwiesen der ›weiße Nebel wunderbar‹. Stille, traulich und hold war die Welt auch, und über die Klostermauer leuchtete der Lampenschein des tausend Jahre alten Zufluchtsorts im Jammer der Welt; und bei einer dieser traulichen Lampen saß Doktor E. Scriewer, der blonde Eckbert, dem Fräulein von Kattelen gegenüber in vertrautester Unterhaltung. Dabei horchten beide von Zeit zu Zeit mit gespanntester Aufmerksamkeit nach der Landstraße hin.

»Das wird wieder mal ein recht lustiger Tag gewesen sein«, sagte Schwester Seraphine. »Ganz wie ich Ihrer teuren Mama und eben Ihnen, lieber junger Freund, unser jetziges, hiesiges, tagtägliches Leben geschildert habe! Nun, Eckbert, Sie sind zum vollen Mitgenuß jedenfalls freundlich eingeladen. Aber, horch, sind das nicht die Wagen am Tor?« ...

Sie waren es, und am Lugauer Klostertor streckte

Doktor E. Scriewer, Wittenbergs blonder Eckbert, der Tante Euphrosyne die Arme entgegen und irrte sich also bei vollständigem Abenddunkel verzeihlicherweise ein wenig in der Person. Er faßte auch sofort sein richtiges Eigentum im Säkulum in dieselben Arme.

»Mein herziges Bräutchen! Endlich, endlich! Aber du Böse, wie konntest du so grausam sein, mich drei Wochen lang ohne jede Antwort, ohne jede Nachricht von dir bangen und sorgen zu lassen?«

Bei dem vollkommenen Abenddunkel war keines der Gesichter unter dem Lugauer Klostertor mehr deutlich zu erkennen. Auch das der Tante Euphrosyne Kleynkauer nicht.

»News from Verona! Neuigkeiten aus Wittenberg, wie ich sie nicht geahnt, sondern vorausgesehen habe«, murmelte Gräfin Laura, auch an diesem Abend im Lebensdunkel ihre Augen ruhig offen behaltend. –

FÜNFUNDZWANZIGSTES KAPITEL

Als sie am andern Morgen erwachten in Lugau, aus tiefem Schlaf, aus unruhigen, aus angenehmen und unangenehmen Träumen (einige leider aus häßlichen), blieb ihnen eine feste Gewißheit, nämlich, daß er kein nächtliches Traumbild war, daß er auch dem hellen, verständigen, vernünftigen Tage standhielt, daß sie ihn in Fleisch und Blut, nach seinem Recht, nach jeder Richtung hin bei sich, unter sich hatten in Kloster Lugau: den blonden Eckbert aus Wittenberg.

Der blonde Eckbert war gekommen wie der Meltau über Nacht (das Gleichnis stammt von der Tante Euphrosyne) und (wie die Oberin seufzend derselben im Vertrauen mitteilte) hatte die Absicht, sich dauernd aufzuhalten, jedenfalls fürs erste noch nicht wieder zu gehen.

»Was konnte ich dagegen einwenden, liebe Seele? Nach dem ersten Blick gestern nachmittag in unsere Bücherkammer während eurer Abwesenheit hat er sich wie melancholisch, aber doch im Innersten entzückt, die Hände gerieben. Und wenn er auch nichts sagte als: ›Ja, ja, ja! Nun, nun, nun!‹, so sprach grade das ganze Bände und wohlgeordnete Bibliotheken. Liebste, mir ist es ja im Grunde einerlei; aber Ihretwegen bedaure ich es doch, daß wir durch die Jahrhunderte nicht bessere Ordnung unter den alten Papieren gehalten haben oder, noch besser, längst den ganzen Wust in den Ofen gesteckt haben. Sie und Ihre liebe Kleine müssen nun freilich Ihr Glück zu tragen suchen; oh, und nach seinen Instruktionen habe ich ihm auch ein Quartier innerhalb unserer Mauern einräumen müssen, während ich Ihren Herrn Vetter Meyer sein Behagen und Unbehagen draußen beim Förster Gipfeldürre suchen lassen mußte.«

Ja, es ließ sich nicht ändern: sie hatten ihn und er hatte sie. Das Bild von dem Meltau war nicht hübsch, aber doch sehr passend von der Tante Euphrosyne ausgewählt worden. Der blonde Eckbert legte sich wie ein Meltau über Kloster Lugau. Obgleich das Wetter andauernd schön blieb und der Gast ebenso stetig lieb, liebenswürdig, lächelnd und mit zartester Empfindung auf die Gefühle und Stimmungen aller eingehend, hatte sich die Sommerwelt doch vom achtundzwanzigsten Juni sehr zu ihrem Nachteil verändert. Der Meltau war auf Kloster Lugau gefallen, und nicht allein auf den Klostergarten und die schöne Landschaft um die alten Ringmauern her, nein, man merkte ihn auch innerhalb der Stiftung überall: im Betsaal, in der Kirche, in dem Salon der Frau Domina wie in den Gemächern der Schwestern. Legen wir uns noch ein Weilchen mit ihm – nicht dem Meltau, sondern dem blonden Eckbert – ins Fenster, und zwar an dem Abend, an welchem Dickdrewe dem Kloster den Doktor Scriewer aus Wittenberg brachte, wie er ihm früher den Doktor Meyer aus Tübingen, die Tante Euphrosyne Kleynkauer und Fräulein Eva Kleynkauer ebenfalls aus Wittenberg und noch früher Gräfin Laura Warberg aus – nun, sagen wir diesmal von der Insel Seeland – zugeführt hatte.

Noch hatte er, der jüngste liebe Gast von Lugau, im Betsaal Kaspar Neumanns Abendlied, und zwar aus Fräulein von Kattelens Gesangbuch, mitgesungen:

›Herr, es ist von meinem Leben
abermal ein Tag dahin;
Lehre mich nun Achtung geben,
ob ich fromm gewesen bin;
Zeige mir auch ferner an,
so ich was nicht recht getan,
Und hilf mir in allen Sachen
guten Feierabend machen.‹

Zärtlich hatte er dann allen Damen eine gute Nacht gewünscht, der Frau Oberin die Hand und seiner Braut die Stirn geküßt und sich, unter Führung von Fräulein Seraphine von Kattelen, nach dem ihm in einem äußersten Flügel der Klostergebäude angewiesenen Gemach zurückgezogen. Jetzt war er allein mit sich in *seiner* Welt. Die fromme Lampe auf seinem Tische beleuchtete ihn nur von hinten; es war Neumond und die Nacht dunkel. Die andere Welt, die Welt da draußen, verlor nichts an dem Gesicht, welches er ihr aus dem offenen Fenster zuwandte. Nur ein Käuzchen, das auf weichen Schwingen den Kirchturm und die hohen schwarzen Dachgiebel umflog, ließ sich auf einen Augenblick auf einem Baumast des Gartens dicht vor ihm nieder, betrachtete ihn genau und entfernte sich sofort wieder mit einem Schrei, der alles bedeuten konnte, nur kein Wohlgefallen an dem neuen Mit-Jäger in seinem Jagdgebiete. –

›Im Herzen der Romantik!‹ seufzte der blonde Eckbert. ›Ich träume das, ich träume das! Welch ein wundervoller Traum! Heute morgen noch Wittenberg – Schwiegermama und Schwiegerpapa in kindischer Ratlosigkeit und Zerfahrenheit; – amplissimi ordinis philosophorum Decanus, clarissimi Seniores, Assessores celeberrimi am Bahnhof: ‚Scriewer, daß Sie sich nicht von den Lugauer Frauenzimmern an der Nase ziehen lassen, daß Sie uns ja den Haken dort einschlagen, an welchem wir das, was da noch zu retten ist, endlich uns hierher holen können!' ... Und jetzt: Kloster Lugau mit dem Gefühl eines künftigen Rector magnificus von Wittenberg da um mich, vor mir – unter mir! Und alles durch die Tante Seraphine! Da komme mir noch einer und rede was gegen die Weiber am Webstuhl der Zeit! ... Aber wie sehr Zeit war es, daß sich die herzige, liebe alte Seele, dies Fräulein von Kattelen, in Lugau auf ihre intime Freundschaft mit Mama besann! Wie so was alles in der Welt-, Staaten-, Volks- und privaten Geschichte doch zusammenhängt! Hier zweifle mir noch einer an der Vorsehung!‹

Da hierüber dem blonden Träumer die Zigarre erloschen war, trat er einen Augenblick in die Zelle zurück, um sie von neuem anzuzünden.

Wieder im Fenster liegend, seufzte er von neuem, doch mit noch etwas schärferm Anhauch aus der Zeitlichkeit:

›So wären wir denn hier, um im letzten, aber vielleicht auch günstigsten Augenblick mit eigenen Augen zu sehen und unsere Maßregeln nachher zu treffen. Welch eine himmlische Nacht nach dem widerwärtigen Reisetage, und – diese Überraschung für die herzige Welt hier! Diese alte Kattelen ist doch nicht mit Gold zu bezahlen; aber ein wenig hat sie sich heute schon durch ihr Vergnügen an den Gesichtern von Kloster Lugau rund um sie her selber bezahlt gemacht für ihren Brief zur rechten Zeit an Mama. Welch ein Spaß die Visage der alten Kleynkauern! Ja, wenn man nur selber so ganz und gar genußfähig für die ganze Komödie wäre und seine eigene Rolle drin mit völlig freier Seele spielen könnte! Ja, ein Trost ist es wohl, sich einmal unter den laufenden Umständen in die Seele der Tante Kennsiealle zu versetzen und von da aus seinen Nächsten, hier also den Herrn Eckbert Scriewer, wie sich selber zu lieben. Aber nicht andauernd und stichhaltend! Ist man nicht nach Herz und Hirn hin intelligent genug, um auch aus dem verblüfftesten Gesicht dieser – grauen Lemure die Frage herauszulesen: ‚Nun, lieber Scriewer, teurer Eckbert, glauben Sie wirklich, daß ich an ein wirkliches Behagen Ihrerseits über Ihre Situation zwischen Ihrem Bräutchen und meiner Kepplershöhe glaube?' … Hm, wenn man so ein gewöhnliches, alltägliches, seinen Stimmungen folgendes Menschenkind wäre, könnte man im Verdruß der Stunde, und um die alte Person zu ärgern, sein junges, süßes, kindliches, zimperliches Liebchen sofort am Arm nehmen und es sich als Lebensgepäck am Altar der Lugauer Klosterkirche auf den Buckel laden; also – Ruhe, mein Sohn Eckbert, Ruhe und Überlegung, Leidenschaftslosigkeit! Welch ein wonniges Atemholen in diesen Berg-, Wald-, Wiesen- und Klostergartendüften und -lüften. Nur für die Nachtigallen scheinen wir etwas zu spät im Jahre von der Tante Seraphine hierher zitiert worden zu sein. Sonst sollen ja wohl alle Büsche hier in Kloster Lugau voll von ihnen stecken. Mein Evchen hat mir wenigstens öfter von ihnen vorgeschwärmt …‹

Von den Lugauer Nachtigallen zu dem Tübinger Doktor Meyer war natürlich auch nur ein Schritt.

›Wie mir der Bursch morgen bei Tageshelle erscheinen wird, soll mich auch wundern‹, lächelte Doktor Scriewer giftig in die Sommernacht hinein. ›Hm, scherzhaft bliebe mir der Bengel freilich nur so lange als – nun, hätte sich so etwas bereits angesponnen, so wäre das Kind dumm, ängstlich und unschuldig genug, um mir selber zu kommen und vor mir sein volles Herzchen auf den Knien auszuschütten. Da mag die Tante Seraphine gesehen haben, was sie will: *ich* wüßte nichts, was mir gleichgültiger wäre; – in dieser Beziehung halten wir fest, was wir haben, und können im Notfall auch den Sentimentalen agieren, das treue deutsche Herz herauskehren und den schwäbischen Tölpel auf einer Wehmutsflut zum Lande hinausspülen. Hm, denken wir nur nicht zu tief über Gefühle nach, die wir haben – können; - dafür finden sich im rechten Moment immer schon die rechten Worte. Denken wir lieber an Kepplershöhe. Das wäre freilich der Gipfel des Vergnügens, vom Herrn Vetter Meyer von dort aus am Hochzeitstage die herzlichsten Glückwünsche in Empfang zu nehmen! Beim Acheron, da hörte feilich der Spaß auf; und wer den Hohn, das herzlichste Bedauern, die innige Schadenfreude, die treuherzige Teilnahme an dieser Wendung der Dinge von ganz Wittenberg mit in sein junges Eheglück hineinzunehmen hätte, das würde der Herr Doktor Eckbert Scriewer sein. Diese alte Bestie! Diese alte Kleynkauer! ... In dieser Beziehung hat die treue gute Seele, die andere alte Giftschachtel, Mamas beste Freundin und – auch die meinige –, da hat Fräulein von Kattelen vollkommen richtig gesehen. Urväterweisheit drängt sich wieder einmal dem Tage mit verruchtester Nachdrücklichkeit auf. Das sinnige Gleichnis vom Esel zwischen den zwei Heubündeln hat wieder mal Fleisch und Blut gewonnen, liegt hier im Fenster, nennt sich Eckbert Scriewer, Doktor der Weltweisheit, demnächstiger außerordentlicher Professor in Wittenberg, ordentlicher Professor in Göttingen, Jena, Halle, Leipzig oder Berlin, möglicher zukünftiger Rector magnificus von Berlin, Leipzig, Halle, Jena, Göttingen oder Wittenberg, und weiß nur eines absolut: nämlich, daß es absolut nicht weiß, was aus der verdammten Geschichte eigentlich werden soll! Es! Bringe ich hier etwa nicht das ganze Es, sonst auch Menschendasein genannt, den Worten: Schicksal, Vorsehung, Zufall gegenüber in mir zur Darstellung? Welch eine Welt, um darin bei Vernunft zu bleiben! Also – wenigstens so lange wie möglich ruhig Blut, Menschenkind! Freien oder nicht freien, das ist jetzt die Frage. Das Geld der Familie Kleynkauer hat einzig und allein die alte Hexe vom Universitätsplatz; mein Herr Schwiegervater in spe nur seine Schulden und seine Hoffnungen auf – mich. Hätte sich Mama daheim in dieser Beziehung von ihren Referenzen nicht zu sehr täuschen und von ihren Illusionen nicht so rasch hinreißen lassen, wäre es mir heute auch lieber. Aber da sind alle Weiber gleich dumm und unzurechnungsfähig und wir auf ihrer Fährte selbstverständlich nicht klüger. Wie nennt doch Exzellenz der römische Feldmarschall Cajus Marcius seine Virgilia? Mein lieblich Schweigen! ... Jawohl, meine, meine liebliche Dummheit, meine reizende Bleichsucht! Das in einen leeren Sack gestopft sein Leben lang bergan schleppen zu müssen, das wäre freilich eine zu süße Last! Bliebe also der Einfluß des alten Herrn, meines Herrn Schwiegervaters in spe, nach oben zu bedenken. Nun, daß das ein Stern in cadente domo ist, und nicht bloß in der Wissenschaft (da hat er nie viel eigenes Licht von sich gegeben!), sondern auch in anderen, mir augenblicklich wichtigeren Sphären: wer braucht da noch zu kommen, um mir deutlicher zu machen, was ich schon sehr genau weiß? Soll ich etwa gar des würdigen alten Esels Schulden bezahlen? Teuerste Schwiegermama, da könnten Sie, die es so gut verstanden haben, den Glanz des Hauses Kleynkauer nach außen leuchten zu lassen, sich doch recht böse schneiden! Mit der holden Kleinen bloß die Verpflichtung mitzubekommen, die werten Eltern im Alter zu stützen, zu unterstützen? Ich danke! Und übrigens weiß ich es ja nur zu gut, was Bruder Johannes und Schwester Christine daheim in ihrer Kinderfreundsgutmütigkeit für das Wohlbehagen meiner eigenen Eltern sich an ihrem eigenen Wohlbefinden in ihren neugegründeten Familien abzuzwacken haben. Was schlägt's denn da? Beim allmächtigen Gott, Mitternacht! Welch eine herrliche Glocke die lieben Damen, diese tausendjährigen Nonnen von Lugau, doch haben! Wie aus dem Herzen der Romantik heraus! Kloster Lugau – wie feierlich das Wort dann und wann zu uns hinüber ins Säkulum klingt! Einer von dieses verruchten hergelaufenen Schwaben Erzpoeten hat ja wohl davon gesungen:

‚Man höret oft im fernen Wald
Von oben her ein dumpfes Läuten,
Doch niemand weiß, von wann es hallt,
Und kaum die Sage kann es deuten!'

Welch ein Glück aber und welch eine unbezahlbare Helferin in dieser leider augenblicklich nicht mondbeglänzten Zaubernacht diese brave alte Kattelen! Wie das Frauenzimmervolk durch die Jahrhunderte sich auch hier liebt und haßt! Es ist einfach zum Wälzen. Mama – Schwiegermama – Fräulein von Kattelen – Fräulein Euphrosyne Kleynkauer: überall ganz und gar das Weib, das Weib – der Trost des Mannes im Leben und im Sterben! Na ja, was auch daraus werden mag, recht amüsante Tage werden wir jedenfalls vor uns haben. Na, sehen wir vor allen Dingen morgen früh mal zu, wie Kloster Lugau seine bibliographischen Schätze verwaltet hat. Kühle Stirn, offene Augen und alle Trümpfe bis jetzt noch in der Hand: liebendes, strebendes, webendes, hangendes, langendes, bangendes Herz, was willst du mehr?‹

SECHSUNDZWANZIGSTES KAPITEL

Am Hause des Ortsvorstehers von Dorf Lugau trat dem Bewohner Deutschlands wie dem Ausländer auch eine der Errungenschaften des Jahres achtzehnhundertsechsundsechzig deutlich vor die Augen. Dort befand sich nämlich ein Briefkasten des Norddeutschen

Bundes und vermittelte auch den schriftlichen Verkehr von Kloster Lugau mit der Außenwelt, mit dem Säkulum.

Als nun der wandernde Bote des Norddeutschen Reichspostamts am Abend des 5. Juli 1870 den Inhalt dieses Kastens in seine Ledertasche ausleerte, um ihn dem nächsten ›Filial‹ zur Weiterbeförderung zuzutragen, brummte er sehr verwundert:

»Nanu!« und fügte kopfschüttelnd die Frage an: »Donner und Hagel, was mag denn da bei unsere Damens passiert sein? Das geht doch noch übers Bohnenstroh! Wenn dies in einem Hühnerstall zutage gekommen wäre als ein Eiersegen, dann könnte man schon seinen eigenen Segen dazu geben. Ein Viertelhundert haben wir ja wohl da auf'm geistlichen Hofe, und – alle haben sie diesmal gelegt. Alle Hagel, alle Hagel! Und Ihrer soll auch noch mit, Herr Doktor? Na, dann geben Sie man her, in angenehmer Gesellschaft reist er; aber der letzte Droppen in den Eimer ist's auch beinahe.«

Es war Doktor Meyer, der seinen Beitrag zur heutigen Korrespondenz von Kloster und Dorf Lugau vom Förster Gipfeldürre im letzten Augenblick auch noch herbeitrug.

»Verlieret Se ihn mir net, Alterle; ja, aber zum Donner, kommt das alles aus Kloster Lugau?«

»Kömmt mir beinah so vor. Ein recht schöner Abend, Herr Doktor! Übrigens schwört ein Königlich Preußischer Unteroffizier nicht bloß bei's Militär, sondern auch im Zivilversorgungszustande seinem König Eid und Treue und verliert weder 'nen Brief noch schädigt das Briefgeheimnis. Recht guten Abend.«

Der Vetter aus Schwaben sah dem Veteranen von den Düppeler Schanzen mit Wohlgefallen nach, dann mit einem schweren Seufzer nach den Linden des Klosters im Abendsonnenglanz hinüber, und dann – ging er nicht wie sonst, den Nonnen einen Abendbesuch abzustatten, sondern verzog sich einsam in den Wald. Auch hinter *ihm* schlugen die Sträuche zusammen, das

Gras stand wieder auf; aber mitten in der Öde legte er sich in es hinein und grübelte bis zum Dunkelwerden seinem vorhin nach Stuttgart abgesendeten Brief weiter nach.

Meltau über Kloster Lugau! – Wie es uns in allen zehn Fingern juckte, dem alten, braven Unteroffizier und Landbriefträger auf seinem Wege zur nächsten Postanstalt aus dem Busch über den Hals zu springen, ihm seinen Sack abzunehmen und den ganzen Inhalt vor unsern Lesern auszuschütten! O Reichtum des Lebens, alle hatten sie geschrieben – alle in Lugau hatten sie ihrem Herzen Luft machen müssen, und alle, Homer, Shakespeare, Milton sowie auch Schiller und Goethe, würden diesem Reichtum gegenüber die Feder haben sinken lassen müssen: welch ein Glück, daß *wir* den Sack und seinen Träger haben laufen lassen! Das, was wir jetzt niederschreiben, schreiben wir nur ab. Es hat uns im Original vorgelegen; wir haben nichts von dem Unserigen hinzugetan und also auch weder der Poesie noch der Philosophie gegenüber irgendeine Verantwortlichkeit dafür auf uns geladen. So können wir, sowenig wir den Meltau in die Welt hineingebracht haben, irgend etwas dafür, daß auch diesmal nur eine alte, ganz alte Geschichte von neuem zutage kommt. –

›Herrn med. Dr. Ulrich Nädelin, Stuttgart
Lieber Alter!

C. Cornelii Taciti Jahrbücher vom Ausgang des göttlichen Augustus an – sechstes Buch, sechstes Kapitel: Was ich Dir jetzt schreiben werde, wie ich es Dir schreiben werde und was ich Dir alles lieber nicht schreiben werde – alle Götter und Göttinnen mögen mich strafen, wenn ich es jetzt, in diesem Augenblick, wo ich die Feder aufnehme, weiß! Ich ging aus, eine Eselshaut zu suchen, und siehe, auch mir ward ein Büchlein dargereicht, und ich hörete eine Stimme: ‚Nimm hin und verschlinge es; es wird Dich im Bauch grimmen, aber in Deinem Munde wird es süß sein wie Honig.' Offenbarung St. Johannis, des Theologen, zehntes Kapitel, Vers neun. – Und so ist es geschehen. Ich sitze noch immer bei den Nonnen von Lugau, meinen Kodex des Sachsenspiegels habe ich noch immer nicht gefunden, und das grimmet mich wenig; aber das Büchlein, geschrieben in Gold und Silber, mit buntesten Wunderbildern der Welt ausgezieret, so mir gegeben wurde zum Verschlingen, das habe ich verschlungen, und es grimmet mich sehr im Bauche, und das ist lange nicht so schlimm, als daß es mir sehr süß, viel süßer denn Honig in meinem Munde ist! Menschenkind, was hat die Poesie des Lebens im Monat Juni dieses Jahres der Gnade 1870 für Ansprüche an mich gemacht! Wie hat mich nach Deiner Versfertigkeit und Reimkunst gelüstet, und wie hab ich Dich beneiden müssen um Deine immer bereite Leier! Sie sind nämlich hier der festen Überzeugung, jedem von uns da bei Euch fließe das nur so heraus in harmonischen Wellen, was ihm das Zwerchfell spanne, und jeder schlage die Laute zu seiner Daseinsangst und -wonne und schlage nachher Kapital aus seinem Pumpwerk, das heißt beschwindele den Freiherrn Cotta von Cottendorf um die Druckkosten. ‚Den Nädele sollten Sie kennen, meine Damen', hab ich gesagt, ‚der kann's; aber der Meyer kann nur den Schwabenspiegel emendieren, und wenn ihm hier die Geschichte zu arg und das Herz zu voll und ihm sein ganzes Dasein selbst zum Gedicht wird, stumm in Ihrem Zauberwalde verlorengehen, aber der Satan soll den holen, der ihn im Schwäbischen Merkur als Verschollenen ausschreibt und in Ihrer himmlischen Wildnis nach ihm suchen läßt.'

So hab ich mir denn, so gut es ging, durch den Ludwig Uhland geholfen, und an den Nädele schreibe ich heut und hör ihn sagen: ‚Spinnen tat der Kerl schon immer, aber jetzt ist's aus und er reif für Winnental. Natürlich haben sie ihn mir dort verrückt gemacht bei den Borussen und Borussinnen.'

Ja und nein, lieber Bruder! Entrückt wäre wohl das rechte Wort. In Banausien aufgehoben, entrückt in das Preußen-, Muß- und Bettelpreußenland und abgesetzt – niedergesetzt auf Kepplershöhe, in Kloster Lugau, das deutsche Vaterland mit allen Mistbeeten, aber auch Melonen drauf – rund um sich her.

Nach Wittenberg vom Schicksal verschickt zu werden, um in Kloster Lugau die Tante Euphrosyne und Kepplershöhe zu finden! Und mit der Tante Euphrosyne Kleynkauer *die,* von der schon vor einem halben Jahrtausend von einem andern geschrieben worden ist:

,Da ist ein Gott, stärker denn ich; er kommt und wird über mich herrschen.'

Und weiter:

,Weh mir Armen, denn von nun an werde ich häufig gehemmt sein!'

O Dante Alighiero, o Beatrice Portinari! O Eberhard Meyer, o Eva Kleynkauer! O holder Maientag 1274! O erster Pfingsttag 1870! ...

,Da er sich im Kartoffelschnapslande aufhält und wir noch im Juli dieses Jahres sind, kann ich's nicht auf den Neunundsechziger Neuen schieben, also bleibt es bei Winnental. Demnächst schicken sie ihn uns unter ärztlicher Aufsicht oder schreiben, daß wir ihn uns in der Zwangsjacke holen', wird der Nädele sagen. ,Es ist kein Zweifel!' wird er mit einem Faustschlag auf den Tisch hinzufügen.

Nein, Ulrich, es ist kein Zweifel! Stelle Dir einen Menschen vor, der Durst hatte und den man unter den Rheinfall von Schaffhausen stellte: nachher hast Du Deinen Freund in seiner Betäubung durch alle die Wunder, so er in Wittenberg auf der Jagd nach dem Sachsenspiegel und hiesigen Orts in der Bücherei der Nonnen von Lugau, ihrer Kirche, ihrem Klostergarten, in ihren Wäldern und auf ihren Bergen erleben sollte. In der Bücherei habe ich statt des Eike von Repkow meine Tante Euphrosyne, meine wirkliche, wahrhaftige, seit hundertundfünfzig Jahren mir zueignende Tante Euphrosyne Kleynkauer, gefunden. Von Kepplershöhe, der Gründung meines großen Ahnherrn in – Wittenberg, ist sie niedergestiegen, ihr Testament unter dem Arm und meine ewige Seligkeit, mein zeitliches und ewiges Verderben an der Hand. Eva heißt sie, die vor fünfhundert Jahren Beatrice Portinari hieß, und verlobt ist sie natürlich auch mit Signor Simone de Bardi: Doktor Eckbert Scriewer heißt heute der Lausbub, und in Wittenberg nennen sie ihn den blonden Eckbert, und wir haben ihn seit acht Tagen auch hier in unserm Kloster; er soll mir helfen *(er, er, er !)*, den Wittenberger Kodex des Sachsenspiegels wiederzufinden und den Tübinger Schwabenspiegel zu emendieren. – Mir, mir, mir helfen, Ordnung hier bei den Nonnen von Lugau zu stiften! Herrgott, Dir mein Verlangen brieflich deutlich zu machen, ihn – ihn – vor die Klinge zu nehmen und ihn nicht bloß zu emendieren, sondern ihn ganz durch- und aus der Gelehrtengeschichte herauszustreichen, das wäre freilich eine Kunst! Wenn das Mädle nicht wäre und die Tante Augustine und die Gräfin Laura und die Frau Oberin, die Frau Domina, und alle die Verhältnisse, die Verhältnisse – ja die Verhältnisse, so hätt ich ihn auch schon verhauen, und die göttliche Komödie wäre wieder mal fertig, Hölle und Fegefeuer hätten wir hinter uns, und von Kepplershöhe aus könnte ich Dir – einen verständlichen Brief schreiben aus dem Paradiese, aus meinem Paradiese, aus einer Welt des Segens und der Fülle, von der ich wahrlich keine Ahnung und keinen Begriff hatte, da ich mich aufhub aus Tübingen, das deutsche Landrechtsbuch auch nach sechsundsechzig noch einmal rechts und links vom Main, wenigstens fürs liebe Mittelalter, zurechtzurücken.

Ach wehe, das andere Büchlein, das mir zum Verschlingen dargereichet wurde, ist mir freilich süß auf der Zunge, aber es grimmet mich im Bauche! Nach Kepplershöhe in Wittenberg brauche ich nur die

Hand auszustrecken, und meine Tante Euphrosyne legt mir die Verschreibung hinein, die mir ihren Besitz mit allem, was dazu gehört, für Kinder und Kindeskinder in saecula saeculorum verbürgt. Aber mit meinem Herzblut würde ich wohl das Pergament gegenzeichnen müssen. Die bleiche Jungfrau im Klostergarten hat dem blonden Eckbert ihre Hand verpfändet; und ihren Hochzeitsglocken vom Turm des Ahnherrn aus, mit der Tante Kleynkauer am Arm, zuhören zu müssen, das bringe ich nicht fertig, und wenn mir unser Herrgott den ganzen Norddeutschen Bund mit auf den Teller legt.

Wehe mir Armen; denn von nun an werde ich häufig gehemmt sein! Was hülfe es mir, wenn ich heute abend bei Nacht und Nebel von hier wieder durchginge und es versuchte, die letzten Wochen meines Lebens für einen Traum zu nehmen und bei Euch Philistern in Gad, Gaza oder Askalon, in Stuttgart, Tübingen oder Heilbronn als namenloser Königlich Württembergischer Rechtskonsulent vor dem nordischen Zauber unterzukriechen, mich zu verkriechen? Kerle, liebster, bester Freund! Ja, Nädele, wie bald brächtest auch Du mich da mit Deinen dummen Fragen, was mir denn dort eigentlich bei den Preußen passiert sei, zur Verzweiflung und mit dem Strick um den Hals an den nächsten besten Nagel an der Wand!

Zu spät gekommen! Oh, und was für einem öden, nichtigen, gescheiten Burschen gegenüber mit seinem Lebensglück zu spät gekommen zu sein! Den ganzen Morgen durch habe ich den Gesellen mir wieder in der Bibliothek der Nonnen von Lugau zur Hand gehen lassen müssen bei der Suche nach meinem Kodex und seinem Lächeln gegenüber nichts im Kopfe – im Kopfe und Herzen umwenden können als den Wunsch nach einem Universalbrechmittel, nicht bloß mir, sondern der ganzen Menschheit diesen Bandwurm abzutreiben.

Schriftlich kann ich heute nichts weiter hierüber abgeben; also demnächst in Stuttgart in Deiner Zelle oder in Winnental in der meinigen das Weitere mündlich.

Dein Freund Eberhard Meyer
Kloster Lugau, 5. Juli 1870‹

›An die Frau Kirchenrätin Scriewer in XXX

Kloster Lugau, 5. Juli 1870

Liebe Mutter!

So nüchtern als möglich zur Sache und bei der Sache! – Deine Freundin, Fräulein von Kattelen (Gott segne ihr liebes Herz!), hatte ganz richtig gesehen: es war notwendig, daß ich hierher kam, um selber zu sehen und nachher vor allen Dingen mit Dir zu überlegen. Ich bin gekommen, habe gesehen und das volle Bewußtsein gewonnen, für das ganze Nest sehr überflüssig zu sein und doch zugleich für alle mehr oder weniger eine Hauptperson in hiesiger klösterlicher Tragikomödie darzustellen. Mir kann ich auch diesmal nur das Zeugnis geben, daß ich vollkommen unbefangen über den Dingen stehe. –

Meine arme Kleine habe ich gottlob recht wohl gefunden. Die Lugauer Luft ist ihr bekommen, wenigstens bis zu meiner Ankunft. Das liebe Gesichtchen! Leider hat sich wieder so etwas, wie man hier sagt, so etwas wie ein melancholischer Schleier darüber gelegt, seit – meiner Ankunft! Beiläufig, beträfe mich das Ding nicht so sehr persönlich, so könnten alle die verstimmten Gesichter um mich her mir im höchsten Grade scherzhaft erscheinen. Nun, zu ernsthaft wollen wir die Sache unter keinen Umständen auffassen. Daß mein Bräutchen einen unausgesprochenen, aber desto tiefer wenn nicht gefühlten, so doch geahnten Widerwillen gegen ihr Glück hat, dafür kann ich für mein armes Teil nichts; aber darüber bleibt mir leider kein Zweifel, mein kluges Mamachen, daß es sehr Zeit wird, unter den jetzt obwaltenden Umständen zu überlegen. So weit bleibe ich gewöhnlicher Alltagsmensch, daß ich allgemach anfange, mich zu ärgern. Nicht über mein süßes, armes Liebchen, nicht über die impertinente, boshafte Bestie, die gute Tante Euphrosyne, nicht über das Kloster Lugau und auf Kepplershöhe heruntergefallene Mondkalb, den Herrn Vetter Meyer aus Schwaben, sondern über mich, *über mich selbst* und ein wenig über Dich mit, mein fürsorgliches, schlaues Herzensmütterchen!

Sollten wir uns nicht doch ein wenig übereilt haben? Sollte nicht, nachdem das Herz sich zur Genüge ausgesprochen hat, jetzt, solange es noch Zeit ist, auch der Kopf ein wenig mitreden dürfen? Und in diesem Falle, sollte mir da nicht dieser sentimentale schwäbische Sachsenspiegelflegel grade zu unserem Besten mit seinen konfusen Gefühlen und – seinen nichtsnutzigen Aussichten auf Kepplershöhe vom Schicksal hierher nach Lugau geschickt worden sein? – Mit einem insolventen Schwiegervater, einer Närrin von Schwiegermutter und einem kränklichen, kindischen Weibe auf dem Nacken, Wittenberg unter sich, aber die Tante Euphrosyne Kleynkauer über sich auf der Kepplershöhe, sich an einer deutschen Professorenherrlichkeit im dritten Stock, mit den Fenstern der Studierstube nach hinten hinaus, genügen zu lassen, und zwar für unabsehbare Zeit: wäre das die ganze Herrlichkeit, für welche Du Dein armes Kind auf alle vier Wege der Welt gestellt hast und für welche der Doktor der Weltweisheit Eckbert Scriewer seinen Weg durch eben diese wundervolle Welt angetreten hat?

Und grade jetzt? – Welch eine Zeit jetzt für einen klaren Kopf und ein ruhiges Herz! ... Liebe Mutter, wenn ich Wittenberg abschüttelte und nach Wien ginge? Ist es der Gipfel des Lebens, sich gleich meinem Exgönner, dem Dummkopf Franz Herberger, von Wittenberg einen Spitznamen aufhängen zu lassen und daselbst als ‚Horatio' gewohnterweise recht bescheidenen wissenschaftlichen Privatliebhabereien nachzugehen? Daß ich schon jetzt, ohne meines Wissens etwas dafür zu können, dort als ‚blonder Eckbert' aus dem nur der Tante Euphrosyne noch persönlich und aus seinen Büchern bekannten Hofrat Ludwig Tieck (und also wahrscheinlich auch nur durch ihre Güte) herumzulaufen habe, genügt mir selbst episodisch vollkommen.

Gegen einen Bruch mit Eklat bin ich durchaus. Dazu ist meine Position auch jetzt noch immer zu gut, nach allen Richtungen, Interessen, Gefühlen und Stimmungen hin. Ein ruhiges Sichversumpfenlassen der ganzen Angelegenheit wäre dem, fürs erste wenigstens, bei weitem vorzuziehen. Haben wir nicht die Welt im Frieden vor uns? Welch ein halkyonisches Blau über Kloster Lugau, wie grün die Gärten und Wälder und wie grün die lugauschen und wittenbergschen Herrschaften, die da meinen, dem blonden Eckbert, daß heißt dem Doktor Eckbert Scriewer, so leicht sein Lebenskonzept in Verwirrung bringen zu können! Lassen wir uns also Zeit! Mir eilt es durchaus nicht, den Codex Lugaviensis des Sachsenspiegels für den Herrn Vetter aus Schwaben zu finden, diesem Kepplershöhe zu überweisen und, bloß um die Tante Euphrosyne weiter zu ärgern, Fräulein Eva Kleynkauer für ferneres Gut und Böse sofort vor den Altar, sei es in der Klosterkirche zu Lugau, sei es in der Universitätskirche zu Wittenberg, zum Ringwechseln zu führen. Übrigens liegt mir die verruchte alte Schwarte sicher und handgerecht genug, aber freilich nicht in der Bücherei der Nonnen von Lugau. Glück müssen die Götter dem Menschen geben, sagte nicht bloß der scheußliche römische Diktator Sulla, sondern auch unser herrlicher Friedrich von Schiller. Eigenes Verdienst war auch diesmal nicht dabei, sondern nur der Segen von oben, der uns überall, im großen und kleinen, wo es sein soll, das Siegel der Macht auf die Stirn drückt. Ja, solche Scherze erlaubt sich das Schicksal, um seine Lieblinge in den Ratlosigkeiten des Erdendaseins bei gutem Humor zu erhalten! Einem wackelnden Kleiderschrank in dem mir hier angewiesenen Schlafgemach haben die Nonnen von Lugau ihr Cimelium anstatt des mangelnden linken Vorderfußes untergeschoben. Da kann der Herr Vetter aus Schwaben lange danach suchen. Ungestraft wird er sicherlich nicht Erbe von Kepplershöhe! Imponiert hat mir bis jetzt im Kloster Lugau nur die jüngste der Schwestern, draußen im Säkulum, das heißt unter den Narren in Wittenberg, als ,Ophelia' umgehend – Gräfin Laura Warberg. Das Mädchen gefällt mir und hält jedenfalls noch mehr Fäden in ihrer Hand zusammen, als die Leute glauben. Ich kann es nicht leugnen, daß mir diese hübsche, feiste, blonde, maulträge Person mit ihren Pallas-Athene-, das heißt Eulenaugen schon mehr als einmal den harmlosen Verkehr mit den anderen alten, jüngeren und jungen Kindern recht unheimlich gestört hat. Demnächst mehr und hoffentlich Erfreuliches auch hierüber. Beste Grüße an Papa und die Brüder und Schwestern. Ich habe wohl nicht nötig, Dir, Mama, noch einmal ans Herz zu legen, daß diese Mitteilungen nur für Dich sind und keinem anderen vor Augen kommen dürfen.

Dein treuer Sohn Eckbert‹

›An die Frau Oberkonsistorialrätin Kleynkauer
in Wittenberg
Liebe, liebe Mama!

Meine liebe, liebe Mama, hilf mir! Ich schreibe ja nur in so großer Angst an Dich, und verzeihe mir, daß ich diesen Brief an Dich schreibe und Dir vielleicht noch mehr Kummer mache. Aber ich kann mir ja nicht selbst und allein helfen in meiner Angst. Habt mich lieb, behaltet mich lieb, Mama! Du und der liebe, gute Papa, laßt mich Euer Kind bleiben trotz des großen Kummers, den ich Euch machen muß! Laßt mich bei Euch bleiben wie als Euer armes kleines Kind. Holt mich wieder zu Euch und helft mir in meiner Angst und Not. Ich kann mir in dieser Welt nicht mehr helfen, und wie ich das recht an Euch schreiben soll, weiß ich auch nicht. Ach, was soll aus mir werden, wenn Ihr mich nicht Euer Kind bleiben laßt? Die Welt ist zu groß und weit und, ja, auch zu schön für mich; o laßt mich zu Euch zurückkommen! Ich möchte ja keinem im Wege stehen, und Dir, liebe, liebe Mama, ganz gewiß am wenigsten. Ach, wenn Ihr doch wieder ein dunkles Winkelchen für mich hättet in Eurem, unserem guten alten Hause, in welchem sich keiner um mich kümmerte als nur der Papa und Du, liebe, liebe Mama! Auch an diesem Briefe seht Ihr, und weil ich auch sonst in der Schule nie weitergekommen bin, daß ich in das schöne große Leben nicht passe; ich weiß ja auch heute, wo ich dies schreibe, nicht, wie ich es ausdrücken und schreiben soll, wie mir in meiner Angst ums Herz zumute ist; auch hier in dem schönen, lieben Lugau, wo sie wieder alle, alle zu gut mit mir sind und vor allem jetzt auch Eckbert. Ihr wißt ja wohl besser als ich, daß er hier auch die Bibliothek ordnen soll, die sehr in Unordnung ist und worin das große Wunder passiert ist, daß die Tante Euphrosyne darin in einem fremden gelehrten Herrn ihren Herrn Vetter entdeckt hat, der auch ein altes Manuskript darin suchte und es nicht finden kann. Der Herr Doktor Meyer wohnt im Dorf beim Förster Gipfeldürre; aber Eckbert wohnt im Kloster selbst, und er ist auch so sehr freundlich und besorgt um mich; ach, wenn ich seiner nur wert wäre! Er steht ja so hoch über mir mit seinen edlen, schönen Gedanken und Plänen und Aussichten für das Beste aller Menschen auf Erden, und Fräulein von Kattelen, die Dich herzlichst grüßen läßt, Mama, hat auch schon mit mir darüber gesprochen, daß ich auch das Meinige tun müsse, um mir mein großes Glück zu verdienen und zu erhalten durch völliges Verstehen und Aufgehen in Eckberts Gedanken und Absichten. O meine liebe, liebe Mama, wenn mir grade das nur nicht so sehr das Herz abdrückte in so entsetzlicher Angst! Wenn ich ihn nur verstände, wie er es wert ist, wenn ich ihm nur gleich in allem und zu allem, was er sagt, aufwärts folgen könnte! Mama, ich kann ja nichts dafür; aber nun muß ich auch hier in Lugau immer darauf achten, ob ich ihm auch keinen Ärger und Überdruß verursache. Ihr, liebste Eltern und die Tante Euphrosyne, habt mich ja so verwöhnt, daß ich vor keinem Eurer Blicke, wenn ich zufällig darauf merkte, zu erschrecken brauchte – Mama, und wenn ich Dir auch noch soviel Verdruß und Kummer gemacht habe, hast Du mich doch immer nur in Deinem Herzen und nicht als Deine Mitarbeiterin bei den größesten und besten Plänen fürs Wohl der ganzen Menschheit gehalten – aber jetzt vergehe ich daran, weil ich gewiß weiß, daß ich eines, den ich bis über den Tod liebhaben soll, nicht würdig bin, und auch bloß dieses allein hat mich den letzten Winter durch zu Deinem Kummer, arme Mama, so kränklich und unerträglich gemacht.

Ich bin ja wohl zu lange des Papas und der Tante Euphrosyne Spielkind gewesen und wußte deshalb nichts von mir und von der weiten, schrecklichen Welt um mich herum; aber nun weiß ich es und muß es sagen, wenn ich auch daran sterben werde. Ich bin Eckbert nichts und kann ihm auch als seine Frau nie etwas sein! Er, der alles weiß, hat sich nur hierin getäuscht. Ich kann ihm nichts sein in seinem Leben als eine Last! O könnte ich doch deutlich machen, wie ich das jetzt so deutlich fühle, Ihr würdet gewiß Mitleid mit mir haben und mich als Euer Kind bei Euch bleiben lassen, und, liebe Mama, wenn es Dir nicht recht wäre, so wollte ich auch niemals aus Eurem Hause gehen, auch nicht zu der armen, guten Tante Euphrosyne nach dem Universitätsplatze oder Kepplershöhe. Wäre die ganze Welt nicht wie eine heiße Feuerflamme um mich her, so wäre ich wohl auch nicht so schlecht und wünschte, daß Lugau noch ein katholisches Kloster wäre und ich darin eingekleidet wie in alter Zeit oder daß ich schon begraben läge hier auf unserem Kirchhofe bei den anderen toten Schwestern seit tausend Jahren. Es ist ja so wunderschön hier und alle so lieb und gut gegen mich und nur das Schreckliche, daß ich desto mehr erkenne, daß ich zu nichts passe und brauchbar bin. O wäre ich doch noch Euer kleines Kind! Es ist ja so schrecklich, wenn man sich selber sagen muß, daß die liebe Sonne und die Berge und Wälder und die lieben Menschen, alles,alles für die Freude und Dankbarkeit von jedem da sind und man sich selber so unwürdig und undankbar für sie vorkommen muß. Bitte, bitte, lieber Papa und liebe Mama, nehmt es mir nicht übel, daß ich auch nicht einmal weiß, wie ich das alles besser an Euch schreiben sollte, sondern nur, wie es mir ums Herz ist. Werdet nicht böse, sondern behaltet mich lieb! – Ich weiß es ja nur zu gut, wie böse ich bin. O vergebt mir, daß ich mir in der Welt nicht zu helfen weiß! Zu wem soll ich denn gehen in meiner Ratlosigkeit als zu Euch? Ach, wenn Ihr wüßtet, wie elend ich mich fühle, so würdet Ihr mich trotz dem Kummer, den ich Euch mache, nach Hause kommen lassen und dem armen Eckbert schreiben, daß ich nichts zu seinem Glück beitragen könnte, aber ihm doch das Schönste wünschte. Ich könne ja nichts dafür, daß er sich in mir geirrt habe und ich mein ganzes Leben durch zu dumm und kindisch und unverständig für ihn und seinen hohen Geist und seine Aussichten und Bestrebungen bleiben werde. Bitte, bitte, vergebt mir; vergebt Eurem Kinde, Eurer armen

Eve‹

›Sr. Exzellenz dem Herrn Wirkl. Geh.-Rat,
Hausminister von P … in X

Kleinkinderbewahranstalt Lugau, 5. Juli 1870

Teurer alter Freund!

Ich sehe noch das Lächeln und höre noch den Seufzer, mit welchem Sie an meinem einundzwanzigsten Geburtstage sich symbolisch die Hände über mich wuschen. ‚So! Gott sei's gedankt, so weit wären wir denn, Mädchen, und die Verantwortlichkeit wenigstens nach der juristischen Seite hin vom Halse los!‘ Sie schienen wahrhaftig mit einem Theaterkuß auf die Stirn Ihre Vormundschaft über mich abschließen zu wollen, aber nur einen Augenblick lang! Wer an Ihrem Halse hängen blieb und wen Sie in Ihren treuen Armen behielten, und zwar bis heute, bis nahe an ihren sechsundzwanzigsten Geburtstag (die Zahl schreibe ich nicht ohne Grund mit Buchstaben!), das war die Laura Warberg. Der alte Mann von der See hing dem Seefahrer Sindbad nicht fester auf dem Buckel als Ihre dicke Laura Ihnen von den ersten Kinderunarten an bis ins nichtsnutzige Altjungferntum hinein. Die Theaterträne, die von Rechts wegen hier auf diesen Brief an Sie, Exzellenz, fallen müßte, die fällt vielleicht im bittersten Ernst auf einen anderen, den ich nach diesem schreiben werde. Ich schreibe auch an Franz, mein väterlicher, mein bester Freund, und ich schreibe diesem Doktor Herberger, daß er kommen möge, um Sie endlich ganz zu entlasten und mich Ihnen aus den Händen zu nehmen. In Ihrem Herzen wird er mich ja wohl lassen müssen – dürfen, mein Vater? Sterben würde ich ja wohl nicht, wenn dem nicht so wäre; aber was für eine Frau, was für – endlich noch – ein Eheweib ihm aus Ihrem armen, dummen, unzurechnungsfähigen Mündel ohne Ihre fortdauernde Anteilnahme und Erziehungstätigkeit zugewachsen wäre, davon lieber jetzt nichts mehr.

Bleiben wir bei der Hauptsache: auch Lugau liegt hinter mir; es war gottlob die letzte Station vor der außerordentlichen Professorin der Weltweisheit; und daß ich mit heiler Haut so weit bin, wem habe ich das zu danken? Außer meinem, wie Sie sich dann und wann auszudrücken beliebten, dicken Fell nur Ihnen, Ihnen, mein wirklicher, wirklicher, teuerster geheimster Rat! Denn was Franz dazu tun konnte, das fällt doch auch zum größten Teil unter Ihren Schutz und Schirm, mein Vater! Wer hat mich gelehrt, meine Lebenstragikomödie, -historie, -pastorale usw. usw. als armes Waisenmädchen, Pensionsfräulein, Hof- und Weltdame als ein ehrlich Mädchen durchzuführen und das Publikum, wie sich's gebührt, zum Narren zu halten? Seiner kophtischen Weisheit, Geheimrat von Goethes Exzellenz wirklichster Lebens- und Lebenskunst-Genosse – Sie, mein Vormund und Vater! Beugen Sie nur lächelnd Ihr würdiges, siebenzigjähriges Haupt über die Tatsache, daß Sie als junger Legationssekretär auch für mich in dem Hause am Frauenplan in Weimar zu Gast gewesen sind und dort gelernt haben, den Dingen und Metamorphosen in dieser Welt gelassen zuzuschauen. Wieviel von Ihrer schönen Ruhe haben Sie schon auf Ihr armes, vordem so zappeliges Mündelkind und den melancholischen Franz übertragen. Sie werden auch morgen, wenn dieser Brief in Ihre Hände kommt, nicht die Hände überm Kopfe zusammenschlagen, sondern sie höchstens etwas fester auf dem Rücken ineinanderlegen mit einem ‚Hm, da hätten wir endlich den Intermaxillarknochen!' –

Wir haben es beide redlich und treu ausgehalten, das letzte Jahr innerlicher Prüfung und Sammlung – Franz in Wittenberg, ich in Lugau; und das letzte Zögern wird uns wohltun auf dem Wege, den wir nun zusammen gehen werden. Es hat uns fester als irgendwelcher Sturm und Drang früherer Tage verknotiget für das uns noch übriggebliebene Erdenleben. Wir sind nun unserer sicher und die bittersüßen Zeiten der Ratlosigkeit und des Zweifels vorüber. Wir werden als ein sehr ruhiges, behagliches, wunsch- und willeloses Ehepaar Madame Toutlemonde hinter uns drein gaffen, grinsen und – neiden lassen: Doktor Herberger und Frau empfehlen sich ganz gehorsamst den Herrschaften, sind jedoch fürs erste darauf beschränkt, zugedachte Glückwünsche und Beileidsbesuche als empfangen betrachten zu müssen usw. – Exzellenz (o wenn ich Sie doch bei diesem Wort recht tüchtig abküssen könnte!), sagen Sie doch Seiner Hoheit, unserm jungen Freund und Zögling, noch einmal, und zwar jetzt herzlicher denn je, von unserer Teilnahme an seinem Wohl und Wehe. Der gute Knabe! Wie gern ich ihn zu meinen Füßen sitzen hatte, um ihm seine ersten Studien ritterlicher Frauenverehrung mütterlich zu beaufsichtigen und ihm seine Lektionen zu korrigieren! Wie lieb er mich hatte und ich ihn! Nun, auch er ist ja nun versorgt, gut versorgt. Ich kenne seine demnächstige Frau ziemlich genau, wie Sie wissen, Papa. Sie schickt sich vortrefflich zu ihm und wird dermaleinst eine Landesmutter, wie sie nicht bloß in den Zeitungen herumfährt, sondern bei ihren nächsten Freunden und Freundinnen als solche angeschrieben stehen muß.

Doch nun zur Hauptsache, mein väterlicher Freund. Also, wir werden uns wieder einmal aus den Hintertüren hinaus- und hinter den Leuten wegschleichen, Franz in Wittenberg und ich in Kloster Lugau, um wieder einmal unsere eigenen Wege oder besser diesmal zusammen unseren eigenen Weg zu gehen. Und da, soweit sich das aus dem Lugauer Klostergarten und Klosterfrieden beobachten läßt, der politische Himmel nur die gewohnte leichte Bewölkung zeigt und der herrliche Baldachin, Ihr hofgesellschaftliches Firmament, vollkommen rein ist, so hindert Sie, mein Vater, nichts, dasselbe zu tun, will sagen, sich gleichfalls aus der Haustür zu schleichen und mit Ihren armen, glücklichen Kindern im September auf dem Kapitol im Palazzo Caffarelli sich ein ernstes und doch fröhliches Stelldichein zu geben. Sie – Sie – Sie geben da die alte, verjährte Braut weg auf dem Schutt der Vorwelt, oh, und wie werden Franz und Laura Ihnen Treue halten in ihrem jungen Glück und doch noch durch schöne Tage und Jahre die lieben weißen Locken mit jugendlichem Grün bekränzen! Es kann ja nicht anders sein: wir haben noch das Beste vom Leben vor uns, aber nichts darin ohne Sie, Vater, Freund und Vormund! Ihre Kinder begnügen sich nicht mit einem in ein dürres ‚Lebt wohl!‘ verkleideten, ‚Geht meinetwegen!‘ des Königs Thoas. Nein, Sie, mein Vater, gehen mit, Sie kommen mit uns. Wir werden noch gute, schöne, nützliche Tage mitsammen verleben und vor allen Dingen ruhige!

Die Berge sehen seit tausend Jahren auf Lugau, und Laura Warberg sieht heute über ihren Briefbogen weg auf die blauen Berge und hinein in eine weiteste, blaueste Ferne. Exzellenz, die Welt ist gar so übel nicht; man muß sich nur hineinzufinden und sie zu nehmen wissen. Wer hätte dazu aber wohl je einen bessern Berater, Führer und Lehrmeister gehabt als Ew. Exzellenz gehorsamste Dienerin und Schülerin? Behalten Sie mich ferner lieb; zur Eifersucht ist kein Grund, wenn zu allem übrigen Guten jetzt doch noch einen guten Mann kriegt

Ihre arme treue Laura Warberg‹

SIEBENUNDZWANZIGSTES KAPITEL

Wir sind jetzt, für einen Tag, wieder da, wo wir im November des Jahres 1869 den Faden unserer Geschichte aufnahmen und ihn nach Möglichkeit fest in der Hand behielten, was, beiläufig gesagt, in diesem Falle nicht ganz leicht war. Die Freunde haben sicherlich auch diesmal wieder das Ihrige dazu tun müssen, um ihn auch für sich mit festzuhalten. Aber die Sachen sind nun mal so vorgefallen, die Leute so zueinandergekommen und auseinandergelaufen; wir haben nur erzählt, wie wir gesehen und gehört haben, und – wer von unsern Freunden und Freundinnen am lautesten aus eigenen Lebenserfahrungen mit- und dreinreden konnte, der wird wohl auch am besten zwischen den Zeilen gelesen haben, wo es nötig war.

In ›Wittenberg‹ am Morgen des 7. Juli 1870 alles in der gewohnten Ordnung, auf der Höhe der Situation und selbstverständlich auf dem allerhöchsten Gipfel der augenblicklich menschenmöglichen Kultur! Die Professoren mit kühlen, klaren Stirnen auf den Kathedern, die Studenten mit oft sehr heißen Köpfen auf den Bänken davor; der Universitätsrichter in seinem Amtszimmer mild und friedlich die Nachtrapporte der etwas übernächtigen und nicht ganz so milde und friedlich gestimmten Pedelle durchblätternd. Und wie am Schwarzen Brett der Alma mater nichts außergewöhnlich Aufregendes, so auch in der Philisterwelt nichts weiter nach außen hin zu außergewöhnlicher Aufregung im Tagesleben Anlaß gebend! Auch da in den Amtsstuben, Schreibstuben, Handwerksstuben, am Klavier und in der Küche alles, alles in der gewohntesten Ordnung!

Und wie über Kloster Lugau auch über Wittenberg der blaueste, wolkenloseste Sommerhimmel, und Hofrat Doktor Herberger nicht mehr bei Regensturm und Flockenschnee, nicht mehr am überheizten Ofen die letzten fieberischen Reiseschauer seiner letzten Weltwanderschaft verträumend, sondern bei offenen Fenstern vollkommen in Ruhe und Gelassenheit, seines Leibes Herr, seines Glückes Schmied, nach menschlicher Berechnung seines künftigen Lebensbehagens Meister und – die Zeitungen in den Händen!

»Hm, quel travail pour le roi de Prusse! Wie sich die Leute da in Paris wieder einmal aufregen! Corps législatif – Beantwortung der Interpellation Cochery über die Eventualität der Besteigung des spanischen Throns durch einen preußischen Prinzen. Einen preußischen Prinzen? Na, was sagt denn der Herr Minister des Äußern, der Herr Herzog von Gramont? Hm! ›Wir glauben nicht, daß die Achtung vor den Rechten eines Nachbarvolkes uns verpflichtet zu dulden, daß eine fremde Macht einen ihrer Prinzen auf den Thron Karls des Fünften setzt‹ – welch alberne Komödiantenphrase! – ›und dadurch zu unserem Schaden das gegenwärtige Gleichgewicht Europas in Unordnung bringt‹ – natürlich stürmisches Beifallsgetöse! – ›und so die Interessen und die Ehre Frankreichs gefährden könnte‹ –– um Gottes willen, Mamert, was ist denn das für ein infamer Geruch?«

»Da muß wohl unten in der Küche unserer Madam die Milch übergekocht sein«, sagte Mamert, durch die eben von ihm geöffnete Stubentür über die Schulter zurückschnüffelnd.

»Scheint mir auch so«, brummte der Hofrat, die Lektüre des letzten Pariser Telegramms fortsetzend: »›Dieser Fall wird nicht eintreten, und daß er nicht eintrete, zählen wir zugleich auf die Weisheit des deutschen und die Freundschaft des spanischen Volkes. Sollte es anders kommen, so würden wir, stark durch ihre Unterstützung, meine Herren, und durch die der Nation, unsere Pflicht ohne Zaudern und ohne Schwachheit zu erfüllen haben.‹ «

»Zugleich hier aber ein Brief aus Lugau, Herr Doktor!« sprach Mamert, und die Zeitung flog auf den Arbeitstisch und über ihn weg: wie brenzlig es in der Welt riechen mochte, Hofrat Doktor Franz Herberger hatte keine Nase mehr dafür.

»Mensch, wie sagst du das!« rief er, dem treuen Diener das Schreiben entreißend. »So gib doch!« Und Mamert, mit einem Seitenblick auf seinen Herrn, gab und bückte sich und griff seinerseits das Wittenberger Tageblatt vom Boden auf. Er kannte die Handschrift auf der Adresse dieses Lugauer Briefes zu gut, um nicht zu wissen, daß sein Herr nach den politischen Neuigkeiten fürs erste nicht weiter fragen werde.

»Na, wenn das man gut ausgeht«, meinte er, draußen im Vorzimmer die jüngsten derselben wiederum seinerseits überfliegend. Was die Herren Garnier-Pagès, Raspail, Arago, Crémieux, Picard, Glais-Bizoin, Granier de Cassagnac und der Minister des Innern Ollivier über die Antwort des Herzogs von Gramont weiter zu bemerken hatten, konnte das Wittenberger Tageblatt erst am folgenden Tage bringen; aber Mamert wußte doch schon genug von ihnen, um jetzt schon ganz genau wissen zu können, wie sie sich ›nun wieder raufen würden‹.

›Ja, diese Herren Gelehrten, und meiner nicht ausgenommen! Bloß lange vorher und sogleich nachher wissen sie, was sich zusammenbrauen kann! Da muß wahrhaftig unsereiner wieder dran. Ich sehe die Feldwebels, weiß der liebe Himmel, schon wieder laufen mit ihren Einberufungsorders. Grade wie sechsundsechzig, wo auch keiner dran glauben wollte und sie in Berlin unserm alten König Wilhelm von wegen seinem militärischen Besserverstehen am liebsten die Nase abgebissen hätten, nachdem sie ihm die Ohren taub geschrien hatten –‹

»Mamert! Mamert! Hierher, Mamert!«

»Zu Befehl, Herr Hauptm– Hofrat wollt ich sagen! Herrgott, was ist denn da nun wieder los? Von draußen der Franzosenkrieg und da drinnen wieder, weil wahrscheinlich unser gnädigstes Fräulein Gräfin noch immer kein Ende machen will, um eine wissenschaftliche Dummheit auf die Landstraße nach dem kältesten Nordpol oder ins heißeste Afrika. Nun, wohin soll's denn jetzt, Herr Doktor?«

»Nach Lugau, nach Lugau, Alter!« rief Franz Herberger, seinem treuen Diener die Arme um den Hals legend. »Nach Lugau in das Glück, das Glück, das Glück! Nach Kloster Lugau zu meinem Mädchen, zu deiner – unserer Herrin – es ist ein Traum – nein, nein, Mamert, es ist die Wahrheit –«

»Sie hat ein Ende gemacht?« stammelte Mamert, und dann heulte er gradewegs heraus wie ein Kind und der beste aller Schildknappen: »Ja, wenn das so ist, dann ist natürlich alles übrige Wurst, und der Louis Napoleon mag uns von seinem Paris aus weisen, was er will, uns kümmert's nicht. Hurra, hurra! Aber, lieber Gott, was läßt du deine Menschenkinder für Komödie um ihr Glück und Unglück spielen! Hurra, Herr Hofrat, ja, da darf auch ich Ihnen wohl meinerseits um den Hals fallen.«

»Deine Hand – beide Hände, alter treuer Lebens- und Wandergenosse! Doch nun – der nächste Zug nach ** geht natürlich erst am Nachmittag – diese Eisenbahnverbindungen sind zu dumm! Da komme ich erst am späten Abend beim Förster Gipfeldürre an. O um den Zaubermantel Fausts! Von ** weiter zu Wagen, zu Pferde, zu Fuß –«

»An unsere Kamele vorm Jahre in der afrikanischen Wüste denke ich mein Lebtage«, grinste Mamert.

»Ich erdrossele dich, Mensch, wenn du mich jetzt gar hier noch durch Dummheiten aufhältst. Tot oder lebendig heute abend, diese Nacht in Lugau, Lugau, Lugau!«

»Laufe, reite, fahre ich auch diesmal mit dem Herrn Doktor?«

»Ich hätte freilich dich nüchternen Tropf jetzt nötiger als je, um mir die fünf gesunden Sinne beieinanderhalten zu helfen; aber vielleicht brauche ich dich doch auch hier in Wittenberg! Mamert, ich bitte dich um Gottes willen, bleib du unentwurzelt! Um mich dreht sich alles im Kreise.«

»Verlassen sich der Herr Hofrat ganz auf mich. Na ja, ich sehe es ein, für den Moment bin ich hier in Wittenberg besser am Platze, schon um den Herrschaften auf mögliche Anfragen mit Auskunft dienen zu können, wo der Herr – Horatio wieder mal geblieben sind.«

»Das überlasse ich ganz und gar dir, mein Sohn!« lachte der glücklichste der Prinzenerzieher. »Da rede, schwatze, erzähle, was du willst; – was geht mich in Kloster Lugau Wittenberg an?«

»Nun, dann geben Sie nur alle Ihre Schlüssel wieder her; was ich jetzt an nötigem Bedarf zusammenpacken kann, nehmen Sie mit ins Kupee. Brauchen Sie aber weiter noch guten Rat und reine Wäsche, so werden Sie wohl schreiben, schicken oder telegraphieren müssen.«

»Ja, ja, ja, alles, was du willst – für mich – für dich – für Wittenberg –«

»Dann nur noch eine Frage! Nämlich wenn morgen oder übermorgen in Ihrer Abwesenheit die Franzosen doch ihren Krieg mit uns ausbrechen ließen?«

»Und fällt der Himmel ein,
Kommt doch eine Lerche davon!«
rief Hofrat Doktor Herberger den Alten von Weimar zum Zeugen auf, daß sich der Mensch durch mögliche zukünftige ›Dummheiten‹ das flüchtige Behagen des Augenblicks nicht verderben zu lassen brauche. Nämlich: »Dummheit, Mamert«, fügte er hinzu, »übrigens kannst du mir ja meinetwegen das letzte Blatt aus der Zeitlichkeit mit in den Eisenbahnwagen geben, wenn das dir zur Beruhigung gereicht. Aber nun rasch – pakken, packen!«

»Sofort! An mir soll's nicht liegen, Herr Doktor, bei dieser unserer Ordre vom Himmel: der 7. Juli ist der erste Mobilmachungstag für einen seligen Ehestand.«

»Der Kampf ist zu Ende, die Herrin ist gekommen, das Reich des Friedens und des Glückes hat sich aufgetan! O mein armes, stolzes, herrliches Mädchen – mein Weib, mein Weib – endlich, endlich! Ja, Mamert, was geht es uns an, was für Gesichter die Leute vor den Lampen jetzt schneiden werden? Die Komödie ist aus, und die Wirklichkeit tritt aus der Kulisse heraus und in ihr Recht.«

»Von Theatersachen verstehe ich nichts, Herr Hofrat. Aber lassen Sie nur Ihre Schlüssel hier und sorgen Sie sich um nichts hier in Wittenberg. Hier am Ort werde ich den Herrschaften den Deckel vom Topf zu tun wissen. Reisen Sie vergnügt, Herr Doktor, und grüßen Sie in Kloster Lugau auch von mir unsere Gnädigste und sagen Sie, daß auch Mamert – nein, sagen Sie ihr nur nichts. Was sie von mir zu wissen braucht, weiß sie gottlob lange schon.«

ACHTUNDZWANZIGSTES KAPITEL

Zwei Stunden noch bis zum Freitag, dem 8. Juli 1870! Zu Saint-Cloud unterzeichnete eben der Kaiser Napoleon der Dritte die Dekrete, welche alle seine beurlaubten Soldaten zu den Fahnen zurückriefen, die Matrosen und Marinesoldaten anwiesen, sich in L'Orient einzufinden, und das Mittelmeergeschwader zur Empfangnahme weiterer Befehle nach Palermo kommen ließen. In Dorf Lugau langte grade zu derselben Stunde, und als eben die zunehmende Mondsichel hinter den Dächern von Kloster Lugau versank, vor der Tür des Försters Gipfeldürre ein später Wanderer an und stieß da mit einem andern unruhigen Gast der Gegend zusammen, der dort unter den schon erwähnten Waldbäumen auf und ab schritt im nächtlichen Dunkel.

»Sind Sie das, Freund Gipfeldürre?«

»Liegt seit einer Stunde in den Federn wie der Dachs im Winterschlaf. Meyer ist mein Name – Doktor Meyer aus Tübingen.«

»Doktor Herberger aus Wittenberg! So kennen wir uns bereits seit einiger Zeit durch Vermittelung von Fräulein Kleynkauer –«

»War heut am Abend noch hier mit Komtesse Warberg, um nachzusehen, ob Ihr Quartier auch behaglich in Ordnung sei. Die Frau Försterin ist selbstverständlich auf den Beinen, und wenn's beliebt –«

»Fürs erste geben Sie mir Ihre Hand. Leute, deren gegenseitiges Miteinanderbekanntwerden die Tante Euphrosyne für wünschenswert hält, sollten sich eigentlich schon längst kennen. Der Sachsenspiegel noch immer nicht gefunden?«

»Herr, bleiben Sie mir mit dem Schmarrn vom Leibe! Bitt um Entschuldigung, aber –«

»Dort – in Lugau doch sonst alles wohl?«

»Nein, nein, nein!«

»Um Gottes willen, was ist denn geschehen? Ich komme, das Herz voll Sonne, auf einen Brief aus Lugau hin!«

»Und haben vollkommen das Recht dazu. Aber, Herr« (und dieses schrie der Spiegelschwab), »Herr, das Kind stirbt mir, stirbt uns! Und den Doktor Scriewer, Ihren blonden Eckbert, Herr, hat die Tante Euphrosyne aus dem Kloster gejagt; in meinem Leben vergeß ich den gestrigen Tag nicht. Herr, wir beide haben wohl draußen im Säkulum manchen Wirrwarr durchgemacht; aber diese Lugauer Klosteridylle sticht alles!« ...

Die aufgehende Sonne traf beide Männer noch wach beim Förster Gipfeldürre. Als sie sich gegen vier Uhr morgens noch einmal die Hände geschüttelt und für eine kurze Ruhestunde in ihren Gastquartieren Abschied voneinander genommen hatten, sagte der Schwab, auf seinem Bettrand sitzend: »Des laß i mir g'falle. Dieser Preuß gefällt mir!«

Franz Herberger aber sagte: »Der Mann wäre freilich der Rechte für die Tante Euphrosyne und ihre Kepplershöhe. Schade, schade, wenn es zu spät wäre!«

Er ging sowenig wie der Vetter aus Schwaben zu Bett, sondern blieb am offenen Fenster im tiefen Nachdenken sitzen und sah nach Kloster Lugau hinüber, bis die goldenen Kreuze auf den alten Türmen in der jungen Sonne zu glänzen anfingen. Da stand er auf aus dem Nachgrübeln über sein Glück und seufzte melancholisch:

»Also daher die Lösung! Der blonde Eckbert hat sie mir endlich, endlich in die Arme getrieben. Ihr ist die Lebensluft auch hier zum Einatmen zu schwer geworden. Auch sie – meine Ruhige, Stolze, Herrliche nur ein armes, angstvolles Kind, ratlos und voll Ekel im widerlichen, wirren Weltgetriebe! Heimatlos in der Zeitlichkeit wie im Klosterfrieden. O wie weich habe ich die Gute, Tapfere zu betten!«

Und so war es wirklich zugegangen. Laura Warberg war durch die arme kleine Eva Kleynkauer und den Doktor Eckbert Scriewer in eine große Unruhe geraten und hatte ihrerseits und für sich ›dem Elend ein Ende gemacht‹. Daß man weder ihrem Gesicht noch ihren Briefen etwas von ihrer Lebensangst anmerkte, änderte im Innern nichts für das schöne, schweigende Mädchen, das Mündel Seiner Exzellenz des Herrn Geheimrats von P., der als junger Legationssekretär als gern gesehener Gast in Weimar beim Herrn Geheimrat von Goethe Exzellenz zu Tisch gewesen war.

Wir aber haben uns jetzt an dem zukünftigen lieben, guten Weibe des Hofrats Herberger, den Wittenberg zu seiner baldigen höchsten eigenen Verwunderung so lange zwar respektvoll, aber doch als ›Horatio‹ bescherzt hatte, ein bestes Beispiel zu nehmen und so ruhig und gelassen zu berichten, wie es gekommen war und was alles die Nonnen von Lugau an sich selber und ihren Gästen erlebt hatten.

Ja, wer sich das so geben könnte! Lassen wir jedenfalls der Tante Euphrosyne auch ihren Teil an dem Bericht. Wir haben hier ja aber auch nicht bloß unser eigenes Leben in der Hand. –

Wer am Freitag, am Morgen, von der Ankunft des Doktor Herberger in Dorf Lugau im Kloster zuerst wußte, war selbstverständlich Gräfin Laura Warberg. Und ganz gegen ihre Gewohnheit war sie, als eben die Hähne gekräht hatten, und noch vor Tau und Tage im Klostergarten erschienen, hatte in der kühlen, schweren, glückschweren, wonnebangen Morgendämmerung einen wunderschönen Rosenstrauß zusammengepflückt und sich dann später, das heißt schon vor neun Uhr, mit ihm bei der Frau Oberin melden lassen. Diese Visite aber vergaß die letztgenannte würdige alte Dame, wie sie sich ausdrückte, auch dann nicht, wenn ihr der liebe Herrgott nochmal eine noch größere Überraschung bereiten sollte.

O Schleier und Skapulier! O hären Gewand und

Gürtelstrick! Hatte der fromme Stifter vor tausend Jahren sein Kloster für so was gegründet? Hatte er darum damals seine drei Kreuze aufs Pergament gemalt, und sein Sigill daran gehängt, daß später einmal eine seiner Äbtissinnen von einer seiner heiligen Jungfrauen in Begleitung einer herzlichen Umhalsung, vieler Küsse und zwischen Lachen und Weinen nur ›recht sehr überrascht‹ die Eröffnung hinzunehmen habe: seit gestern abend sitze beim Förster Gipfeldürre der irdische Bräutigam und werde zur rechten Besuchszeit gleichfalls um die Erlaubnis bitten, der Frau Domina seine Aufwartung machen zu dürfen? …

Jaja, in einem Jahrtausend ändert sich manches in den Anschauungen, Gewohnheiten, Sitten und Moden der Menschen! Ob sich in ihren Gefühlen viel ändert, ist eine andere Frage.

»Aber Kind – beste – liebste Laura, meine liebe, gute Warberg, ist es denn möglich? Also doch?!«

O bitte, bitte, nur nicht einmauern lassen, Mama! Liebste, Beste, Gnädigste, alles andere – Wasser und Brot, wenn auch mit Franz Herberger, jedoch in der freien Luft! Aber nicht eingemauert werden, nicht eingemauert werden! Bitte, bitte!«

Und die Äbtissin von Kloster Lugau hatte ihrer jungen Sünderin nur einen fast liebkosenden Schlag auf die Wange versetzt und gerührt geseufzt:

»Ich ändere nichts an Ihnen, Gräfin Warberg, aber an Ihren Schicksalen auch nichts. Mein armes Kind, Sie haben freilich von früh an Ihr Leben in die eigene Hand nehmen müssen; – Gott schütze, segne und behüte Sie und Ihren Gatten auf Ihren ferneren Wegen; ja, ich glaube auch, daß es so das beste ist! Ja, schicken Sie mir den Herrn Doktor nur so bald als möglich; daß ich ihm noch ein wenig ins Gewissen rede, wird er ja wohl von einer alten Frau freundlich annehmen. Du lieber Himmel, aber wären wir doch nur erst vierzehn Tage älter hier in Lugau! Wird das eine unruhige Zeit jetzt werden!«

»Die Hauptpersonen werden ihre Ruhe schon zu wahren wissen«, meinte Laura. –

Nach dem Besuch bei der Frau Oberin hatte die junge Erdenbraut leise an der Tür der Schwester Augustine gepocht und war von der Tante Euphrosyne mit dem Finger auf den Lippen eingelassen worden. Hier hatte es keiner überraschenden Eröffnungen bedurft, und Laura hatte hierher auch keinen taufeuchten Blumenstrauß aus dem Klostergarten zur besseren, fröhlicheren Einführung mitgebracht. Sie war nur gekommen, um bis zur offiziellen Visite des Herrn Hofrats Herberger mit den beiden älteren Jungfern am Bett des Kindes zu sitzen und von dem eigenen Glück wieder sowenig als möglich zu reden. Was darüber zu wissen war, wußten die beiden Fräulein Kleynkauer von allen in Kloster Lugau schon seit langem am genauesten.

Ob Fräulein Eva Kleynkauer von dem, was um sie her vorging, etwas verstand, konnte man nicht wissen. Sie lag mit geschlossenen Augen und rührte sich kaum. Der gestern sofort aus dem nächsten Badeort zur Hülfe herbeigerufene Klosterarzt hatte sich auf der Stelle den Zustand nicht erklären können. Er wurde erst am Nachmittag wieder erwartet. ––

Um elf Uhr wurde Laura zum erstenmal im Klostergarten am Arm ihres Franz gesehen, und zwar von einem Zellenfenster aus, und zwar von Fräulein Seraphine von Kattelen.

›Ist denn hier jetzt alles möglich? ... Eben die Hexe Kleynkauer mit allen zehn Fingernägeln im Gesicht meines armen Eckbert und nun dieses im offenen Licht des Tages ohne Scheu und Scham! ... Und da – da! Vor aller Augen! Nun, wozu sollten sich die Herrschaften auch noch viel genieren in Sodom und Gomorrha? Allgerechter Gott, wie lange willst du denn in deiner Langmut deinen Blitz noch zurückhalten?‹ ...

Wie die Blitze Gottes aus dem blauen Sommerhimmel herniederfuhren und feine Donner über die erschreckte Welt hinrollten, davon wird wahrlich noch die Rede sein müssen, aber erst im nächsten Kapitel. In diesem haben wir uns zu sagen, daß nun mit Blitzesschnelle Kloster Lugau das *Neueste* erfuhr. Auf der Treppe, die zu den Gemächern der Frau Domina hinaufführte, stattete Schwester Seraphine als die erste der Lugauer Nonnen dem Herrn Hofrat und der Gräfin Warberg ihre herzlichsten Glückwünsche ab. Die übrigen Schwestern folgten, so rasch es sich machen ließ, einzeln und in Scharen, im Zimmer der Komtesse, in dem der Frau Domina, im Versammlungssaale, in den Korridoren und im Garten. Erst gegen Abend beruhigte sich Kloster Lugau in der festen Überzeugung, daß das ja auch gar nicht anders hätte sein können. Selbst die ehrlichsten der Damen hatten so was schon längst geahnt; einige aber hatten es noch länger schon fest vorausgewußt. –

Im Klostergarten treffen wir aber endlich, auch gegen Mittag, die Tante Euphrosyne, die Gräfin Laura, den Doktor Herberger und den Doktor Meyer allein. Um diese Stunde war es fast wie eine Verabredung unter den guten Seelen von Lugau, die Leutchen sich einmal einen Augenblick selber zu überlassen; doch hatte auch die Frau Domina das Ihrige dazu getan und ein verständiges Wort in dieser Hinsicht gesprochen.

Es gab da eine schöne Stelle in einer künstlichen, sicheren Wildnis, alte Steinbänke, einen alten bemoosten Steintisch, in einer Tuffstein-Grotte vor der heißen Julisonne geschützt. Da saßen die vier (die Tante Augustine war am Bett der kranken Kleinen geblieben) und machten nicht die sonnigen Gesichter, die von Rechts wegen in die Stunde gehörten.

Franz und Laura sahen ernst genug drein, der Schwabe hatte seine Faust grimmig auf dem Knie liegen, und die Tante Euphrosyne streckte die ihrige fast noch grimmiger nach der Welt da draußen, nach der Landstraße jenseits der Klostergartenmauer, nach dem Säkulum, nach der Zeitlichkeit hin aus. Und sie hatte auch das Wort.

»Ja, glückliche Reise! Los wäre ich ihn; aber wer

hält mir mein Kind, mein armes, armes Kind im Leben fest? Hier, Herberger, habe ich sie, dort unter dem Fliederbusch bewußtlos vom Boden aufgehoben und dem schleichenden Bösewicht meine letzte Meinung, weit ausgeholt, auf die linke Backe hin mitgeteilt, und so hat er sich die Endwirkung nicht vorgestellt, als er sich hierherschicken ließ, um dem Vetter Eberhard beim Suchen nach dem Sachsenspiegel zu helfen! Wenn er heute in Wittenberg in den Spiegel guckt, findet er hoffentlich noch die Spuren meiner fünf Finger im Gesicht. Aber wie habe ich mich auch auf die Lauer gelegt, um da ein fünfmal unterstrichenes Finis unter seinen Aufenthalt in Kloster Lugau zu setzen! Keine Tigerkatze, der man ihr Junges gestohlen hat, konnte giftiger und lautloser hinter dem Räuber herschleichen, um im richtigen Moment bei der Hand zu sein. Hier – hier bei den Rosen hatte er mein armes, hülfloses Evchen wieder in seinen schleimigen Windungen und ließ das wehrlose Geschöpf Staub fressen, Zuckerstaub, wie in dem Brief, den Sie kennen, Herberger, dem süßen Giftschleimgeschmier, das ich dem Kinde aus seinem Schulatlas, aus der Weltkarte nach Mercators Projektion gestohlen habe! Wahrlich, der glücklichste Sündenfall, dessen sich ein armes Weibsbild seit unserer allgemeinen Mutter Apfelbiß zu rühmen hatte. Wovon sprach er ihr? Ich meine meiner Eva! Natürlich von dem ihren unglücklichen Eltern drohenden Unheil, ihrer Insolvenz, Nagen am Hungertuch, Schuldturm! Selbstverständlich von seinem Edelmut, von Ännchen von Tharau, von Simon Dach und seines, des blonden Eckberts, felsensicherem Vorsatz, bei seinem Bräutchen, seinem süßen, süßen Bräutchen, in Hunger und Kummer, in Not und Tod, für Zeit und Ewigkeit auszuharren, freilich unter der Voraussetzung, daß die Tante Euphrosyne Kleynkauer das Ihrige tue und, wenn es nötig werden sollte, von seinem wonnigen Mädchen herumgekriegt werde. Ja – von seinem wonnigen Mädchen herumgekriegt werde! Da hinter dem Busch habe ich gestanden und mit blutendem Herzen und mit den letzten Zähnen knirschend über dieses Prachtwort doch grinsen müssen. Aber das leise Stöhnen des Kindes, sein Angstruf: ›Mein armer Vater, meine liebe Mama!‹ ... und dazu das Achselzucken und Komödien-Händeringen, und dann der Griff der Kleinen nach dem Herzen – mein Kind in meinen Arm und – klatsch, klatsch, klatsch, ein Gruß von Kepplershöhe an den Herrn Doktor Eckbert Scriewer, wie er ihn in seiner Welt nach Krämers Rechnung wohl noch nicht als empfangen zu bescheinigen hatte. Hier Laura und der Herr Vetter aus Schwaben können mir das Zeugnis geben, daß die Tante Euphrosyne nichts von dem hat merken lassen, was in ihr kochte, sondern den Göttern ruhig ihren Willen ließ; aber die Erlösung, als endlich es wie eine Stimme von oben kam: ›So haue doch zu!‹, die kann mir keiner nachfühlen. Nun ist freilich die Krisis da. Die närrischen, törichten Alten in Wittenberg wissen Bescheid; ich habe geschrieben, und der blonde Eckbert wird gesprochen haben. Des Schuftes Weib wird das Kind nicht; und ich bin ein altes Weib, und ist es Gottes Wille, will er die Schönheit und Lieblichkeit hier nicht länger in seiner Welt lassen, geht das Kind von mir, so gehe ich ihm bald nach. Was kümmert mich der Rest noch weiter?«

Was sollten sie dazu sagen?

Doktor Herberger wußte auch diesem Erden-Gespenstertum gegenüber wieder nichts sehr zur Sache Dienliches zu bemerken und verdiente augenblicklich im vollen Ernst seinen Wittenberger Scherznamen Horatio. Laura Warberg drückte ihr Gesicht an seine Schulter, sie vermochte wieder nichts gegen ihre Natur, sie konnte es den Leuten auch jetzt nicht gut zeigen, daß sie weinen konnte. Doktor Meyer aus Tübingen aber rief:

»I halt das net aus!« und damit faßte er das alte Weible in die Arme wie ein Uhlandscher Ritter und Königssohn seine junge Schäferin. »Schluchzen Sie sich bei mir aus, Tante Euphrosyne! Zum Henker, weiter kann ich ja weiß Gott auch nichts sagen zu Ihrem Trost! – aber i heul mit *dir* !«

So ist es der Vetter aus Schwaben gewesen, der der norddeutschen Base das *Du* anbot, und von dieser Stunde an sind sie beide dabei geblieben.

NEUNUNDZWANZIGSTES KAPITEL

Am Sonnabend, dem neunten Juli, langten Konsistorialrat Professor Doktor Kleynkauer und Frau in Lugau an. Da sie beide, wenn auch der Wittenberger und sonstigen gelehrten Welt zugehörig, doch geistliche Leute waren, so konnte die Frau Domina nichts dagegen einzuwenden haben, daß sie, zumal auch in Anbetracht der übrigen Umstände, im Kloster selbst Aufnahme fanden. Die Frau Konsistorialrätin, da die Base Augustine wirklich keinen Platz mehr zu vergeben hatte, bei Fräulein Seraphine von Kattelen; der Professor im eben geräumten, fast noch warmen Nest seines – nun, des Doktor Eckbert Scriewer, des blonden Eckbert. Da es hier immer noch ein bißchen nach dem jungen Gelehrten roch – nämlich nach einer süßlichen Pomade, Kölnischem Wasser und ganz leicht nach Moschus, so sperrte der würdige, alte gelehrte Herr die Fenster so weit als möglich auf und ging schwer atmend auf und ab, von Zeit zu Zeit die zitternden Hände zusammenlegend und murmelnd:

»Großer Gott, großer Gott! O mein Kind, mein armes, liebes Kind!« –

Wir sind bei der ersten Zusammenkunft der Verwandten am Krankenbett Evas nicht zugegen gewesen; aber am anderen Morgen, am Sonntage nach der Kirche haben wir mit eigenen Ohren gehört, daß die Tante Euphrosyne gesagt hat:

»Vetter Kleynkauer, eine alte Bauernregel lautet:

›Ist das Wetter drei Sonntage vor Jakobi schön, so wird gut Korn gesät, so es anhält!‹ Da die Witterung heute nichts zu wünschen übrigläßt, so wollen wir wünschen, daß das, was jetzt zwischen uns untergepflügt wurde, in der rechten Weise keime, wachse und gute Frucht bringe.«

»Der barmherzige Gott gebe seinen Segen dazu!«

»Ja, ihr!« brummte die Tante Euphrosyne unvernehmlich. Sehr vernehmlich sagt sie: »Na, ich für mein Teil bleibe sicherlich als Vogelscheuche im Felde stehen, daß mir der Böse nicht wieder sein Unkraut zwischen den Weizen ausstreue.«

Das Gesicht, welches sie zu dem Wort machte, paßte ganz dazu. –

An dem nämlichen Tage des Herrn, 10. Juli (in den lutherischen Kirchen wurde über den Hauptmann von Kapernaum und in den katholischen von der Pharisäer Gerechtigkeit gepredigt), erklärte der Pariser Moniteur, jetzt sei es nicht mehr genug, daß Preußen die spanische Thronkandidatur des Prinzen Leopold von Hohenzollern aufgebe, es müsse nun auch den Prager Frieden erfüllen, dem Süden Deutschlands volle Freiheit lassen, Mainz räumen, seinem militärischen Einflusse jenseits des Mains entsagen und die Angelegenheit mit Dänemark ordnen. Da aus dem Kloster am zwölften wenigstens keine schlimmeren Nachrichten von dem Kinde beim Förster Gipfeldürre eingelaufen waren, so sahen sie dort an diesem Tage wenigstens mal in die Zeitung, das heißt, der Vetter aus Schwaben reichte dem Hofrat Herberger das Wittenberger Tageblatt über den Kaffeetisch zu:

»Hm, leset Se doch mal. Allgemach wird mir die Sach doch über! Sollte wir da net noch Anno achtundsechzig Ihre saubere preußische Wehrverfassung grad noch zur rechten Zeit zu näherer Kenntnisnahme genomme habe? Noch einen Schritt weiter, eine Unverschämtheit mehr, ihr Herren Lausbube hinter dem Wasgau, und nachher möcht i doch au noch a Wörtle mitzurede habe als erster schwä– will sagen Königlich Württembergischer Einjährig-Freiwilliger! Herrgottsackerment, sollte man doch schon so rasch im Infanterieregiment Königin Olga seine Studie unter eure verflixte preußische Unteroffiziere verwerte könne? Und hier von Kloster Lugau und diese Zustände aus? Diese Zustände in Glück und Elend, in Seligkeit und Verdammnis!«

»Blast, blast, und wären es die schwedischen Hörner«, lächelte der Königlich Preußische Hauptmann der Landwehr, Hofrat Doktor Herberger, das Zeitungsblatt ergreifend.

»Lassen Sie mich jetzt damit in Ruhe. Nur keine gefälschten Zitate, wo die Sachen so ernst liegen und doch auch für Sie – grade recht für Sie! Zu Flitterwochenidyllen, Hochzeitsreisen und Schäferstunden würde wohl wenig Zeit und Raum bleiben, wenn der große Sturm jetzt wirklich losbräche.«

»Und das Suchen nach dem Lugauer Sachsenspiegel müßte auch wohl auf eine gelegenere Stunde verschoben werden.«

»Das wäre das wenigste!« seufzte Doktor Meyer. »Aber sehen Sie doch, da bekommen Sie schon einen Morgengruß von der Klostermauer herab. Ist das nicht Gräfin Laura, die mit dem Taschentuch von der Terrasse winkt?«

»Ja, und der alte Kleynkauer! Was will denn der mit den Armen in den Lüften! Und jetzt auch die Frau Oberin und die Tante Euphrosyne! Das halbe Kloster auf der Mauer –«

»Das Kind! das Evele!« ...

»Nein! Nein! Das ist es nicht! Aber vielleicht haben sie dort die neuesten Nachrichten aus Paris!«

Sie waren beide die Treppe hinunter, über den Förster Gipfeldürre, sein Weib, seine Kinder, seine Tekkel- und Hühnerhunde, sein Federvieh und seine Gartenhecke hinaus und hinweg auf der Landstraße und unter der Klostermauer von Lugau.

»Um des Himmels willen, was ist's, was gibt es denn?«

Daß Gräfin Warberg Tränen weinen konnte, haben wir erfahren, daß sie bis zu Tränen lachen konnte, erfahren wir jetzt:

»Da, Doktor Meyer, halten Sie doch mal die Arme auf! Fangen Sie gefälligst! Den Seinen gibt es der Herr im Schlaf. Hier haben Sie den allerneuesten Beweis davon – die Nase in acht nehmen, Herr Spiegelschwab!«

Und von der Mauer herunter flog ein unheimlich aussehendes, grünlichgelbes, bemoostes, muffig duftendes Bündel dem gelehrten Vetter aus Tübingen in die ausgestreckten Hände und wirklich beinahe ins Gesicht.

»Der Lugauer Sachsenspiegel«, stammelte er.

»Jawohl, und bei dem Herrn Konsistorialrat hier dürfen Sie sich für ihn bedanken; das Wie und Wo und unter welchen Umständen wird er Ihnen sofort mitteilen. Aber nun sage noch einer von euch ein Wort gegen die Bücherverwaltung der Nonnen von Lugau! Gott sei Lob und Dank übrigens, daß *wir* wenigstens dieses Scheusal aus Schweinsleder und Wurmfraß jetzt von der Seele los sind! Nicht wahr, Frau Domina?«

»Ja, bitte treten Sie näher, meine Herren, und lassen Sie sich von dem Herrn Konsistorialrat das Nähere erzählen«, lächelte die Frau Oberin. »Aber wenn Sie uns armen ungelehrten Frauen einen rechten Gefallen tun wollen, bringen Sie doch lieber nichts hiervon in Ihre gelehrten Zeitungen. Ich für mein Teil bin wahrhaftig unschuldig dran, daß das schreckliche Buch unter den Kleiderschrank in unserm Gastzimmer geraten ist.«

»Was fällt denn da aus dem Schmöker?« fragte die Tante Euphrosyne. »Eine Visitenkarte? Die kann doch nicht aus dem dreizehnten Jahrhundert und von Eike von Repkow stammen!«

Horatio hob im Klostergarten von Lugau das Tagesdokument vom Boden auf.

»Doktor Eckbert Scriewer!« las er. »Ruhig Blut hat

er! An wen ist das nun ein Abschiedsgruß? Bitte, Herr Professor –«

Er reichte das nichtsnutzig-boshafte Blättchen dem alten Herrn hin, aber dieser gab's abwehrend, kopfschüttelnd und seufzend zurück. An seiner Statt griff die Tante Euphrosyne zu, zerriß die Karte, warf sie zur Erde und setzte den Fuß darauf.

»Wenn ich um des Himmels willen nur wüßte, was nun diese Szene wieder bedeutet«, seufzte Fräulein von Kattelen an ihrem Fenster. »Du gerechter Gott, habe Erbarmen mit mir in meiner hülflosen Einsamkeit.«

»Unsere Kleine hat wirklich eine recht gute Nacht gehabt, Vetter Meyer«, flüsterte die Tante Augustine dem betäubten Schwaben- und Sachsenspiegler zu. »Die Mutter sitzt bei ihr; ohne das hätten wir, die Euphrosyne und ich, nicht in aller Ruhe diesem Spaß mit Ihnen und Ihrem dummen Tröster da beigewohnt. Übrigens gratuliere ich bestens auch zu *diesem* Wunder aus der Höhe.«

So ward der Dienstag, der 12. Juli 1870, noch einmal in verhältnismäßiger Ruhe vom Kloster Lugau durchlebt. –––

Am dreizehnten stand die Weltgeschichte für Lugau sogar ganz still; sie beschäftigten sich daselbst nur mit ihren Privatangelegenheiten. In welcher Weise und in welchen Stimmungen, wird jedermann, der Anteil an ihnen nimmt, sich aus sämtlichen vorhergegangenen Kapiteln herausziehen und zurechtlegen können. Daß an diesem selbigen Tage in Ems ein bis dahin ziemlich unbekannter Mensch, des Namens Benedetti, den König Wilhelm von Preußen ersuchte, ihn doch zu autorisieren, nach Paris zu telegraphieren, Seine Majestät verpflichte sich für alle Zukunft, nie wieder zuzustimmen, wenn in Sigmaringen ein weitläufiger Vetter sich noch einmal verlocken lasse, König von Spanien zu werden: das konnte Kloster Lugau noch nicht wissen. Und ebensowenig die Antwort, die der alte Wilhelm durch seinen Adjutanten vom Dienst heraussagen ließ, nämlich: Seine Majestät von Preußen habe dem Herrn Botschafter Seiner Majestät des Kaisers der Franzosen nichts weiter mitzuteilen – woran doch gewiß nichts Unhöfliches war.

Aber am Abend des Vierzehnten! Da lief, und zwar durch ›ekspressen Bothen‹, beim Förster Gipfeldürre ein Brief ein, und zwar von Mamert an den Herrn Hofrat Doktor Herberger, Hauptmann der Landwehr:

›Herr Hauptmann! Seit gestern kann nach die Zeitung und nach den Leuten die Sache gar nicht brenzliger mehr werden. Und da Sie wohl noch immer keine Blätter lesen, so habe ich doch auch ein bißchen für Sie mit beim hiesigen Etappenkommando hingehorcht. Man hat ja so seine Freunde und alte Kameraden, und die Sache wird so, wie ich es Sie schon lange vorausgesagt habe. Für Sie hat's ja wohl noch ein bißchen Zeit; aber daß die Herren Korpskommandanten mit ihrem ‚Übermorgen ist der erste Mobilmachungstag' Mamerten auch mit seinen vollen Einunddreißig auf dem Rükken mal wieder sofort nötig haben, das ist unzweifelhaft, sagen alle Leute und vorzüglich die Herren Studiosen, die schon ganz aus Rand und Band für das Vaterland sind. Also, Herr Hofrat, habe ich mir auch wieder die Erlaubnis genommen und unseren Haushalt in Ordnung gebracht wie vor unserer letzten großen Reise, wo wir uns die schwarzen Zulus und Lulus an Ort und Stelle besahen, was wir aber nun demnächst hoffentlich bequemer haben werden, daß sie diesmal uns an Ort und Stelle kennenlernen können. Na, die sollen sich schön wundern! Alle Schlüssel kriegt wieder die gute treue Seele, unsere Frau Hauswirtin. Ich habe ihr dafür auch in Ihrem geehrten Namen versprochen, daß wir ihr diesmal etwas recht Hübsches aus Paris mitbringen wollen. Sollten der Herr Doktor mich, wenn Sie von Lugau kommen, noch uneinberufen vorfinden, so ist's natürlich gut. Wenn nicht, so wissen ja der Herr Hofrat schon von sechsundsechzig Bescheid und besorgen sich wohl eine Weile wieder allein ohne Ihren

Getreuesten. Die Wirtin weiß von allem, und wenn unsere liebste gnädigste junge Braut und Fräulein Gräfin sich jetzt auch schon ein bißchen der Sachen annehmen will und sich in des Herrn Doktors Angewöhnungen finden lernen, so braucht sie nur unten im Hause nachzufragen. Seine Besonderheiten, Schrullen und Grillen hat ja jeder Mensch. Sollte noch was ganz Besonderes passieren, so schreibe ich nochmals. Der Postbote ist bezahlt; aber ich meine, der Herr Hauptmann werden doch unter die laufenden Zeitläuften viel eher wieder selber hier in Wittenberg sein, als Sie es heute noch für möglich halten. Mit der Bitte, mir meine Sorge um Ihn und unsere Pflicht fürs Vaterland nicht übelzunehmen, des hochgeehrtesten Herrn Hofrats getreuester Diener

Landwehrmann Christian Mamert‹

Was die beiden Freunde beim Förster Gipfeldürre, der vom linken Ufer des Mains und der vom rechten, dieses wundervolle Schreiben zwischen sich, über Politik, Universalhistorie und die Geschichte des deutschen Volkes redeten und wie sie sich dabei die Hände über den Tisch reichten, das können wir gottlob ebenfalls jedermann zu selbsteigener Ausmalung und Begutachtung überlassen. Wir haben es ja nur mit den *Geschichten* des deutschen Volkes zu tun, und dahinzu tat Doktor Herberger zuerst sein Wort:

»Was sollen wir in dieser Nacht noch die Frauen da drüben mit unserer Unruhe behelligen? ... Mein armes, tapferes Mädchen, also wieder – wieder hinaus ins Ungewisse!« ...

»Wenn das Kindle jetzt den ganzen Tummel verschlafen und erst als weißes Jungferle zum Siegereinzug aufwachen wollte, tät es mir einen rechten Gefallen!« seufzte der Vetter aus Schwaben.

Der Krieg! – Als ob sie allein in Lugau Briefe darüber gekriegt hätten, die zwei Herren beim Förster Gipfeldürre! Wer am andern Morgen mit den genauesten Nachrichten darüber, daß der Krieg vor der Tür stehe, an der Klosterpforte empfangen wurde, das waren sie.

»O Franz«, schluchzte Gräfin Laura, den Verlobten vor allen Nonnen von Lugau in die Arme fassend, »Franz, was ist das nun wieder? Der König wird heute schon auf dem Wege nach Berlin sein, aber wir, wir? Wohin gehen nun wieder unsere Wege auseinander, du armer, lieber, geduldiger Mensch?«

»Nicht auseinander! Nimmermehr auseinander! Im Leben und im Sterben nebeneinander hin!« rief Franz Herberger, jetzt er als der Ruhige, Gefaßte der Fassungslosen das weiche blonde Haar aus der sonst so kühlen, trotzigen Stirn streichend. »Und zum Glück und zum Siege!«

»Ja, ja, ja! Es darf ja nicht anders sein, es soll nicht anders sein! O behalte recht, habe wie immer recht, du Lieber!« –

In der Wohnung der Tante Augustine fanden sie die ganze Familie Kleynkauer bis auf die Tante Euphrosyne beisammen. Die zwei Wittenberger Alten, der Konsistorialrat und die Frau Konsistorialrätin in vollständiger Betäubung darob, daß zu allem anderen nun auch dieses noch über sie falle. Nach dem Eintritt des Vetters aus Schwaben, des Hofrats und der Gräfin Laura wurden sie so laut, daß jetzt auch die Tante Euphrosyne in der Kammertür der Klostertante erschien. Zuerst mit dem Finger auf dem Munde, dann zornig winkend.

»So fechtet es doch durch, ihr da draußen! Aber hier am Ort in Ruhe! Darum möchte ich bitten. Laßt mir mein Kind schlafen!« ...

Ungarn, Mongolen, Hussiten, den Bauernkrieg, die Schmalkaldener, Wallensteiner, Schweden, Franzosen des Siebenjährigen Krieges und Franzosen von 1806 hatte Kloster Lugau bei sich zu Gaste gehabt; es kannte den Krieg nicht bloß vom Hörensagen oder von sechsundsechzig her. Der große Sturm fing sofort auch hier an, an den Türen und Fenstern zu rütteln; aber Kloster Lugau duckte sich nur vor ihm, um sich desto standhafter wiederaufzurichten. Wer die Worte ›altes Leinen‹ und ›Scharpie‹ in die Aufregung, den Schrekken, die Angst und Sorge und in den Zorn von Lugau hineinwarf, der sprach das richtige Beschwörungswort aus.

»Ich bitte sämtliche Damen zur Beratung in den großen Saal!« sprach die Frau Domina. »Frau Priorin, liebe Kattelen, Sie übernehmen wohl wieder unsere Sekretariatsgeschäfte? Sie wissen doch von uns allen am besten mit der Feder und dem Rechenbuch umzugehen.« –

Wie fest sie aber auch sich dagegen anstemmen mochten in Lugau, abhalten ließ sich der große Sturm nicht von ihren Toren. Er riß sie auf, weit auf! Und alle, die nicht ganz insbesondere in diesem Frieden Gottes Wurzeln geschlagen hatten, riß er von dannen. Sie mußten alle fort aus Kloster Lugau, bis auf die Tante Euphrosyne.

Die nahm am Bette ihres Kindes Abschied von ihrem Vetter aus Schwaben, von dem Hauptmann der Landwehr zweiten Aufgebots, Hofrat Doktor Herberger, von dem in Wittenberg so überaus nötigen, aber leider selbst völlig ratlosen Konsistorialrat und auch von der Base Blandine, welche letztere freilich ihre gottlob in der Besserung befindliche arme Kleine in jetziger Zeit und unter jetzigen Umständen in keinen besseren und sicherern Händen zurücklassen konnte.

Sie mußten alle fort, auf der Stelle – ohne Zögern und Zaudern – alle und alles schwankend auf der Woge einer ungewissen Zukunft. War doch auch der alte König Wilhelm, der Sieger von Königgrätz, der eben am Abend dieses fünfzehnten Juli in Berlin auf dem Potsdamer Bahnhof anlangte, nach seiner Fahrt durch das ihm Sieg, Glück und Heil zurufende deutsche Volk seines Schicksals nicht gewisser als seine beiden Kriegsmänner, der vom rechten Ufer des Mains und der vom linken, die sich am Sonnabend, dem Sechzehnten, von Kloster Lugau erhoben, weil, wie Mamert ganz richtig vorausgeahnt hatte, der sechzehnte Juli achtzehnhundertundsiebenzig in der Tat der erste Mobilmachungstag war.

»O Tante Euphrosyne«, sagte am Abend dieses Tages Gräfin Warberg, »wie Sie so ruhig dasitzen können!«

»Wo sollte ich ruhiger sitzen als bei meinem ruhigen Kinde?« erwiderte die alte Dame mit ganz gewiß unbewegtem Gesichte. »Ich habe mir diesen Platz in einem harten Kampf erkämpft. Hier habe ich das Kind fürs erste in Sicherheit, und so bin auch ich nicht minder in Sicherheit und warte unsere künftigen Schicksale in Geduld ab. Was kann der Mensch mehr tun? Und sind nicht auch Sie, Laura, der Welt bis jetzt ein gutes Exempel gewesen? Geben Sie Ihr Glück jetzt nicht auf! Das wäre dumm, Liebste. Ich für mein Teil glaube wieder an das meinige. Und was den Lärm da draußen anbetrifft, nun, so wird sich der wohl auch schon wieder legen. Die Herren Franzosen werden bald zu ihrem Schaden einsehen, was Ihr und mein Freund Mamert für sie bedeutet. Ich kenne sie alle. In diesem Fall besonders, nicht bloß vom Wittenberger Universitätsplatz, sondern auch von Kepplershöhe aus!«

Bis auf die Tante Euphrosyne und die kleine Eva Kleynkauer waren sie an diesem ersten Mobilmachungstage achtzehnhundertsiebenzig zu ihrem Abendgottesdienst in Kloster Lugau alle in ihrer Kirche versammelt. Es waren tapfere Seelen.

»Achthundertfünfundfünfzig!« sagte die Frau Domina, und das letzte, was wir im Jahre achtzehnhundertsiebenzig von Kloster Lugau hören, ist der erste Vers aus Gustav Adolfs Feldlied:

›Verzage nicht, du Häuflein klein,
Obschon die Feinde willens sein,
Dich gänzlich zu verstören,

Und suchen deinen Untergang,
Davon dir recht wird angst und bang;
Es wird nicht lange währen.‹

DREISSIGSTES KAPITEL

Ein dreißigjähriger Krieg ist wohl diesmal nicht daraus geworden; aber seine Zeit wollte doch auch das jetzige Gewitter haben, und wir wissen alle, wie lange es uns dauerte, bis die Donner verrollten und es aufhörte, Blut zu regnen. Der Bogen des Friedens, der durch die Tränen flimmerte, er steht wohl heute noch von jenen Jahren her über der Welt.

Gegen Ende Oktobers regnete es viel, in Frankreich wie in Deutschland. Besonders in und vor Metz hatte man sehr von der nassen Witterung zu leiden, alle Berichte, offizielle wie private, sind voll von Klagen und Verwünschungen, guten und schlechten Witzen darüber, von den Witzen vorzüglich die Privatbriefe.

Aber am Donnerstag, dem 27. Oktober, hatte ja nun auch Metz kapituliert, und Fräulein Euphrosyne Kleynkauer auf Kepplershöhe hatte es in dem Wittenberger Tageblatt sicher: 145000 unverwundete, 37000 verwundete und kranke Soldaten, 3 Marschälle, 6000 Offiziere; Adler, Geschütze, Kriegsmaterial in verhältnismäßiger Menge; – Stadt und Universität Wittenberg hatten wieder einmal in einem Illuminationslichtmeer geschwommen, ein großer Umzug war gewesen, und wer jetzt gesund, behaglich im Trocknen saß, der – hatte es eben gut, und die Tante Euphrosyne hätte es ebenso gut haben können, wenn nicht – wie das so häufig ist – mancherlei sonst gewesen wäre, was sie daran hinderte, den Triumph im vollsten auszukosten.

Auch am Sonntag, dem Dreißigsten, da man in den katholischen Kirchen gepredigt hatte über ›des Königs Abrechnung‹ und in den lutherischen von dem Wort:

›Man muß anhalten im Gebet‹, regnete es leise weiter. In Grau verschleiert lag Wittenberg unter den Fenstern von Kepplershöhe, die schwarz-weiß-roten Fahnen, die man seit der letzten großen Siegesnachricht noch nicht wieder eingezogen hatte, hingen in der unbewegten Luft regungslos aus den Dachgiebeln und an den Stangen nieder. Fräulein E. Kleynkauer nähte an ihrem Fenster mit der Aussicht auf Stadt und Universität lange, weiße Leinwandstreifen aneinander. Sie war an diesem melancholischen Sonntagnachmittag allein auf ihrer Höhe, obgleich sie Besuch bei sich hatte, angenehmen – sehr angenehmen Besuch.

»Was sagten Sie, Blandine? Entschuldigen Sie, daß ich nicht aufmerkte. Je älter und weitsichtiger man wird, desto untauglicher wird man oft fürs Nächste. Mit dem Einfädeln der Nadel geht's von Tage zu Tage schlechter.«

»Sie sollten doch das Kind wieder mehr zu sich nehmen, Beste. Es ist zwar sehr schön und patriotisch, dieses fortwährende Sichaufopfern in den Krankensälen dort unten, und ich gebe ja auch gern, wie Sie wissen, meine Einwilligung dazu, aber aufreibend ist es doch, und noch dazu für solch ein junges, zartes Geschöpf und nach so schwerem eigenem Krankenlager. Wovon ich übrigens sprach? Nun, natürlich von der Welt! Wovon sollte man denn jetzt sonst sprechen? Welch eine Welt, welch eine Welt, beste Euphrosyne! Und Sie, liebe Tante, die einzige Vernünftige darin! Muß man sich nicht an jedem Morgen beim Aufwachen an den Kopf fassen und sich von neuem fragen, ob es denn eine Möglichkeit sei, daß die Welt um einen in so kurzer Zeit, in einem kleinen Vierteljahre, sich so sehr verändern könne? Und zu all unseren häuslichen Sorgen dieses entsetzliche Durcheinander aller unserer Gefühle von draußen her. Ach, Sie sollten nur mit dem Konsistorialrat vom Morgen bis zum Abend und auch durch die schlaflose Nacht zu verkehren haben. Wie im Traume geht mir mein armer Alter herum oder sitzt in seiner Stube, unfähig zu denken oder gar zu studieren. Und von dem Kinde, dem Mädchen, der Eva, darf man ihm gar nicht reden, wenn man ihn nicht völlig unzurechnungsfähig für die nächsten Stunden haben will. In Champigny ist er mit den Württembergern und Ihrem – unserm Herrn Vetter Meyer; im Großen Hauptquartier in Versailles hält er sich auf mit dem Herrn Hofrat Herberger und dessen Prinzen, Königliche Hoheit; aber zu Hause – ja, da suchen Sie ihn einmal für ein vernünftiges Wort in der früheren gewohnten Weise. Ist es doch, als wäre man selber gar nicht mehr in der Welt; und wenn dieses Leben, dieser Taumel so weiterginge, bliebe einem am Ende nichts anderes übrig als das Irrenhaus! Man tut und fühlt ja auch das Seinige, so gut man kann; aber immer hat man jetzt dabei das Gefühl, als sei man vollkommen beiseite geschoben und mit seinen Gefühlen und besten Absichten vollkommen überflüssig auf Gottes Erde. Hat mir doch mein Martin neulich sogar vorgeworfen, ich habe ihm den Doktor Scriewer ins Haus gebracht. Ich?! Ich?! ... Mein Gott, mein Gott, Euphrosyne, Sie können doch auch darüber nachsagen, wie schwer einem oft das Herz wird über der Aufgabe, von den Menschen nicht in seinen besten Intentionen verkannt zu werden. Die Menschheit ist einfach fürchterlich in ihrem Verkennungssystem! ... Und dieser Scriewer! Dieser Eckbert! Steht er denn nicht von Halle her jetzt jeden Tag auf die eine oder die andere Weise in der Zeitung? Und immer so, daß jedem, der ihn nicht genau kennt, das Herz aufgeht wegen seiner Verdienste um die große, herrliche Zeit? Er redet, schreibt, dichtet! Er weiß alles, er kennt alles, er hat alles vorausgesehen und vorausempfunden, jetzt dem deutschen Volke gegenüber, wie bis zu Ihrer Katastrophe in Lugau mir gegenüber; – und dann will man es mir, und sogar auch mein Mann – will man es mir in die Schuhe schieben, wenn es mir ihm gegenüber etwas an der nötigen Menschenkenntnis gemangelt hat! Wenn ihn das deutsche Volk mal als einen unter den ersten in einen möglichen künftigen deutschen Reichstag wählt, was kann ich arme, sorgenvolle, schwerbeladene Mutter denn dafür, daß er mir eine kurze Zeit lang als Schwiegersohn willkommen war?«

»Gar nichts!« sagte die Tante Euphrosyne und war in diesem Augenblick seltsamerweise mit ihren Gedanken nicht bei den Württembergern vor Paris, sondern bei einem der neuen großen Grabhügel zwischen Maizières und Woippy vor Metz, wo auf einem großen Holzkreuz zu lesen stand: ›Hier ruhen zweihundertundachtzig preußische und dreihundertfünfundachtzig französische tapfere Krieger.‹ Von dieser Inschrift wußte sie nichts, und doch: »Mamert!« murmelte die Tante Euphrosyne. »Mein lieber, treuer, wackerer alter Mamert!«

Von einem Verbandplatz hinter Ladonchamps stammte die Feldpostkarte, auf welcher der tapfere Diener, Freund und Landwehrmann Christian Mamert sich noch einmal dem Fräulein empfahl, ihr aber vor allen Dingen noch einmal seinen Herrn Hofrat und Braut anempfahl. In manchen Dingen bedürfe der Herr Hauptmann doch sehr der Fürsorge, und wenn Fräulein der künftigen gnädigen Frau Doktorn dabei etwas helfen wolle, so nehme er ruhig Abschied fürs Vaterland –

Von hier an waren die Bleistiftstriche durch Blut-, Regen-, Gras- und Erdbodenflecke unleserlich geworden, und die Adresse hatte ein Krankenträger geschrieben und hinzugefügt: ›Schuß durch den linken Lungenflügel.‹

»Gott sei Dank!« sagte die Tante Euphrosyne, und das Wort galt nicht dem teuren, grimmig-teuren Andenken an die Eroberung der jungfräulichen Stadt und Festung Metz, sondern dem endlichen zärtlichen Abschied der Base Blandine Kleynkauer von Kepplershöhe. Sie hatte auch grade wieder mal lange genug gesessen. –

Gegen Abend kam dann aber unter aufgespanntem

Regenschirme noch ein Besuch, welchem Fräulein Kleynkauer trotz des schlechten Wetters bloß mit einem Tuch über dem Kopfe in den Garten entgegenging.

»Wo ist denn das Kind? Weshalb kommt das Kind nicht mit Ihnen, Laura?«

»Schon wieder in Ängsten?« lächelte die Warberg. »Nun, machen Sie sich keine unnötigen Sorgen! Jetzt ist es ja in guten Händen. Papa Kleynkauer hat es mir selber auf dem Universitätsplatze aus den meinigen genommen. Wenn es Ihnen übrigens recht ist, so kommen Sie mit unter meinen Schirm und lassen Sie uns hier im Freien bleiben. Ich habe wirklich für heute der geschlossenen Räume, des Chlorals, Bromkalis und Chloroforms genug und außerdem einen Brief von Franz aus Versailles. Er ist auch zu den Württembergern hinübergeritten und hat den Vetter aus Schwaben im besten Wohlsein auf ihrem linken Flügel in Bonneuil-sur-Marne getroffen. Von seinem Mamert hat er noch nichts gewußt; wann ihn mein Brief mit der schlimmen Nachricht erreichen wird, wer kann das sagen? Aber dem Vetter Eberhard scheint der Feldzug, wie Franz meint, bis jetzt ausgezeichnet zu bekommen. Selbstverständlich haben die beiden Narren es auch dort unter den kritischen Bemerkungen von Fort Charenton nicht unterlassen können, sich über Eike von Repkow zu unterhalten und die Lugauer Nonnen-Bibliotheks-Verwaltung kurz und klein zu loben. Na, die wirkliche und wahre Gelegenheit, den Schwabenspiegel mit dem Sachsenspiegel zu vergleichen, ist ihnen ja jetzt vor den Wällen von Paris in ausreichendem Maße geboten. Der Himmel segne ihre Studien und schicke sie uns vor allen Dingen mit heiler Haut nach Kepplershöhe heim! Jaja, Tante Euphrosyne, so lacht man noch zu seinen Ängsten und sucht sich seine Sorgen wegzuscherzen! ... Die einzige Ruhige in unserer ganzen aufgeregten Gesellschaft ist doch eigentlich nur das Kind, die Eva. Sie lag tot und begraben, während wir uns zu den Lebendigen rechneten und uns abrakkerten im Lebenskampfe; nun aber ist sie aufgestanden und geht leicht und frei im Glückstraum ohne Furcht und Bangen durch den großen Sturm, der uns den Atem in die Brust zurückdrängt und dann und wann ganz nimmt. Sie atmet leicht! Sie weiß nichts mehr von irgendwelchem Zweifel an einem guten Ausgang, und oh, welch ein Trost einem die Kleine mit ihrer göttlichen Zuversicht ist, und wie gern man sich von ihr mit ihren Hoffnungen einwiegen läßt! Wie stolz man doch vordem auf seine Nerven gewesen ist, wieviel man sich auf sie zugute getan hat! Und nun? .... Oh, behielte doch das Kind recht mit seiner traumsichern Siegesgewißheit!«

»Es wird recht behalten!« sagte Fräulein Euphrosyne Kleynkauer und hatte in ihrem ganzen Leben nicht so grimmig dreingesehen wie in diesem Augenblick und bei diesem Wort.

NACHWORT

Kurz nachdem ›Kloster Lugau‹ – Ende 1893 als Fortsetzungsdruck in Otto Jankes ›Deutscher Roman-Zeitung‹ und gleichzeitig in demselben Verlag in Buchform – erschienen war, veröffentlichte Ferdinand Avenarius in seiner Zeitschrift ›Der Kunstwart‹ eine im ganzen wohlwollende Rezension, in der er jedoch die Leser auch darauf aufmerksam machte, daß es sich hier nicht um ein leicht zugängliches, sondern um ein vielfach verschlüsseltes Werk handle. ›Bis hart an die Grenze des Erträglichen‹, so meinte er, gehe beinah ihm selber ›das Heckenbuschartige der Komposition am Anfange der Geschichte‹; ›das Suchen nach einem Loch zum Gucken oder gar Einschlüpfen ins Innere der Geschichte wird zu einer Geduldsprobe, so oft macht sich der Verfasser mit uns ein Späßchen. Sind wir aber glücklich drinnen und überblicken wir nun als geborgene Leute die Anlage der ‚Schutzhecke' vom Innern aus, so freuen wir uns des lustigen Hin und Her, das uns selber nun nicht mehr schaden, das uns gleichsam nur behüten kann vor dem Zudrang der lästigen Menge; wie in kleiner erlesener Gesellschaft fühlen wir uns mit dem Dichter zusammen, und vergnüglich ist es jetzt, mit ihm in der kleinen Welt seines Heims das Bild der großen Welt draußen zu beschauen, zu belachen, zu belächeln.‹

Bei allem Bemühen, den Eigenarten der Raabeschen Erzählkunst gerecht zu werden, sind die ästhetischen und ethischen Intentionen des Autors in einer Weise interpretiert, die lange Zeit das Raabe-Bild beherrschen und den Charakter einer spezifischen Raabe-Gemeinde bestimmen sollte: als Flucht in die Innerlichkeit, als humoristische Verklärung der harten und rauhen Wirklichkeit; als angebliche Verachtung der ›lästigen Menge‹ und Beschränkung auf eine ›kleine erlesene Gesellschaft‹, jene elitäre Schicht des gebildeten deutschen Bürgertums, die Avenarius mit seiner Zeitschrift ansprach.

Wilhelm Raabe hatte etwas anderes im Sinn. ›Nur diejenigen Kunstwerke haben Anspruch auf Dauer‹, schrieb er 1874 in sein Notizbuch, ›in denen die Nation sich wiederfindet.‹ Und diese Maxime war zugleich Richtschnur und lebenslanger Anspruch des Autors – von der ›Chronik der Sperlingsgasse‹ des Fünfundzwanzigjährigen bis zu dem letzten, unvollendet gebliebenen Roman ›Altershausen‹. ›Ruhm ist: mitgedacht zu werden, wenn an ein ganzes Volk gedacht wird.‹

Kurz nach dem Erscheinen von ›Kloster Lugau‹ bat der Verfasser den Frankfurter Kaufmann und Literaturkritiker Sigmund Schott, mit dem er – wie Gottfried Keller und Theodor Fontane – im brieflichen Gedankenaustausch stand: ›Tun Sie mir den Gefallen und durchschmökern Sie ‚Kloster Lugau' nicht in der Romanzeitung! Das Ding ist so aus einem Guß, daß es in einem Zuge gelesen werden muß ...‹ Und weiter heißt es in dem Brief: ›Wenn Sie nach dem Reiz fragen, der für gereifte Leser trotz des ‚geringen stofflichen Interesses' in meinen Büchern liegt, so läßt es sich wohl daraus herleiten, daß ein *wirklicher Inhalt* darin vorhanden ist und ein Drittel von diesem der Leser selber sich heraus zu denken, fühlen und empfinden hat; – ich habe mich nie für einen guten Unterhaltungsschriftsteller gehalten.‹ Damit hat Raabe selbst wichtige Hinweise zum Verständnis des Buches gegeben, das mit Anspielungen, belegten und versteckten Zitaten, mit Metaphern und Symbolen durchsetzt ist, die in unterschiedlicher Weise den Ideengehalt der Erzählung und das Anliegen des Autors gleichzeitig verschlüsseln und verdeutlichen.

›Weiter und weiter verbreitete sich das Gerücht,

‚Horatio' sei wieder in Wittenberg.‹ Schon der erste Satz des Buches und darüber hinaus die zahlreichen Anspielungen auf Shakespeares ›Hamlet‹, die Vergleiche, Hinweise und Zitate geben dem Leser Rätsel auf und legen bei oberflächlicher Betrachtung den Gedanken nahe, Raabe habe die Shakespeareschen Figuren und die Konfliktsituationen des Dramas in parodistischer Absicht der Fabel seiner Erzählung zugrunde gelegt. Tatsächlich handelt es sich hier jedoch nicht um zentrale, das Wesen der Geschichte um ›Wittenberg‹ und ›Kloster Lugau‹ treffende, sondern bloß um periphere Parallelen, Metaphern und Symbole. Der Schlüssel findet sich im achten Kapitel. Auf die Frage Evchen Kleynkauers, warum eigentlich der Doktor Herberger in ›Wittenberg‹ Horatio genannt werde, erwidert die Tante Euphrosyne:›... weil sie das gebildete Publikum sind und von dem Prinzen Hamlet und seinem braven Freunde gar nichts wissen, aber ins Theater gehen, öffentliche Vorlesungen besuchen und ihren menschlichen Gefühlen nach der bösen wie nach der guten Seite hin gern ein Mäntelchen umhängen und für ihre menschlichen Stimmungen gern anderer Leute Bilder und Worte gebrauchen.‹

Es ist die ›Wittenberg‹-Welt, die durch die Anspielungen auf Shakespeares Stück charakterisiert und persifliert wird; die Parallelen bleiben an der Oberfläche, wenn sie nicht gar – wie im Falle der Gleichsetzung Laura Warbergs mit Ophelia – schief und unzutreffend sind. ›Wie interessant, praktisch und bequem es doch ist, einem in aller gebildeten Leute nächstem Gedächtnis vorhandenen Tages- und Zeitungs-Ereignis ein Mäntelchen aus der Mythologie, der Prähistorie oder auch der Poesie umzuwerfen – je leichter und je durchsichtiger, desto besser! Was kommt darauf an, wie die Vergleiche hinken!‹ heißt es zu Beginn des neunten Kapitels. Die Stadt Wittenberg selbst aber, wo der sagenhaften Überlieferung zufolge Hamlet und Horatio studiert hatten, eignete sich besonders für die parodistische Symbolisierung und zugleich lokale Neutralisierung des akademischen und gesellschaftlichen Lebens einer Kleinstadt im Verband und zur Zeit des Norddeutschen Bundes; denn die dortige Universität, einst der Hauptsitz der deutschen Reformationsbewegung, war 1815 nach Halle verlegt worden. Die Atmosphäre des akademischen Honoratiorentums in ›Wittenberg‹ ist charakteristisch für die Verhältnisse im preußischen Herrschafts- und Einflußbereich, im Lande der ›Preußen, Neupreußen und Mußpreußen‹ unmittelbar vor der Bismarckschen Reichsgründung. Die satirisch geschilderte sterile Buchstabengelehrsamkeit mit den pseudowissenschaftlichen Kontroversen der Professoren, deren geistige Potenzen durch die Namen Kleynkauer oder Nachkauer hinreichend charakterisiert sind, bildet den Nährboden für das skrupellos egoistische Strebertum, die gewissen- und charakterlose Anpassung an das preußisch-deutsche Obrigkeits- und Untertanensystem, wie sie in der Figur des Doktor Eckbert Scriewer verkörpert sind, der personifizierten Zurücknahme aller bürgerlich-humanistischen Ideale und Wertvorstellungen, die für Raabes Denken und Empfinden konstitutiv waren.

Dieser mit den Mitteln der bittersten Satire gezeichneten Figur hat der Dichter in der Gestalt des schwäbischen Gelehrten Eberhard Meyer einen idealisierten Typus entgegengesetzt. Beider Charaktere kontrastieren auf das schroffste miteinander: Während das Denken und Verhalten des ›blonden Eckbert‹ allein auf die eigene Karriere bezogen ist, der die Gefühle, das Glück, das Leben anderer Menschen mit kalt berechnendem Kalkül unterworfen werden, ist der ›Spiegelschwab‹ ein bis zur Biederkeit gerader und offener Charakter, der seine wissenschaftlichen Forschungen im Dienst der Sache betreibt; die demokratischen Traditionen seiner württembergischen Heimat sind in ihm ebenso lebendig wie die volkstümlichen Überlieferungen der schwäbischen Dichtung. Fast hat es den

Anschein, als habe Raabe in ›Kloster Lugau‹ mit der Konfrontation der beiden Gelehrten-Typen den schwäbischen gegen den preußischen und ›neupreußischen‹, den süddeutschen gegen den norddeutschen Volkscharakter ausspielen wollen. Ein Brief an den württembergischen Generalstaatsanwalt Karl Schönhardt vom 29. Dezember 1893 scheint das sogar zu bestätigen. ›Ich habe nun dreiundzwanzig Jahr lang‹, schrieb Raabe dem alten Freund aus der Stuttgarter Zeit, ›das Gefühl mit mir herumgeschleppt, Euch Schwaben noch immer den Dank für die erwiesene Gastfreundschaft von 1862 bis 1870 schuldig zu sein: nun habe ich es abgeschüttelt mit – ‚Kloster Lugau'.‹ In einem anderen, wenig später nach dem Süden Deutschlands gerichteten Schreiben jedoch bekennt er: ›Wenn ich wirklich dazu beitrüge, den süddeutschen Brüdern und Schwestern den deutschen Norden gemütlich näher zu rücken, so würde mir das freilich eine große Freude und Genugtuung sein.‹ Raabe war weit davon entfernt, der Theorie von den deutschen ›Stammescharakteren‹ in irgendeiner Weise Vorschub zu leisten. Der Gegensatz der beiden Kontrahenten in ›Kloster Lugau‹ ist nicht ›stammestümlicher‹, sondern politisch-gesellschaftlicher Natur.

Raabes Stuttgarter Zeit war eine entscheidende schöpferische Epoche seines Lebens gewesen; in der württembergischen Hauptstadt sind – neben mehreren größeren und kleineren Erzählungen – die Meisterwerke seiner mittleren Schaffensperiode entstanden: ›Der Hungerpastor‹, ›Abu Telfan‹, ›Der Schüdderump‹; hier fand der Dichter einen Freundes- und Bekanntenkreis, ein geselliges und gesellschaftliches Leben, in dem er sich ›unbeschreiblich‹ wohl fühlte. Gleichwohl waren Raabes Stuttgarter Jahre nichts weniger als eine Zeit idyllischer Behaglichkeit, waren sie nicht frei von mancherlei äußeren und inneren Konflikten.

Wenige Jahre vor seiner Übersiedlung nach Süddeutschland war Raabe dem Deutschen Nationalverein beigetreten, jener politischen Organisation des liberalen und zeitweise auch des demokratischen Bürgertums, das die nationale Einheit mit Hilfe des preußischen Staates und unter preußischer Führung erstrebte – ›eines liberalen Preußens wo möglich, eines wie immer beschaffenen Preußens im Notfall‹, wie es Friedrich Engels treffend formuliert hat. Daß Raabe die Illusionen mancher kleinbürgerlicher Demokraten über den Charakter und die Ziele der preußischen Politik offenkundig teilte, geht aus einem Brief hervor, den seine Frau im Juni 1866 – kurz vor dem preußischen Sieg von Königgrätz – aus Stuttgart an ihren Bruder schrieb, den Rechtsanwalt Karl Leiste, der dem demokratischen Flügel der Braunschweiger Ortsgruppe des Nationalvereins angehörte. ›Wenn der Sieg errungen wird‹, so heißt es dort, ›wird auch das Volk oben sein und Bismarck und die feudale Partei klein beigeben und die Junker-Wirtschaft ein Ende haben.‹ Die süddeutschen radikalen Demokraten dagegen, die in Württemberg eine große Rolle spielten, nahmen, besonders seit 1864, einen dezidiert antipreußischen Standpunkt ein. Organisiert, wenn auch nur locker, in der Demokratischen Volkspartei, versuchten sie die süddeutschen Klein- und Mittelstaaten zu einem Block gegen die Hegemonieansprüche der beiden Großmächte des Deutschen Bundes, vor allem Preußens, zu konsolidieren. Die berechtigte Furcht vor einer deutschen Einigung durch die Partei der preußischen Junker zeitigte aber zugleich in mehreren süddeutschen Ländern einen beschränkten Partikularismus, der von den herrschenden Kreisen, insbesondere durch klerikale Propaganda, für antinationale, reaktionäre Bestrebungen ausgenutzt wurde.

Raabe sah in dieser widerspruchsvollen Opposition den Ausdruck eines kleinstaatlichen Egoismus, gegen den er, nicht zuletzt mit seinem Roman ›Abu Telfan‹, leidenschaftlich ankämpfte. ›Die brutale schwäbische

Selbstüberhebung‹, schrieb er im Mai 1866 an die Mutter, ›zeigt sich ... in manchen Formen; diese partikularistische Borniertheit, wie sie hier in Blüte steht, ist wahrhaftig malerisch abgeschmackt.‹ Im August des Jahres war er unter den Gründern einer Deutschen Partei, und wenig später hatte ihn die württembergische Polizei als einen ›Spötter über Schwaben‹, einen ›Verräter an Heer und Vaterland‹ zur Ausweisung vorgemerkt. In einem Brief an Karl Leiste vom 9. September 1866 heißt es: ›Wenn wo das Deutschtum, die Zusammengehörigkeit der Stämme, der Interessen etc. etc. eine Phrase gewesen ist, so ist das diesseits des Mains und vor allem in diesem jämmerlichen Württemberg, wo – und die Extreme berühren sich einmal wieder – allem frühen konstitutionellen Leben zum Trotz der politische Weltverstand selbst bei den bekanntesten Führern auf Null steht. Dieses ‚Schwaben' (der Name ist mir schon widerlich, weil er nichts bedeutet und nichts bedeuten soll) zehrt von einem Ruf und Ruhm, auf den es durchaus keinen Anspruch hat. – Wir haben eine Partei gründen müssen, um es nur wagen zu können, öffentlich auszusprechen, daß wir keine Trennung Deutschlands wollen.‹

Unmittelbar nach dem Ende des Deutsch-Französischen Krieges und nach der Bismarckschen Reichsgründung muß Raabe erkennen, daß seine Hoffnungen getäuscht worden waren, daß sich seine politischen Erwartungen als Illusionen erwiesen hatten. Die tiefe Depression hat eine Schaffenskrise zur Folge, über die er sich am Ende seines Lebens folgendermaßen geäußert hat: ›Für das deutsche Volk war ich in den Jahren 1872–73 ... durchaus nicht mehr vorhanden. Vor kurzem von Stuttgart aus regem, auch literarischem Gesellschaftskreise nach Braunschweig übergesiedelt, saß ich hier völlig in der Einsamkeit ohne Freunde, ja auch ohne Bekannte – dem gebildeten, gelehrten und ungelehrten Honoratiorentum höchstens ein absonderlicher und dazu etwas verunglückter ‚Romanschreiber'. Da hatte man wohl Muße und Gelegenheit, allerlei Illusionen nachzuträumen und in Ruhe und Stille den Rauch seiner Zigarre über die versunkenen Gärten hinzublasen.‹ Reflexionen über die ›tägliche Selbsttäuschung‹ spielen von nun an in Raabes Werk wie in seinen persönlichen Aufzeichnungen eine bedeutsame Rolle. Auch ›Kloster Lugau‹ ist in einem gewissen Sinne ein Beitrag zur Desillusionierung; im Lichte der zitierten Zeugnisse aus den sechziger Jahren erweist sich die Erzählung als eine späte Korrektur der politischen Illusionen des Verfassers.

Nicht zufällig schildert Raabe – in ›Kloster Lugau‹ wie in anderen Werken – zwar die patriotische Begeisterung und das nationale Zusammengehörigkeitsgefühl vor Ausbruch und zu Beginn des Deutsch-Französischen Krieges; der endgültige Sieg der deutschen Truppen über die Franzosen jedoch bleibt ebenso ausgespart wie die Konstituierung des Kaiserreichs. Solange das deutsche Volk sich gegen die französische Aggression verteidigen mußte – eine Situation, in die es durch Bismarcks Politik hineinmanövriert worden war –, entsprach der Enthusiasmus nationalen und demokratischen Interessen, und Raabe vermag sich auch retrospektiv noch mit ihm zu identifizieren und der Begeisterung echten Ausdruck zu geben. Sobald aber der Feldzug den Charakter eines Eroberungskrieges annimmt, schweigt der Dichter. Nur aus Briefen und aus Notizen wie dieser vom Jahre 1874 lassen sich seine Empfindungen und seine Ansichten ablesen: ›Die Viecherei bleibt dieselbe, ob man sich heut mit Gewehr und Chassepot zu Leibe geht oder wie vor längeren Jahren und Jahrtausenden seinen Stein in die Schleuder legt und sich den an die Köpfe wirft.‹ Was aber die Folgen angeht, so hat er sich im nächsten Jahr noch deutlicher und drastischer geäußert: ›Was hilft es, wenn die Nation an der Grenze oder über die Grenze hinaus die größesten Schlachten gewinnt und hinter sich währenddessen die verhungern läßt, um die es sich einzig lohnt, daß ein Volk Schlachten schlage und gewinne. Das Fressen, Saufen und Kinderzeugen würde an ihrer Stelle auch der sogenannte Feind besorgen.‹

Raabes Enttäuschung über die Folgen der Jahre 1870/71, sein tiefes Unbehagen an der zunehmenden Veräußerlichung und Verdinglichung der gesellschaftlichen und zwischenmenschlichen Beziehungen bis hinein in die privateste Sphäre ist die Reaktion eines sensiblen Künstlers auf die rapide Entwicklung des Kapitalismus in Deutschland nach dem politischen Zusammenschluß. Zwar wußte er nichts oder wenig davon, daß die Veränderungen in der Mentalität, dem Denken, Empfinden und Verhalten der Bourgeoisie als Klasse eine gesetzmäßige Folge des sich entfaltenden kapitalistischen Wirtschaftssystems war; aber die realen Erscheinungen dieses Prozesses hat er sehr genau beobachtet und beschrieben. Und gewußt hat er auch, daß zwischen der Zerstörung der menschlichen Beziehungen und dem wirtschaftlichen Aufschwung ein unmittelbarer Zusammenhang bestand. In der ›Horacker‹-Erzählung von 1875 hat er in der Gestalt des Oberlehrers Doktor Neubauer das ›Siegergeschlecht‹ charakterisiert, das mit seinem ›Stramm, stramm, stramm; alles über einen Kamm‹ sich anschickt, ganz Deutschland in einen preußischen Exerzierplatz zu verwandeln. Doch während hier der Gegensatz von humaner und humanitätsfeindlicher Gesinnung und Gesittung sich im wesentlichen als Antinomie der Generationen darstellt, werden in ›Kloster Lugau‹ am Beispiel des Doktor Eckbert Scriewer – dem gegenüber jener Oberlehrer Neubauer als ein vergleichsweise harmloser Typus erscheint – die Zusammenhänge zwischen der kapitalistischen Gesellschaft und der Preisgabe bürgerlich-humanistischer Lebensmaximen weit deutlicher erkennbar – reflektiert durch die Ängste und Nöte der kindlich-naiven Eve Kleynkauer. In ihrer Rat- und Hilflosigkeit empfindet sie das

Denken und Verhalten ihres Verlobten als fremd und bedrohlich, gleich der verzerrten Welt in Mercators Projektion. Die Metapher schließt eine weitere symbolische Bedeutung ein, auf die der Autor mehrfach anspielt: Mercator ist die latinisierte Form des Namens Kaufmann oder Krämer; Scriewers Welt ist eine Welt des berechnenden, gefühllosen kaufmännischen, krämerhaften Kalküls – die Welt der kapitalistischen Verdinglichung, des ›nackten Interesses‹, der ›baren Zahlung‹, wie sie Marx und Engels im Kommunistischen Manifest beschrieben haben.

Eve findet den durch die Bindung an Scriewer gestörten ›Zusammenhang der Dinge‹ erst wieder, als sie sich innerlich und äußerlich von dessen Einfluß befreit, durch ihre Zuneigung zu Eberhard Meyer. Die Gegenwärtigkeit des Vetters aus Schwaben scheint nicht bloß Eves inneres Gleichgewicht wiederhergestellt, sondern die Bedrohung zwischenmenschlicher Beziehungen überhaupt gebannt zu haben. Die Anteilnahme an Eves Schicksal bewirkt auch die endgültige Entscheidung Laura Warbergs für Franz Herberger.

Auf eine derartige Deutung weisen nicht bloß die brieflichen Bemerkungen Raabes über die menschliche ›Verknüpfung‹ des Nordens mit dem Süden hin, sondern auch mehrere reale und symbolische Bezüge in der Erzählung selbst. Eberhard Meyer wird eingeführt als ein weitläufiger Vetter der in ›Wittenberg‹ ansässigen Familie Kleynkauer; die Großmutter Euphrosyne Kleynkauers war aus Tübingen gekommen, und der Besitz der Tante stammt von der ›unbekannt gewordenen schwäbischen Vetternschaft‹ her. Sein Name, ›Kepplershöhe‹, aber läßt zugleich an den in Württemberg geborenen Astronomen Johannes Keppler denken. Der Zusammenhang von ober- und niederdeutscher Kultur wird deutlich und eingehend am Beispiel der beiden bedeutenden deutschen Rechtsbücher, des Schwaben- und des Sachsenspiegels, symbolisiert, dem Forschungsgegenstand des schwäbischen

Gelehrten. Ein weiteres Symbol aber scheint die Absicht des Dichters deutlicher zu machen als alle die übrigen Bezüge und Metaphern: ›des Reiches Sturmfahne‹, die der Schwabe Eberhard Meyer auf seiner Fahrt in den Norden gleichnishaft voran- und weiterträgt.

Der in mittelalterlichen Urkunden wiederholt vorkommende Ausdruck bezeichnet die Fahne des römisch-deutschen Reiches, die dem Feldherrn in der Schlacht vorangetragen wurde. Mit ihrer Führung belehnte im Jahre 1336 Kaiser Ludwig der Bayer einen Grafen Ulrich von Württemberg. Sie zeigte im *gelben* Feld einen *schwarzen* Adler mit dem Hauswappen des Kaisers auf der Brust; als Schaft diente eine *rote* Lanze. Die Farben der Sturmfahne des alten deutschen Reiches wurden in der Zeit des Vormärz zum Symbol bürgerlich-demokratischer Bestrebungen und Ziele.

Zweifellos hat Raabe mit dieser Metapher nicht bloß die politische Gesinnung des Tübinger Rechtshistorikers symbolisieren wollen, sondern auch seine eigene demokratische Haltung und Überzeugung. In dem unmittelbar vor ›Kloster Lugau‹ entstandenen Werk, in ›Gutmanns Reisen‹, steht im Mittelpunkt des Geschehens die erste Generalversammlung des Deutschen Nationalvereins im Jahre 1860. Das Buch endet mit einer ehelichen Verbindung über die Mainlinie hinweg, und die Mitglieder des Nationalvereins, die aus den verschiedenen Gegenden Deutschlands nach Coburg gekommen sind, erkennen einander an dem schwarzrotgoldenen Band, das sie am Rockaufschlag tragen. Und in dem stark autobiographisch gefärbten Fragment ›Altershausen‹, Raabes letztem Werk, erinnert sich der Dichter an die Zeit, ›als es achtundvierzig in der deutschen Geschichte schlug‹, träumt er ›von dem Schwarzrotgold, den Fahnen, Glocken, dem Kanonen- und Kleingewehrfeuer, dem flüchtigen Niedersteigen des Reichs der Himmel auf die Erde‹, und zwar ›mit den Gefühlen des Jungen, der die schwarzrotgoldene Kokarde an die Sekundanermütze steckte und zum erstenmal von seinen Lehrern mit ‚Sie' angeredet wurde, wie das deutsche Volk von seinen Fürsten oder sonstigen Regimentsinhabern‹.

Die schwarzrotgoldene Sturmfahne des ›Spiegelschwaben‹ freilich bleibt Symbol, Reminiszenz, Zeichen vergangener Ideale, begrabener Hoffnungen, verfehlter Ziele. Die schwarzweißroten Fahnen des neuen Reiches am Ende des Buches dagegen bezeichnen die Realität, auch wenn sie im grauverschleierten ›Wittenberg‹ nicht kühn im Winde flattern, sondern ›regungslos aus den Dachgiebeln und an den Stangen‹ niederhängen. Gleichfalls real und deutlich vorgezeichnet ist die Perspektive des Doktors Eckbert Scriewer, der es verstanden hat, sich nicht nur vom Kriegsschauplatz fernzuhalten, sondern aus der patriotischen Begeisterung des Volkes Kapital für seine Karriere zu schlagen: Ihn wird man ›als einen unter den ersten‹ in den künftigen deutschen Reichstag wählen. Für Eberhard Meyer aber, den Träger der Sturmfahne anachronistisch gewordener Ideale, wird die Liebe Eves der einzige Gewinn sein, der ihm nach dem Kriege zuteil wird. Der moralische Sieg kann nicht hinwegtäuschen über die politische Niederlage. ›Kloster Lugau‹ ist ein aufrechtes Bekenntnis, auch eine rückhaltlose Selbstkritik des Demokraten und Humanisten Wilhelm Raabe; ein Beitrag oder gar ein Aufruf zur Veränderung der preußisch-deutschen Wirklichkeit will und kann die Erzählung nicht sein.

Wenige Jahre nach ›Kloster Lugau‹ ist Fontanes ›Stechlin‹ entstanden, dessen Komposition manche Ähnlichkeit mit Raabes Alterswerken aufweist. Der Verzicht auf eine durchgehend erzählte Fabel ist charakteristisch für die literarisch anspruchsvolle erzählende Dichtung am Anfang des imperialistischen Zeitalters in Deutschland. Der klassische deutschsprachige Roman des neunzehnten Jahrhunderts war konzipiert und komponiert nach dem Modell des ›Wilhelm Meisters‹, als Entwicklungs- und Erziehungsroman. Entwicklung und Erziehung aber setzen ein Ziel voraus, zu dem der Held geführt wird, an dem er sich bewähren kann, für das er lebt und wirkt. Schon Kellers Grüner Heinrich vermag, nach seinen Lehr- und Wanderjahren in Deutschland, das Feld seiner Bewährung und Betätigung bloß außerhalb Deutschlands, in seiner schweizerischen Heimat zu finden. Die Helden der Raabeschen Erziehungs- und Entwicklungsromane aber können am Ende ihres Weges die humane Gesinnung nur in einer kleinen und engen Welt bewähren – Robert Wolf im Kreise seiner Familie und der ›Leute aus dem Walde‹ im Poppenhof, Hans Unwirrsch in der Hungerpfarre zu Grunzenow. Die fortschreitende kapitalistische Entwicklung in Deutschland hatte das Erziehungsideal der Aufklärung und Klassik, den Glauben an die Vervollkommnung des Menschen und der Gesellschaft durch Erziehung ad absurdum geführt. Das Unvermögen, ja der bewußte Verzicht der Tante Euphrosyne, ihren Schützling Eve auf die Bewährung im Leben vorzubereiten, macht diesen Wandel besonders sinnfällig.

Als Fontane seinen ›Stechlin‹-Roman einer Zeitschriftenredaktion zum Vorabdruck anbot und dabei nachdrücklich betonte, daß er es darin nicht auf äußere Handlung, auf ›Spannungen und Überraschungen‹ abgesehen habe, fügte er hinzu, er halte dies ›nicht nur für die richtige, sondern sogar für die gebotene Art, einen Zeitroman zu schreiben‹. Als einen ›Zeitroman‹ freilich würde man ›Kloster Lugau‹ auch dann nicht bezeichnen können, wenn das Buch den äußeren Umfang des ›Stechlin‹ bekommen hätte. Im Unterschied zu diesem fehlt Raabes Erzählung eine historische Dimension, die der Zukunft, die neben Vergangenheit und Gegenwart in Fontanes Alterswerk zwar nicht gestalterisch antizipiert, wohl aber in vielfältiger Weise diskutiert wird. In beiden Büchern taucht an zentraler Stelle ein Schlüsselwort auf, das Wort vom ›Zusammenhang der Dinge‹. Raabe verwendet den Ausdruck zum erstenmal am Anfang des zwölften Kapitels, wo es heißt, daß ›der kleinen Eve Kleynkauer der Faden des Zusammenhanges zwischen ihr und den Dingen dieser Welt völlig abhanden‹ gekommen sei. Im nächsten Kapitel wird Eberhard Meyer, Eckbert Scriewers ideeller und idealisierter Antipode, in die Erzählung eingeführt als ›ein junger Mensch, der keine Ahnung davon hatte, daß er je von irgendwelchem Werte hier sei und gar nicht im Zusammenhange der Dinge zu entbehren sei‹. Und wenig später erklärt der Erzähler, daß er darauf verzichte, das Schreiben der ›Wittenberger‹ Bibliotheksverwaltung an den Doktor Meyer in Tübingen wörtlich wiederzugeben; denn ›mit dem Schema holt man weder dem Zusammenhang der Dinge noch dem Zufall gegenüber den Kern des eben vorbeigleitenden Daseins heraus‹.

Ganz offenkundig bedeutet die Formel vom Zusammenhang der Dinge an den drei Stellen der Erzählung nicht ein und dasselbe. Für Eve bezeichnet sie jene heile Welt, in deren Vorstellung sie erzogen wurde und die sich ihr durch die Verbindung mit Scriewer als Täuschung erweist. Dem Erzähler selbst dient der Ausdruck zunächst dazu, Konzeption und Komposition der Dichtung zu verdeutlichen, sodann aber, um das Wesen eines Vorgangs von dessen bloßer Erscheinung, dem ›Schema‹ zu unterscheiden. Schließlich verwendet, im fünfundzwanzigsten Kapitel, sogar Scriewer das Wort in einer abgewandelten Form. Nach seinem Eintreffen im Kloster Lugau, in der vermeintlichen Gewißheit, sich auch hier zum Herrn der Situation zu erheben, ruft er aus: ›Wie so was alles in der Welt-, Staaten-, Volks- und privaten Geschichte doch zusammenhängt! Hier zweifle mir noch einer an der Vorsehung!‹ Die Persiflierung der Formel im letzten Fall ist unverkennbar. Auf einen gemeinsamen Nenner sind die zitierten Sätze nicht zu bringen, es sei denn, man verzichtet auf jede rationale Erklärung und deutet sie, wie es geschehen ist, im agnostizistischen, aber wohl kaum im Raabeschen Sinne als Umschreibung ›einer letzthin unfaßbaren, nur dem ahnenden Fühlen zugänglichen Irrationalität‹.

Einen anderen, von Raabes äquivokem Sprachgebrauch deutlich unterschiedenen Sinn hat der Ausdruck in Fontanes ›Stechlin‹, wo ihn die Gräfin Melusine in ihrem ›revolutionären Diskurs‹ mit dem Pastor Lorenzen zur Umschreibung und Deutung des Stechlin-Symbols verwendet. ›Der Zusammenhang der Dinge‹ wird hier verstanden als die Dialektik des Werdens und Vergehens, des Alten und des Neuen. ›Ich respektiere das Gegebene‹, sagt Melusine im neunundzwanzigsten Kapitel des Fontaneschen Altersromans. ›Daneben aber freilich auch das Werdende, denn eben dies Werdende wird über kurz oder lang abermals ein Gegebenes sein. Alles Alte, soweit es Anspruch darauf hat, sollen wir lieben, aber für das Neue sollen wir recht eigentlich leben. Und vor allem sollen wir, wie der Stechlin uns lehrt, den großen Zusammenhang der Dinge nie vergessen.‹ Das Neue aber ist für den alten Fontane im politisch-gesellschaftlichen Bereich identisch mit den ›Zielen und Wegen‹ der revolutionären Arbeiterklasse, von denen er in seinem berühmten Brief an James Morris vom 22. Februar 1896 mit unverkennbarer Zustimmung spricht.

Eine solche Deutung des ›Zusammenhangs der Dinge‹ wäre Wilhelm Raabe fremd und unverständlich gewesen. Eine ›neue, bessere Welt‹ als Verwirklichung seiner demokratischen und humanistischen Ideale unter revolutionär veränderten gesellschaftlichen Verhältnissen war für ihn schlechterdings unvorstellbar. Ihm bedeutete alles ›Neue‹ bloß die Preisgabe altbürgerlicher Denk- und Verhaltensweisen, die Etablierung der Welt des Doktor Eckbert Scriewer. Gewiß verleiht der Rückgriff auf frühbürgerliche Denkweisen und Lebenshaltungen am Vorabend des imperialistischen Zeitalters der Erzählung einige resignative Züge und mancher ihrer Gestalten etwas Anachronistisches, das der Autor durch einen leicht ironischen Unterton in seiner Erzählweise nur partiell aufzuheben vermag. Um so kompromißloser aber hat er in der Scriewer-Figur jenen gefährlichen Typus des deutschen Intellektuellen gezeichnet, der sich den neuen Mächten nicht bloß bedingungslos anpaßt und unterwirft, sondern zum ideologischen Wegbereiter und Repräsentanten des deutschen Imperialismus schlechthin wird.

Raabe hat seinen künstlerischen Auftrag zeitlebens weniger als den eines Anklägers und Richters denn als eines Chronisten seiner Zeit empfunden, der zwar keineswegs unbeteiligt und unbehelligt die Dinge beobachtet, sie aber doch mehr betrachtend deutet als zu ihrer Veränderung aufruft. ›Ich habe nicht immer das Gefühl, als sei es grade meine Pflicht und Schuldigkeit, dem Herrgott seine verpfuschte Welt wieder einzurenken.‹ Mit dieser Anspielung auf das bekannte Hamlet-Wort hat er im hohen Alter seine Chronisten-Rolle noch einmal umschrieben. Gleichwohl ist das Werk Wilhelm Raabes lebendig und fruchtbar, sind sein demokratischer Humanismus, sein nationales Verantwortungsbewußtsein aufgehoben in unserer Zeit, in unserer Welt, wo die Verwirklichung der Humanität nicht mehr Sehnsucht und Hoffnung, sondern Aufgabe und Forderung des Tages ist.

Weimar 1969 *Peter Goldammer*

ANMERKUNGEN

5 *›Horatio‹ sei wieder in Wittenberg:* Zu den zahlreichen Anspielungen auf Shakespeares ›Hamlet‹ vgl. das Nachwort. Hamlet hatte zusammen mit seinem Freund Horatio in Wittenberg studiert.

unsere Hände in Unschuld waschen: Nach dem Neuen Testament, Evangelium des Matthäus, Kap. 27, Vers 24, soll der römische Procurator Pontius Pilatus seine Verantwortung für die Verurteilung Jesu geleugnet haben, indem er sich die Hände wusch und vor den versammelten Juden erklärte: ›Ich bin unschuldig an dem Blut dieses Gerechten, sehet ihr zu!‹

6 *Horvendillus ... Fengo ... Geruthe ... Amleth ... Saxo Grammaticus:* In seinem sechzehnbändigen Werk ›Gesta Danorum‹ (Die Taten der Dänen) erzählt der dänische Geschichtsschreiber Saxo Grammaticus (um 1150 bis um 1220) die Urform der Hamlet-Sage: wie der jütländische Statthalter Horvendillus von seinem Bruder Fengo ermordet wurde, wie Fengo Gerutha, Horvendillus' Witwe, heiratet und wie Amlethus seinen erschlagenen Vater rächt.

7 *Speerschüttler:* scherzhafte Verdeutschung des Namens Shakespeare.

kein außergewöhnlicher Geist ... kein Mädchen: Anspielung auf die Erscheinung des Geistes von Hamlets Vater und auf den Tod Ophelias in Shakespeares Tragödie.

8 *Kimmerien:* bei Homer ein sonnenloses, nebliges Land im hohen Norden.

9 *Optimaten:* hier soviel wie kleinstädtische Honoratioren.

10 *Meister Petz:* In der Fabel ›Der Tanzbär‹ (1746) erzählt Christian Fürchtegott Gellert, wie ein abgerichteter Bär in den Wald entflieht, wo er versucht, andere Bären das Tanzen zu lehren; diese jedoch, da sie sich ungeschickt anstellen, jagen den ›Meister Petz‹ davon. Gellert fügt der Fabel folgende ›Moral‹ hinzu:

›Sei nicht geschickt, man wird dich wenig hassen,
Weil dir dann jeder ähnlich ist;
Doch je geschickter du vor vielen andern bist,
Je mehr nimm dich in acht, dich prahlend sehn zu
lassen.

Wahr ist's, man wird auf kurze Zeit
Von deinen Künsten rühmlich sprechen;
Doch traue nicht, bald folgt der Neid
Und macht aus der Geschicklichkeit
Ein unvergleichliches Verbrechen.‹

Herrn von Nieß ... Hauptmann Theudobach: In Jean Pauls Erzählung ›Dr. Katzenbergers Badereise‹ (1809) macht Theoda, die Tochter Katzenbergers, die Bekanntschaft eines Herrn von Nieß, der sich als vertrauter Freund des von Theoda verehrten Dichters Theudobach ausgibt. Tatsächlich jedoch schreibt Nieß selbst unter dem Namen Theudobach. Als dann in Maulbronn, dem Ziel der Reise, ein Hauptmann Theudobach auftaucht, wird er allgemein für den Dichter gehalten. Theoda entscheidet sich schließlich nicht für Nieß, sondern für den Hauptmann.

11 *Jahrtausende, die von den Pyramiden ... heruntergucken konnten:* Anspielung auf eine angebliche Ansprache Bonapartes an seine Soldaten vor der Schlacht bei den Pyramiden (21. Juli 1798): ›Von diesen Pyramiden schauen vierzig Jahrhunderte auf euch herab.‹

13 *Gift ... in die Ohren geträufelt:* Auf diese Weise war Hamlets Vater von seinem Bruder Claudius ermordet worden.

Polonius ... hinter den Tapeten: Der Oberkämmerer Polonius wird von Hamlet getötet, als er ein Gespräch belauscht, das dieser mit seiner Mutter führt.

Gesellschaft politischer Würmer: nach ›Hamlet‹ IV, 3.

ein ›falscher Ast‹ ... Um ihre wilden Kränze ... aufzuhängen: ›Hamlet‹ IV, 7:

›Es neigt ein Weidenbaum sich übern Bach
Und zeigt im klaren Strom sein graues Laub,
Mit welchem sie phantastisch Kränze wand
Von Hahnfuß, Nesseln, Maßlieb, Kuckucksblumen.
Dort, als sie aufklomm, um ihr Laubgewinde
An den gesenkten Ästen aufzuhängen,

Zerbrach ein falscher Zweig, und nieder fielen
Die rankenden Trophäen und sie selbst
Ins weinende Gewässer.‹

Säkulum: In diesem Begriff, der sowohl Menschengeschlecht wie Zeitalter, Zeitgeist und Zeitmode bedeutet, konzentriert sich für Raabe das Wesen der bürgerlichen Gesellschaft, die er in ihren Grundzügen für unveränderlich hält.

14 *See von Plagen:* ›Hamlet‹ III, 1.

15 *im Grabe Ophelias ...:* ›Hamlet‹ V, 1.

Legende: hier: Bildunterschrift.

›Die Philosophie eines Bewußten‹: offenbar ironische Anspielung auf Eduard von Hartmanns Hauptwerk ›Philosophie des Unbewußten‹ (1869).

›Sie schlagen ... Dänenhunde!‹: ›Hamlet‹ IV, 5.

Dilucidationes philosophicae ...: lat., philosophische Erörterungen über Gott, die menschliche Seele, die Welt und die allgemeinen Zustände der Dinge. Titel eines Werkes von Georg Bernhard Bilfinger (1693–1750), das eine umständliche Darstellung der Leibniz-Wolfschen Metaphysik zum Inhalt hat.

17 *da Kürze des Witzes Seele ist:* ›Hamlet‹ II, 2.

Polonius: bei Shakespeare Vater der Ophelia (wie Laura oben genannt wurde).

18 *blonder Eckbert:* nach Ludwig Tiecks Märchennovelle (1796).

Für einen Mann ... Rippenstoß bekam: Vgl. die Charakteristik, die Hamlet (III, 2) von Horatio gibt:

›Ein Mann, der Stöß' und Gaben vom Geschick
Mit gleichem Dank genommen; und gesegnet,
Wes Blut und Urteil sich so gut vermischt,
Daß er zur Pfeife nicht Fortunen dient,
Den Ton zu spielen, den ihr Finger greift.‹

Tülljerien: Tuilerien: Palast in Paris; Residenz der französischen Herrscher im 19. Jahrhundert.

Elefantenorden: höchster dänischer Orden.

19 *das Chaos:* ironische Anspielung auf die Schöpfungsgeschichte im Alten Testament, 1. Buch Moses, Kap. 1, Vers 7: ›Da machte Gott die Feste und schied das Wasser unter der Feste von dem Wasser über der Feste.‹

Krinolinen: Unter dieser Bezeichnung kamen in der

zweiten Hälfte des 19. Jahrhunderts die Reifröcke wieder in Mode.

Übergang über die Beresina: Auf ihrem Rückzug aus Rußland erlitt die Napoleonische Armee an der Beresina (26.–28. November 1812) ihre vernichtende Niederlage.

durch das ... Rote ... Meer: Anspielung auf den Zug der Israeliten durch das Rote Meer (2. Buch Moses, Kap. 14, Vers 21–29).

20 *Triasidee von fünfundsechzig:* Zur Zeit des Deutschen Bundes (1815–1866) verstand man unter Trias die Dreiteilung des Bundesgebietes in die Großmächte Österreich und Preußen sowie die Klein- und Mittelstaaten. Vor allem die kleinbürgerlichen Demokraten, die sich in der Demokratischen Volkspartei eine (freilich lockere) Organisation geschaffen hatten, erhofften von dem ›dritten Deutschland‹ ein Gegengewicht gegen die Hegemonie der reaktionären Großmächte. Am 18. September 1865 wurden ihre Forderungen auf einer Tagung in Darmstadt formuliert. Der Sieg Preußens über Österreich bei Königgrätz (3. Juli 1866) machte diesen Hoffnungen ein Ende.

Gervinus, Georg Gottfried (1805–1871): liberaler deutscher Historiker und Politiker; 1835 Professor in Göttingen, 1837 als einer der ›Göttinger Sieben‹ abgesetzt und des Landes verwiesen; seit 1844 Professor in Heidelberg; 1848 Abgeordneter der Frankfurter Nationalversammlung. Er propagierte einen gemäßigt liberalen kleindeutschen Konstitutionalismus und war ein erbitterter Gegner von Bismarcks preußischer Annexionspolitik.

21 *Hippokrates von Kos:* der berühmteste Arzt des Altertums und Begründer der wissenschaftlichen Medizin (um 460 bis um 370 v. u. Z.).

Galenos: aus Pergamon stammender medizinischer Schriftsteller (um 130–200); hauptsächlich als kaiserlicher Leibarzt in Rom tätig.

Der Graf von Monte Christo: Der zwölfbändige Roman von Alexandre Dumas père (1802–1870) erschien zuerst 1844–1845 und fand sogleich weite Verbreitung.

nom de guerre: frz., angenommener Name, Pseudonym;

eigtl.: Kriegsname, d.h. Name, den jemand beim Eintritt in die Armee annahm oder erhielt.

22 *unter den Palmen ... ungestraft:* Anspielung auf ein Wort aus Goethes ›Wahlverwandtschaften‹ (2. Teil, 7. Kapitel): ›Es wandelt niemand ungestraft unter Palmen.‹

23 *Verhältnisse am dänischen Hofe ... Norddeutschen Bunde:* 1864 hatte Dänemark Schleswig-Holstein an Preußen und Österreich abtreten müssen; 1866 siegte Preußen über Österreich (vgl. die erste Anm. zu S. 20). Damit löste sich der Deutsche Bund auf; die norddeutschen Länder schlossen sich unter preußischer Führung zum Norddeutschen Bund zusammen. Anfang 1867 wurde Schleswig-Holstein preußische Provinz.

24 *Königin Sophia ... Verkauf von Luxemburg:* Die württembergische Prinzessin Sophie (1818–1877) war seit 1839 mit dem späteren niederländischen König Wilhelm III. (1817–1890; König seit 1849) vermählt, der zugleich Großherzog von Luxemburg war. Luxemburg gehörte zum Deutschen Bund und wurde 1867 von Wilhelm III. an Napoleon III. von Frankreich verkauft.

Mecklenburg-Strelitz: Das Großherzogtum entschloß sich 1866 nur zögernd zum Bündnis mit Preußen, so daß sein Heereskontingent im preußisch-österreichischen Krieg nicht mehr zum Einsatz kam.

Göttinger Sieben: die sieben Göttinger Professoren, die 1837 gegen die Wiedereinführung der reaktionären Verfassung von 1819 durch König Ernst August von Hannover protestiert hatten und deshalb ihrer Ämter enthoben und des Landes verwiesen wurden. Unter ihnen befanden sich Georg Gottfried Gervinus (vgl. die zweite Anm. zu S. 20) sowie die Brüder Jakob und Wilhelm Grimm.

Desdemonen: nach Desdemona, der Frau Othellos in Shakespeares Tragödie.

Bei: hier: Fürst von Tunis.

Elissa ... Aeneas: Nach Vergils ›Aeneis‹ verläßt Aeneas auf Geheiß seiner Mutter Aphrodite (Venus) das brennende Troja und fährt über das Meer, um eine neue Heimat zu suchen. Nach vielen Irrfahrten gelangt er zu Dido (Elissa), der Gründerin von Karthago, die ihm leidenschaftlich zugetan ist. Auf Verlangen der Götter verläßt Aeneas die Geliebte, Dido nimmt sich das Leben.

Sidi bu Said und Duar el Schat: Dörfer in der Nähe der Stadt Tunis.

alten Stadt ... Junonia: Karthago wurde 146 v. u. Z. von den Römern zerstört. Unter Kaiser Augustus wurde die Stadt mit dem Namen Junonia neu gegründet.

Mylitta: griechischer Name für Ischtar, die babylonische Göttin der sinnlichen Liebe.

Melitta: Wassernymphe; Geliebte des Herakles.

27 *apologisches Sprichwort:* lehrreiches Sprichwort mit moralischer Tendenz.

Walhalla: im Auftrag Ludwigs I. von Bayern 1830 bis 1841 in der Nähe von Regensburg errichteter großer Marmorbau, in dem die Büsten berühmter Deutscher aufgestellt sind.

28 *Besen:* in der Studentensprache soviel wie Mädchen (eigtl. eine den Besen führende Magd).

Pennal: junger, unerfahrener Student.

31 *allgemeine Metzelei:* Anspielung auf den Schluß der ›Hamlet‹-Tragödie.

33 *A priori ... a posteriori:* Nach Aristoteles bedeutet a priori eine Erkenntnis aus den realen Ursachen, a posteriori eine Erkenntnis aus den Wirkungen. In der Kantischen Philosophie heißt a priori: unabhängig von aller Erfahrung, und a posteriori: aus der Erfahrung stammend.

Edukationsrat: Erziehungs-, Schulrat.

Dammerde: Ackerkrume.

Sobriquet: frz., Spitzname.

Fortunens Griff zur Pfeife gedient: Vgl. die zweite Anm. zu S. 18.

34 *Amanuensis:* Gehilfe, Famulus.

ein treuer Diener seines Herrn: Titel einer Tragödie (1828) von Franz Grillparzer.

39 *Braut von Korinth:* Vgl. Goethes Ballade ›Die Braut von Korinth‹.

Die alte Welt nach Mercator: Der flämische Geograph Gerhard Mercator (eigtl. Kremer, 1512–1594) hat zuerst 1569 in einer großen Weltkarte das nach ihm benannte Projektionssystem angewandt (winkeltreue) Zylinderprojektion der gekrümmten Erdoberfläche auf eine Ebene und Verwendung des Gradnetzes). Die ›Welt nach Mercator‹ erscheint folglich in verzerrter Form.

›Kalokagathia‹: nach dem griechischen Wort kalokagathós: der schöne und gute, d. h. körperlich und geistig gleichermaßen gebildete Mensch, das Erziehungsideal der antiken Philosophen.

41 *Wölbt sich nicht der Himmel ...:* Anklang an das Religionsgespräch in Goethes ›Faust‹ (Erster Teil, Vers 3442).

43 *Gott des Schweigens:* Der ägyptische Himmels- oder Sonnengott Horus wurde häufig mit dem Finger am (oder im) Munde dargestellt und deshalb von den Griechen irrtümlich als Gott des Schweigens gedeutet.

44 *der Menschheit Würde:* nach Schillers Gedicht ›Die Künstler‹.

aus den Fugen ... wiedereinzurenken: nach Shakespeares ›Hamlet‹ I,5:

›Die Zeit ist aus den Fugen: Schmach und Gram,
Daß ich zur Welt, sie einzurichten, kam!‹

47 *Zenit:* hier: Spitzname des Mathematiklehrers.

Möros ... Dolch ... Damon: Anspielung auf den Anfang von Schillers Ballade ›Die Bürgschaft‹: ›Zu Dionys, dem Tyrannen, schlich / Möros, den Dolch im Gewande ...‹ In dem Manuskript einer geplanten Gesamtausgabe der Schillerschen Gedichte steht statt Möros der Name Damon. Verschiedene Ausgaben haben später diese Lesart übernommen.

moros: verdrießlich, mürrisch.

Esto mihi ...: lat., Herr ... sei mir ... eine Burg, daß du mir helfest (Luthers Übersetzung).

Vulgata: lateinische Bibelübersetzung des Hieronymus (um 340 bis 420), die seit 1546 in der katholischen Kirche als authentischer Text gilt.

48 *Haupthahn:* in der Studentensprache: besonders kecker Bursche.

adamitisch: nackt (wie Adam, der erste Mensch nach biblischer Vorstellung, im Paradies).

Doktor Schopenhauers Aufsatz: Arthur Schopenhauer hat in seinem Aufsatz ›Über die Universitätsphilosophie‹

(›Parerga und Paralipomena‹, 1851) heftig gegen die ›Kathederphilosophie‹ polemisiert.

49 *der Intellekt bloß von der Mutter und das Gemüt bloß vom Vater:* Nach Schopenhauer (›Die Welt als Wille und Vorstellung‹, Ergänzungen zum vierten Buch, Kapitel 43: ›Erblichkeit der Eigenschaften‹, 1844) erbt ›der Mensch sein Moralisches, seinen Charakter, seine Neigungen, sein Herz vom Vater ..., hingegen den Grad, die Beschaffenheit und Richtung seiner Intelligenz von der Mutter‹.

51 *als reinen Toren:* Als ›reiner Tor‹ wird in Richard Wagners Bühnenweihfestspiel ›Parsifal‹ (1882) der Held bezeichnet (nach der falschen Schreibung und Ableitung des Namens Parzival).

52 *dieser junge gestiefelte Edelkater:* Anspielung auf Ludwig Tiecks satirische Komödie ›Der gestiefelte Kater‹ (1797), der das gleichnamige Märchen aus Charles Perraults Sammlung ›Contes de ma mère l'Oye‹ (1697) zugrunde liegt.

53 *Der Herr läßt Gras wachsen auf den hohen Bergen:* nach dem 147. Psalm, Vers 8.

und wenn die Sonne ...: Anklang an Ludwig Uhlands Gedicht ›Des Knaben Berglied‹ (erste Strophe):

›Ich bin vom Berg der Hirtenknab,
Seh auf die Schlösser all herab;
Die Sonne strahlt am ersten hier,
Am längsten weilet sie bei mir;
Ich bin der Knab vom Berge.‹

studieren ... kurzgeschoren in Zürich: Als erste Universität hatte die Zürcher seit 1867 weibliche Studenten immatrikuliert; auf deutschen Universitäten dagegen waren bis zum Ende des 19. Jahrhunderts nur vereinzelt Frauen zum Studium zugelassen worden. Die Legende von dem betont maskulinen Habitus der Zürcher Studentinnen wird von Ricarda Huch widerlegt, die von 1888 bis 1891 in Zürich studierte; in ihren Jugenderinnerungen ›Frühling in der Schweiz‹ (1938) heißt es: ›Ich hatte mir, bevor der Gedanke an das Studium auftauchte, die Haare abschneiden lassen, weil ... sie mir ... unbequem waren. Zu Beginn der Studienzeit ließ ich sie wieder wachsen, weil es unter uns Studentinnen Grundsatz war, uns in keiner Weise von anderen jungen Mädchen zu unterscheiden. Damals galt es bei vielen noch für unweiblich, zu studieren; es sollte deshalb jede als männlich zu deutende Note in der äußeren Erscheinung und im Auftreten vermieden werden.‹

54 *Literarisches Zentralblatt:* ›Literarisches Zentralblatt für Deutschland‹: 1850 in Leipzig gegründete Wochenschrift mit Rezensionen wissenschaftlicher Literatur.

55 *Nigritier:* Neger.

56 *Heinrich der Vierte ... Maria von Medici:* Heinrich IV. (1553–1610; König von Frankreich seit 1589) war seit 1600 in zweiter Ehe mit der herrschsüchtigen Maria von Medici (1573–1642) verheiratet, deren Ratgeber der spanische Gesandte war.

Les amours pastorales ...: französische Ausgabe des amourösen Hirtenromans ›Daphnis und Chloe‹ von Longos (3. Jahrhundert), übersetzt von Jacques Amyot (1513–1593), mit Kupferstichen von Gérard Vidal (1742–1801).

Museum: hier: Studierzimmer.

wie eine Erlkönigin: Anspielung auf Goethes Ballade ›Erlkönig‹.

57 *Tante Adele in Immelborn ... Wunsiedel:* Hinweis auf Raabes Roman ›Gutmanns Reisen‹ (vgl. das Nachwort).

Götterdämmerung: letzter Teil (1876) des Bühnenfestspiels ›Der Ring des Nibelungen‹ von Richard Wagner. Der Titel wurde zum geflügelten Wort.

festgegründete Throne ... zusammenbrechen: Nach dem preußisch-österreichischen Krieg wurde u.a. das Königreich Hannover von Preußen annektiert. Vgl. auch die sechste Anm. zu S. 210.

depossediert: abgesetzt, entthront.

Golddenar ... Kaiser Vespasianus: Der römische Kaiser Vespasian (69–79) erhob für den Verkauf des Urins aus den Bedürfnisanstalten an die Tuchmacher eine zusätzliche Steuer; als ihm sein Sohn Titus deshalb Vorhaltungen machte, hielt er ihm ein Geldstück aus dem ersten Ertrag der Steuer unter die Nase mit der Bemerkung ›non olet‹ (es stinkt nicht). Denarius hieß eine römische Silbermünze; in der Kaiserzeit wurde auch ein Goldstück so genannt (denarius aureus).

Quiritennase: Als Quiriten bezeichnete man die Gesamtheit der römischen Bürger.

58 *Mutter Blume:* Gestalt aus ›Gutmanns Reisen‹.

59 *Mandatarin:* Sachwalterin.

vi, clam aut precario: lat., gewaltsam, heimlich oder durch Bitten. Formel aus dem römischen Recht.

›Kepplershöhe‹: Der Name des ›turmartigen Häuschens‹ deutet auf den Astronomen Johannes Kepler (1571–1630), der einem schwäbischen Adelsgeschlecht entstammte.

Übermaß der Sterne: Zitat aus Goethes Gedicht ›Schwebender Genius über der Erdkugel‹.

›Wallenstein‹: Anspielung auf Wallensteins astrologischen Aberglauben.

60 *Lektionskatalog:* Vorlesungsverzeichnis.

Helmholtz: Der Physiologe und Physiker Hermann Ludwig Ferdinand von Helmholtz (1821–1894) hatte 1863 seine ›Lehre von den Tonempfindungen‹ veröffentlicht.

61 *Scala Santa:* ital., Heilige Treppe (an der Lateranskapelle vor der päpstlichen Residenz). Nach einer christlichen Legende soll die Treppe aus dem Palast des Pontius Pilatus in Jerusalem stammen, so daß Jesus sie bei seinem Verhör vor dem römischen Procurator betreten hätte (vgl. die zweite Anm. zu S. 5).

62 *Purpurgeborener:* Bezeichnung für die Nachkommen der byzantinischen Kaiser.

Grazioso: ital., angenehmer, liebenswürdiger Mensch. In der spanischen Komödie ist der gracioso die lustige (oft verschlagene) Person.

63 *Reich der letzten Telegramme:* Gemeint ist die politische Gegenwart mit ihren telegraphisch übermittelten neuesten Nachrichten.

à faire beau: frz., schön zu machen, Männchen zu machen (wie ein Hund).

64 *Pour le mérite:* preußischer Militär- und Zivilverdienstorden (›für das Verdienst‹).

65 *Gebt mir den Mann ...:* ›Hamlet‹ III, 2.

69 *der Rest Schweigen:* ›Hamlet‹ V, 2.

70 *Seelenbafel:* Bafel: Geschwätz.

71 *Heroen-Leben ... Plutarch:* Der griechische Schriftsteller Plutarch (um 46–120) verfaßte ›Parallele Le-

bensbeschreibungen‹, in denen er jeweils einen Griechen mit einem Römer zusammenstellte.

72 *Herr von Nieß:* Vgl. die zweite Anm. zu S. 10.

73 *Phorkyas:* In der griechischen Mythologie sind die Phorkyaden, die Töchter des Meergottes Phorkys, Sinnbilder des höchsten Alters. In Goethes ›Faust‹ (Zweiter Teil, 3. Akt) nimmt Mephisto als Phorkyas die Gestalt der Phorkyaden an.

75 *Fuchsschwänzer:* Schmeichler.

76 *Deus ex machina:* lat., Gott aus der (Theater-) Maschine. In der antiken Tragödie wurde bisweilen der Konflikt durch das Eingreifen eines Gottes gelöst, der mit Hilfe einer Schwebevorrichtung auf die Bühne herabgelassen wurde.

78 *Äquinoktialstürme:* Stürme zur Zeit der Frühlings- und Herbst-Tagundnachtgleiche (März und September).

ab intestato: lat., ohne Testament.

79 *Diespiter:* altlateinische Form für Jupiter.

›Hofprestidigitateur‹: Prestidigitateur, frz., Taschenspieler, Zauberer.

was Lessing dazu gesagt hatte: Die Anspielung ließ sich nicht ermitteln.

80 *smaragden oder wie Blut:* Anklang an Goethes Gedicht ›Frühling übers Jahr‹: ›Smaragden keimt es / Und keimt wie Blut.‹

81 *hier können Familien Kaffee kochen:* Hinweis an Ausflugslokalen in der Umgebung Berlins, der zum geflügelten Wort wurde.

83 *Kaufmann oder Krämer:* Vgl. die zweite Anm. zu S. 39.

90 *das Dauernde im Wechsel:* Anklang an Goethes Gedicht ›Dauer im Wechsel‹.

91 *Uhlands Grab ... Bürgers und Höltys:* Uhland ist in Tübingen, Bürger in Göttingen, Hölty in Hannover beerdigt.

die Ritterharfe vom Staufen: Anspielung auf den Anfang von Uhlands Ballade ›Graf Eberhard der Rauschebart‹:

›Ist denn im Schwabenlande verschollen aller Sang,
Wo einst so hell vom Staufen die Ritterharfe klang?‹

Schwabenspiegel: deutsches Rechtsbuch aus dem 13. Jahrhundert.

Corpus iuris: das Gesetzbuch, in dem der oströmische

Kaiser Justinian (527–565) das gesamte römische Recht zusammenfassen ließ.

Kapitularien: die Satzungen der fränkischen Könige aus der karolingischen Zeit.

Kaiserrecht: das Recht der mittelalterlichen römisch-deutschen Kaiser; auch Bezeichnung für den Schwabenspiegel.

Laßberg, Joseph Freiherr von (1770–1855): Germanist; Sammler, Erforscher und Herausgeber altdeutscher Literatur. Er besaß die beiden ältesten Handschriften des Schwabenspiegels und besorgte 1840 eine Ausgabe des Sachsenspiegels.

Wackernagel, Wilhelm (1806–1869): Germanist; er gab ebenfalls 1840 den Sachsenspiegel heraus.

Gengler, Heinrich Gottfried Philipp (1817–1901): Rechtshistoriker; Verfasser der Schriften ›Des Schwabenspiegels Landrechtbuch‹ (1851) und ›Germanische Rechtsdenkmäler‹ (1875).

Sachsenspiegel: das älteste deutsche Rechtsbuch, entstanden zwischen 1198 und 1235, das zur wichtigsten Quelle des Schwabenspiegels wurde; sein Verfasser ist Eike von Repkow.

Homeyers kritische Ausgabe: Der Jurist und Germanist Carl Gustav Homeyer (1795–1874) veranstaltete 1827 eine Ausgabe des Sachsenspiegels und veröffentlichte 1853 die Schrift ›Die Stellung des Sachsenspiegels zum Schwabenspiegel‹.

92 *Züricher Doktor:* Vgl. die dritte Anm. zu S. 53.

Julian Schmidt: Literaturhistoriker und -kritiker (1818 bis 1886). In seiner ›Geschichte der deutschen Literatur seit Lessings Tod‹ (vierte, durchweg umgearbeitete und vermehrte Auflage, 2. Band, Leipzig 1858, S. 301) stellte er die Behauptung auf: ›Die Tonart der schwäbischen Schule hat sich über alle Provinzen unsers Vaterlands verbreitet und ist die Grundmelodie unsrer Gemütlichkeit geworden ... Allein der provinzielle Typus hat sich in Schwaben nicht bloß auf die Lyriker erstreckt. Nicht bloß bei Hauffs Novellen, nicht bloß bei Auerbachs Dorfgeschichten, nicht bloß bei Wolfgang Menzels verzerrter Deutschtümelei erkennt man Anklänge an den Schwabenspiegel heraus, sondern selbst in den Werken so ganz verschieden angelegter Naturen wie Strauß oder Vischer.‹ Dagegen polemisierte Ferdinand Lassalle in seiner Streitschrift ›Herr Julian Schmidt der Literarhistoriker‹ (1862), wo es heißt: ›Herr Schmidt! Wenn Sie nur ein einziges Mal, ehe Sie Ihre Literaturgeschichte schrieben, in den ‚Schwabenspiegel' geblickt hätten, es hätte die wohltätigsten Folgen haben können! Sie hätten da den Rechtsgrundsatz gefunden (Kap. CLIV): ‚Ein jeglich man sol den schaden gelten, der von ihm geschiht', und das hätte Sie wohl bedenklich machen können, eine Literaturgeschichte zu schreiben!‹

93 *Cimelium:* lat., Kostbarkeit (einer Bibliothek).
Lied von der alten Burschenherrlichkeit: verbreitetes Studentenlied (1825).
Meister Ludwig: Uhland.
Mußpreuße: Bezeichnung für die Bewohner der nach 1866 von Preußen annektierten Gebiete, besonders für die Hannoveraner.
Chäronea: Bei Chaironeia in Böotien siegte 338 v.u.Z. Philipp von Makedonien über die Thebaner und Athener. Damit wurde die Einheit Griechenlands auf Kosten der Freiheit der nord- und mittelgriechischen Staaten begründet. Raabe spielt hier auf den Sieg Preußens über Österreich im Jahre 1866 und die bevorstehende Reichsgründung unter preußischer Hegemonie an.
Schwitzgäbele: schwäbischer Familienname.
94 *›Und leis, wie aus himmlischen Höhen ...‹:* Schlußstrophe aus Schillers Gedicht ›Die Erwartung‹.
96 *schwarzweißen:* Anspielung auf die preußischen Farben.
Cäcilienkloster ... Spiegelberg und Grimm: Vgl. Schiller, ›Die Räuber‹ II, 3.
Spiegel-Schwab: Anspielung auf Ludwig Bechsteins ›Märchen von den sieben Schwaben‹.
Alma mater: lat., nährende Mutter; traditionelle Bezeichnung für Universität.
Kanzleiverwandter: Kanzleibeamter.
97 *den lieben Leuten dort kann ... ausgeholfe werde:* ironische Anspielung auf den Schluß von Schillers ›Räubern‹: ›Dem Mann kann geholfen werden.‹
Wende, Wilze, Obotrite: slawische Völker, die durch Eroberungskriege dem mittelalterlichen Reich einverleibt wurden.

Semnone ... Heruler: germanische Stämme, die vor der Völkerwanderung im Norden Deutschlands ansässig waren.

Borusse: Preuße.

Nervus rerum gerendarum: lat., Nerv der zu vollführenden Dinge; sprichwörtliche Bezeichnung für das Geld, das man zur Ausführung eines Planes (besonders im Kriege) braucht.

99 *beim neunundzwanzigsten Bulletin aus Molodetschno:* In Molodetschno bei Wilna befand sich Ende 1812 das Hauptquartier der französischen Armee; von dort sind mehrere Bulletins über die militärische Lage datiert. Im 29. Bulletin wurde die Vernichtung der Napoleonischen Armee bekanntgegeben.

débâcle: frz., Zusammenbruch.

La santé de Sa Majesté ...: frz., Die Gesundheit Seiner Majestät ist niemals besser gewesen.

aus dem Strengen ins Zarte: nach Schillers ›Lied von der Glocke‹:

›Denn wo das Strenge mit dem Zarten,
Wo Starkes sich und Mildes paarten,
Da gibt es einen guten Klang.‹

101 *des ›Ritters‹:* Gemeint ist das Gasthaus ›Zum Ritter‹.

Tumurkie: Anspielung auf Raabes Roman ›Abu Telfan oder Die Heimkehr vom Mondgebirge‹ (1867), in dessen Vorwort es heißt: ›Ich bitte ganz gehorsamst, weder den Ort Abu Telfan noch das Tumurkieland auf der Karte von Afrika zu suchen ...‹

Gelbfüßler: einer der sieben Schwaben in Bechsteins Märchen: ›Der Gelbfüßler ... war aus der Bopfinger Landschaft, deren Einwohner die Umwohner Gehlfießler schimpfen, darum, daß sie einstmals einen Wagen voll Eier, den sie ihrem Herzog als Abgabe bringen müssen, recht voll stampfen wollten und die Eier mit den Füßen festgetreten, davon denn die Eier etwas weniges zerbrochen und die Füße der Bopfinger gegilbt hätten.‹

schwarzrot: die württembergischen Landesfarben.

102 *das ... himmlische Reich:* China. Die chinesischen Kaiser nannten sich ›Söhne des Himmels‹.

103 *›toter Leichnam‹ ... ›ganz in Stahl‹:* So erscheint der Geist von Hamlets Vater in Shakespeares Tragödie (I, 4).

Fragen an das Gespenst: Vgl. ›Hamlet‹ I, 1.
104 *ein Unikum:* eine einmalige Erscheinung.
105 *Widerstand der ... stumpfen ... Welt:* nach Goethes ›Epilog zu Schillers Glocke‹.
107 *Mainz, Hildesheim ... Halberstadt:* alte Bischofsstädte.
Ludolfinger ... Welfen: deutsche Fürstenhäuser.
108 *Walküren:* Schlachtjungfrauen der nordischen Mythologie, die die Schlachten lenken und die gefallenen Helden nach Walhalla geleiten.
dynastisches Recht: Gemeint ist das ius primae noctis (Recht der ersten Nacht), das viele Feudalherren beanspruchten, wenn ein Mädchen heiratete.
111 *Charon:* in der griechischen Mythologie der Fährmann, der die Seelen der Toten über den Acheron in die Unterwelt fuhr und der dafür eine kleine Münze (Obolos) als Charonsgroschen erhielt.
114 *die neun gesunden Kräuter zum Gründonnerstag:* alte Volkssitte; vgl. Georg Rollenhagens komisches Tierepos ›Froschmeuseler‹ (1595), 1. Buch, 2. Teil, Anfang des 8. Kapitels.
Tag des heiligen Ritters Martinus: Martinstag (11. November), genannt nach Martin von Tours (um 316 bis um 400). Auf das Martinsfest sind verschiedene Bräuche des germanischen Herbstdankfestes übergegangen (Martinsgans, Martinstrunk u. a.).
Luisen- oder Schwanenorden: Luisenorden: von Friedrich Wilhelm III. von Preußen 1814 zur Erinnerung an seine Gemahlin, die Königin Luise (1776–1810), gestifteter Orden, der seit 1850 auch an Frauen für die Pflege Verwundeter verliehen wurde. Schwanenorden: 1440 gestifteter brandenburgischer Orden, der 1843 von Friedrich Wilhelm IV. ›zur Linderung physischen und moralischen Elends‹ erneuert wurde.
Großkreuz: höchste Klasse eines Ritterordens.
Grand Cordon: frz., Großes Band; auch Cordon bleu (blaues Band) genannt: Orden vom Heiligen Geist, 1578 von Heinrich III. von Frankreich gestiftet. Er wurde an einem breiten blauen Band getragen. Cordon bleu ist auch die scherzhafte Bezeichnung für gute Köchinnen (nach einer Medaille am blauen Band, die für ausgezeichnet bestandene Prüfungen an Köchinnen verliehen wurde).

115 *›Wenn die großen Glocken ...‹:* volkstümlicher Spruch.

116 *Frau Doktorin Luther:* Die Nonne Katharina von Bora (1499–1552) floh unter dem Einfluß von Luthers Schriften im April 1523 mit Hilfe des Torgauer Ratsherrn Leonhard Koppe aus dem Kloster Nimbschen bei Grimma; sie ging nach Wittenberg, wo sie sich am 13. Juni 1525 mit Martin Luther verheiratete.

117 *›Die linden Lüfte ...‹:* Ludwig Uhlands Gedicht ›Frühlingsglaube‹.

119 *Zeichen und Wunder:* nach dem Alten Testament, 2. Buch Moses, Kap. 7, Vers 3.

120 *uns Armen im Geiste:* nach dem Neuen Testament, Evangelium des Matthäus, Kap. 5, Vers 3: ›Selig sind, die da geistlich arm sind; denn das Himmelreich ist ihr‹.

fideles Gefängnis: geflügeltes Wort nach der Operette ›Die Fledermaus‹ (1874) von Johann Strauß.

123 *›Die Fenster auf ...‹:* Travestie des Anfangs von Wilhelm Müllers (1794–1827) Gedicht ›Die Fenster auf, die Herzen auf‹.

124 *Augiasstall:* Zu den Taten des Herakles zählte die Säuberung eines völlig verschmutzten Stalles, der dem König Augias gehörte.

125 *die Schwaben räuchert man nicht so bald aus:* Wortspiel, das darauf beruht, daß in manchen Gegenden die Küchenschaben Schwaben genannt werden.

suchet, so werdet ihr vielleicht finden!: nach dem Evangelium des Matthäus, Kap. 7, Vers 7: ›Suchet, so werdet ihr finden‹.

Nutrimentum spiritus: lat., Nahrung des Geistes.

Inschrift an der früheren Königlichen Bibliothek in Berlin.

pentelischer Marmor: besonders weißer Marmor vom Pentelikon, einem Gebirgszug nordöstlich von Athen.

Phidias, Polyklet und Praxiteles: die drei bedeutendsten Bildhauer des griechischen Altertums. Zahlreiche ihrer Statuen wurden vernichtet, da man sie zum Brennen von Marmorkalk verwendete.

Blaubeuren: Stadt in der Rauhen Alb mit einem berühmten, im 11. Jahrhundert gestifteten Kloster.

Waltharilied: um 930 entstandenes Heldenepos in lateinischen Hexametern.

der selige Uhland: Ludwig Uhland hatte sich 1850 nach

Tübingen zurückgezogen, wo er sich bis zu seinem Tode (1863) mit wissenschaftlichen Arbeiten zur altdeutschen Dichtung beschäftigte.

128 *Freiherr von Münchhausen:* nach einer Episode in Gottfried August Bürgers Erzählung ›Wunderbare Reisen des Freiherrn von Münchhausen ...‹ (1786).

Überfall bei Kitzen: Bei Kitzen in der Nähe von Merseburg wurde am 17. Juni 1813 das Lützowsche Freikorps auf Befehl Napoleons überfallen und zum größten Teil aufgerieben.

Tauberbischofsheim: Stadt südlich von Würzburg, wo am 24. Juli 1866 eine preußische Brigade über eine württembergische Division siegte.

Neoborussen: Neupreußen; vgl. die vierte Anm. zu S. 93.

129 *An diesem Tage lasen wir nicht weiter:* quel giorno, piu non vi leggemmo avante: Dante, ›Göttliche Komödie‹ (›Inferno‹, 5. Gesang).

134 *Hirsau:* Dorf im Schwarzwald, berühmt wegen der Ruinen eines ehemaligen Benediktinerklosters.

›In einem Klostergarten ...‹: nach Ludwig Uhlands Gedicht ›Die Nonne‹:

›Im stillen Klostergarten
Eine bleiche Jungfrau ging,
Der Mond beschien sie trübe,
An ihrer Wimper hing
Die Träne zarter Liebe.‹

136 *Buch der Genesis:* das erste Buch Moses im Alten Testament, das von der Entstehung der Welt und der Menschen handelt. Vgl. dort Kap. 10, Vers 1.

141 *Halt den Knopf auf dem Beutel:* nach Shakespeares ›Othello‹ (I, 3): ›Tu nur Geld genug in deinen Beutel!‹

142 *Krämers Rechnung:* abermals Anspielung auf Mercator; vgl. die zweite Anm. zu S. 39.

143 *Ulmer Maserkopf:* Ulm war berühmt für seine Pfeifenkopfindustrie.

144 *Und leis, wie aus himmlischen Höhen:* Vgl. die Anm. zu S. 94.

Speculum saxonicum et suevicum: lat., Sachsen- und Schwabenspiegel.

Zobel, Christoph (1499–1560): Jurist; er übersetzte den Sachsenspiegel in die Meißner Mundart und ins Lateinische.

Weiske, Julius (1801–1877): Jurist; er besorgte 1840 eine Ausgabe des Sachsenspiegels.

Laßberg, Wackernagel: Vgl. die siebente und achte Anm. zu S. 91.

Laband, Paul (1838–1918): Jurist und Germanist; er verfaßte u.a. ›Beiträge zur Kunde des Schwabenspiegels‹ (1861).

145 *Helikon:* Gebirge in Böotien, das bei den Griechen als Sitz der Musen galt.

Opodeldok: altes Volksheilmittel gegen rheumatische Schmerzen.

der Regen regnete jeglichen Tag: Zitat aus Shakespeares Komödie ›Was ihr wollt‹ (Schluß des 5. Aufzugs).

146 *zu einem der älteren deutschen Dichter:* Ludwig Uhland; vgl. das Gedicht ›Frühlingsglaube‹.

147 *des Reiches Sturmfahne:* Vgl. im Nachwort S. 235f.

148 *›Wer bekümmert sich …‹:* Volkslied aus Nassau.

149 *Die Welt ward schlimmer mit jedem Tag:* parodistische Anspielung auf die zweite Strophe von Uhlands Gedicht ›Frühlingsglaube‹. Vgl. S. 146.

150 *Mantel der christlichen Liebe:* sprichwörtliche Redewendung nach einer Legende um den heiligen Martin von Tours (vgl. die zweite Anm. zu S. 114), der am Tor von Amiens einem Armen die Hälfte seines Mantels gegeben haben soll.

Sodom: Anspielung auf die biblische Schilderung vom Untergang der Städte Sodom und Gomorrha als göttlicher Strafe für den lasterhaften Lebenswandel ihrer Bewohner. Lediglich Lot entrann mit seinen beiden Töchtern, während seine Frau, die sich auf der Flucht entgegen dem göttlichen Verbot umgesehen hatte, zur Salzsäule erstarrte (1. Buch Moses, Kap. 19).

Brachmonat: Juni.

151 *in dulci jubilo:* lat., hier: in Saus und Braus.

157 *Krinoline:* Vgl. die zweite Anm. zu S. 19.

venit ad occasus …: lat., nach Westen und bis ans Ende der Welt gelangte Sesostris. Zitat aus dem Epos ›De belli civili‹ (Der Bürgerkrieg), X, 276, von Marcus Annaeus Lucanus (39–65). Sesostris ist der Name eines sagenhaften ägyptischen Königs.

die Pharsalische Schlacht: Bei Pharsalos in Thessalien errang am 9. August 48 v.u.Z. Caesar den entscheidenden Sieg über Pompeius. Die Schilderung der Schlacht bildet das Kernstück in Lucanus' Epos, das deshalb auch unter dem Namen ›Pharsalia‹ bekannt ist.

158 *Oudendorp,* Franz van (1696–1761): niederländischer Philologe und Historiker; er gab 1728 in Leiden eine umfassend kommentierte Lucanus-Ausgabe heraus.

mit Ihren sechsen am Spieß: Anspielung auf das Märchen von den sieben Schwaben.

159 *Courschleppe:* Hofschleppe; prunkvolle lange Schleppe, die von einem Pagen getragen wurde.

161 *leicht auf dem Thron ...:* Shakespeare, ›Romeo und Julia‹ V, 1. Die Worte, die Romeo in Mantua spricht, kurz bevor sein Diener Balthasar aus Verona kommt, um ihm die Nachricht vom Tode Julias zu bringen, lauten im Zusammenhang:

›Darf ich dem Schmeichelblick des Schlafes traun,
So deuten meine Träum' ein nahes Glück.
Leicht auf dem Thron sitzt meiner Brust Gebieter;
Mich hebt ein ungewohnter Geist mit frohen
Gedanken diesen ganzen Tag empor.
Mein Mädchen, träumt ich, kam und fand mich tot
(Seltsamer Traum, der Tote denken läßt!)
Und hauchte mir solch Leben ein mit Küssen,
Daß ich vom Tod erstand und Kaiser war.
Ach Herz! wie süß ist Liebe selbst begabt,
Da schon so reich an Freud' ihr Schatten ist!‹

162 *›Die güldne Sonne ...‹:* Anfang des Liedes ›Morgensegen‹ von Paul Gerhardt (1607–1676). Im folgenden werden aus demselben Gedicht die zweite, die sechste und die zwölfte Strophe zitiert.

164 *einen starken, sicheren Mann:* vielleicht Anspielung auf Eduard Mörikes ›Märchen vom sichern Mann‹.

Doktor beider Rechte: Doktor des geistlichen (kanonischen) und des weltlichen Rechts.

Venus Urania: römische Göttin der himmlischen (edlen) Liebe.

Horen: antike (untergeordnete) Göttinnen der drei günstigen Jahreszeiten.

166 *Vogel Rock:* in den arabischen Märchen ein Vogel von riesiger Größe und Stärke, der Menschen und Tiere durch die Luft trägt.

die Tauberbischofsheimer Verwundeten: Vgl. die dritte Anm. zu S. 128.

Gerhard Tersteegen: pietistisch-mystischer Schriftsteller und Prediger (1697–1769); Verfasser geistlicher Lieder.

Canitz, Friedrich Rudolf Ludwig Freiherr von (1654 bis 1699): Schriftsteller und Diplomat; er schrieb außer Satiren, Oden, Elegien und Idyllen auch geistliche Lieder.

Johannes Rist oder Johann Rist (1607–1667): Theologe und Schriftsteller; Verfasser zahlreicher weltlicher und geistlicher Gedichte.

167 *Paris ... Ems:* Im Februar 1870 trug die spanische Regierung dem Erbprinzen Leopold von Hohenzollern-Sigmaringen die spanische Krone an, und zwar im Einvernehmen mit Bismarck, der auf diese Weise Frankreich zum Krieg provozieren wollte. Im Sommer des Jahres verlangte der französische Botschafter Benedetti im Namen Napoleons III. (Louis Napoléons) und der französischen Regierung von dem preußischen König Wilhelm I. den endgültigen Verzicht der Hohenzollern auf den spanischen Thron. Ein Telegramm, das über die Verhandlungen in Bad Ems berichtete, ließ Bismarck in veränderter Form am 13. Juli in der ›Norddeutschen Allgemeinen Zeitung‹ als ›Emser Depesche‹ veröffentlichen. Damit war der äußere Anlaß zum Ausbruch des Deutsch-Französischen Krieges gegeben.

Madrid: Isabella II. (1830–1904) Königin von Spanien seit 1844, mußte nach dem Ausbruch der Revolution im September 1868 das Land verlassen; am 25. Juni 1870 verzichtete sie zugunsten ihres Sohnes Alfons (1857–1885) auf die Krone, der aber erst Anfang 1875 als Alfons XII. die Regentschaft übernehmen konnte. Francisco Serrano y Dominguez (1810–1885) war einer der Führer der spanischen Revolution und 1869/70 Regent von Spanien. Der General Juan Prim (1814 bis 1870) war unter Serranos Regentschaft Kriegsminister und Ministerpräsident. Nachdem er die Wahl des italienischen Prinzen Amadeus zum König von Spanien durchgesetzt hatte, wurde er am 28. Dezember 1870 ermordet.

168 *Schwab*, Gustav (1792–1850): wie Uhland, Kerner und Mörike ein schwäbischer Dichter.

›Im Walde deucht mir ...‹: Anfang von Mörikes Gedicht ›Waldplage‹.

regnum coelorum: lat., himmlisches Reich.

169 *Inkunabeln:* Wiegendrucke; Bezeichnung für die ersten Drucke und Bücher aus der Zeit von 1445 bis 1500.

170 *›Der Mond ist aufgegangen ...‹:* Anfang des ›Abendliedes‹ von Matthias Claudius.

der ›weiße Nebel wunderbar‹. Stille traulich und hold ...: Zitat und Anklänge aus dem ›Abendlied‹.

171 *News from Verona!:* engl., Neues von Verona! Mit diesen Worten erkundigt sich Romeo bei seinem Diener nach Julia. Vgl. die Anm. zu S. 161.

173 *Kaspar Neumann:* Pfarrer und Kirchenliederdichter (1648–1715); er gab 1703 ein ›Vollkommenes Schlesisches Kirchen-Gesang-Buch‹ heraus, in dem der zitierte Choral enthalten ist.

174 *amplissimi ordinis ...:* lat., der Dekan des hochangesehenen Standes der Philosophen, die hochberühmten Senioren und die sehr zahlreichen Assistenten.

Rector magnificus: lat., Rektor der Universität.

Webstuhl der Zeit: nach Goethes ›Faust‹, Erster Teil, Vers 508.

175 *Lemure:* in der griechisch-römischen Mythologie eine schadenstiftende Seele, die ihre eigenen Kinder tötete und die Kinder anderer Mütter raubte. In der Mehrzahl auch als böse Geister Verstorbener gedacht, die nachts als Gespenster erscheinen; auch allgemein für die Seelen der Toten gebraucht.

176 *Acheron:* Fluß in der Unterwelt.

Gleichnis vom Esel zwischen den zwei Heubündeln: Der französische Philosoph Jean Buridan (um 1300 bis nach 1358) soll, um die ursachlose Willensentscheidung als eine Täuschung nachzuweisen, das Beispiel von dem Esel gebraucht haben, der zwischen zwei Heubündeln verhungert, weil er sich für keins von beiden entscheiden kann.

177 *Freien oder nicht freien ...:* parodistische Abwandlung des bekannten ›Hamlet‹-Zitats (III, 1): ›Sein oder Nichtsein, das ist hier die Frage.‹

Cajus Marcius ... Virgilia: Cajus Marcius Coriolanus

in Shakespeares Tragödie (II, 1) nennt seine Frau Virgilia ›Mein lieblich Schweigen‹.

in cadente domo: lat., im sinkenden Hause; Ausdruck aus der Astrologie. Hier soviel wie: im Niedergang.

Kinderfreundsgutmütigkeit: Nach dem Vorbild der von Christian Felix Weiße (1726–1804) im Jahre 1775 gegründeten pädagogischen Zeitschrift ›Der Kinderfreund‹ gab der Berliner Theologe und Schriftsteller Friedrich Philipp Wilmsen (1770–1831) 1800 seinen ›Brandenburgischen Kinderfreund‹ heraus, ein Lehr- und Lesebuch, das vor allem in Norddeutschland jahrzehntelang benutzt wurde und in späteren Ausgaben unter den Titeln ›Der deutsche Kinderfreund‹ und ›Neuer Brandenburgischer Kinderfreund‹ verbreitet war.

178 *Man höret oft …:* Anfang von Uhlands Ballade ›Die verlorene Kirche‹.

mondbeglänzte Zaubernacht: Losungswort für und gegen die deutsche Romantik, nach den bekannten Versen aus Ludwig Tiecks Lustspiel ›Kaiser Octavianus‹ (1804).

langendes, bangendes Herz: Anklang an Klärchens Lied in Goethes ›Egmont‹ (III): ›Freudvoll / Und leidvoll, / Gedankenvoll sein, Langen / Und bangen / In schwebender Pein …‹

179 *›Filial‹:* hier: Zweigpostamt.

… schlugen die Sträuche zusammen: Anspielung auf Goethes Gedicht ›Harzreise im Winter‹, wo es heißt:

›Aber abseits wer ist's?
Ins Gebüsch verliert sich sein Pfad,
Hinter ihm schlagen
Die Sträuche zusammen,
Das Gras steht wieder auf,
Die Öde verschlingt ihn.‹

180 *C. Cornelii Taciti Jahrbücher …:* ›Annales ab excessu divi Augusti‹: ein Hauptwerk des römischen Geschichtsschreibers Cornelius Tacitus (um 55–120), die (lückenhaft überlieferte) Darstellung der römischen Kaiserzeit von 14–68. Bei dem Zitat handelt es sich um den Anfang eines Schreibens, das der Kaiser Tiberius an den Senat gerichtet hat.

181 *Freiherr Cotta von Cottendorf:* Die 1659 in Tübingen

gegründete J. G. Cottasche Buchhandlung wurde 1787 von Johann Friedrich Cotta (1764–1832) übernommen, der sie zu einem der bedeutendsten deutschen Verlage entwickelte (u.a. durch die Herausgabe der Werke Goethes und Schillers). 1810 verlegte er das Geschäft nach Stuttgart. Von Bayern und Württemberg wurde der alte Reichsadel seiner Familie bestätigt, und er erhielt das Recht, den Titel eines Freiherrn Cotta von Cottendorf zu führen. Im Jahre 1870 leitete Karl von Cotta (1835–1888) gemeinsam mit seinem Vetter Hermann Albert von Reischach (1836–1876) den Verlag.

emendieren: einen falsch oder unvollständig überlieferten Text philologisch berichtigen.

Schwäbischer Merkur: Stuttgarter Tageszeitung mit nationalliberaler Tendenz; sie trat schon frühzeitig für eine Einigung Deutschlands unter preußischer Führung ein.

Winnental: württembergische Irrenanstalt.

182 *‚Da ist ein Gott ...' Maientag 1274:* Die Zitate stammen aus dem Werk ›La vita nuova‹ (Das neue Leben) von Dante Alighieri (1265–1321), in dem der Dichter seine Jugendliebe zu Beatrice schildert, der er 1274 im Alter von neun Jahren zum erstenmal begegnet war.

183 *Beatrice Portinari ... Simone de Bardi:* Nach dem Zeugnis der frühen Dante-Biographen ist Beatrice die Tochter des Florentiner Bürgers Folco Portinari; sie war mit Simone di Geri de' Bardi verheiratet.

die göttliche Kömodie ... Hölle und Fegefeuer ... Paradiese: Anspielung auf Dantes Hauptwerk ›Divina commedia‹.

184 *in saecula saeculorum:* lat., in alle Ewigkeit.

Die bleiche Jungfrau: Vgl. das Uhland-Zitat auf S. 134.

von nun an werde ich häufig gehemmt sein: Vgl. das Dante-Zitat auf S. 182.

Gad, Gaza oder Askalon: Raabe verwechselt offenbar die palästinensische Landschaft Gad mit der Stadt Gath, die neben Gaza und Askalon zu den Hauptorten im Lande der Philister gehörte.

Rechtskonsulent: Rechtsanwalt.

187 *halkyonisches Blau:* der blaue Himmel an den Tagen glücklicher Windstille. Nach der griechischen Sage ver-

wandelte Zeus die Nymphe Halkyone in einen Eisvogel und ließ während dessen Brutzeit alle Winde ruhen.

Codex Lugaviensis: lat., in Lugau befindlicher Kodex.

Sulla ... Schiller: Der Ausspruch des römischen Diktators Lucius Cornelius Sulla (138–78 v.u.Z.), der sich den Beinamen Felix (der Glückliche) gab, ist von Plutarch (vgl. die Anm. zu S. 71) überliefert. In Friedrich Schillers Gedicht ›Die Gunst des Augenblicks‹ heißt es: ›Aus den Wolken muß es fallen, / Aus der Götter Schoß, das Glück‹.

188 *Cimelium:* Vgl. die erste Anm. zu S. 93.

Pallas-Athene-, das heißt Eulenaugen: ›Eulenäugig‹ ist bei Homer das schmückende Beiwort für die griechische Göttin der Weisheit und der klugen Kriegführung.

191 *die Hände über mich wuschen:* Vgl. die zweite Anm. zu S. 5.

192 *Seefahrer Sindbad:* Anspielung auf die ›Fünfte Reise Sindbads des Seefahrers‹ aus der arabischen Märchensammlung ›Tausendundeine Nacht‹.

193 *meine Lebenstragikomödie ...:* Anspielung auf die Worte des Polonius über die Schauspieler in Shakespeares ›Hamlet‹ (II, 2).

Seiner kophtischen Weisheit ...: Anspielung auf die beiden ›Kophtischen Lieder‹ Goethes sowie auf dessen Lustspiel ›Der Großkophta‹. Kophta: geheimnisvoller wundertätiger Weiser aus Ägypten; davon abgeleitet Großkophta: der Vorsitzende des von Cagliostro 1782 gestifteten mystischen Freimaurerbundes.

Intermaxillarknochen: Zwischenkieferknochen; mit seiner Entdeckung beim Menschen erbrachte Goethe 1784 einen weiteren Beweis für die Abstammung des Menschen aus der Tierwelt. ›Ich habe gefunden – weder Gold noch Silber, aber was mir eine unsägliche Freude macht – das os intermaxillare am Menschen! ... Es soll Dich auch recht herzlich freuen, denn es ist wie der Schlußstein zum Menschen ...‹ (an Herder, 27. März 1784).

Madame Toutlemonde: frz., Frau Jedermann.

194 *Palazzo Caffarelli:* Palast auf dem kapitolinischen Hügel in Rom, an dessen Stelle im Altertum ein Tempel stand, der Jupiter, Juno und Minerva geweiht war.

195 *›Lebt wohl!‹:* Schlußworte in Goethes Schauspiel

›Iphigenie auf Tauris‹, mit denen König Thoas Iphigenie und Orest die Erlaubnis gibt, in ihre Heimat zurückzukehren.

196 *Universitätsrichter:* Bis zum Jahre 1879 hatten die deutschen Universitäten eine umfassende eigene akademische Gerichtsbarkeit, die von einem Beamten im Range eines ordentlichen Professors mit richterlicher Qualifikation ausgeübt wurde.

quel travail pour le roi de Prusse!: frz., welch eine Arbeit für den König von Preußen! ›Travailler pour le roi de Prusse‹ ist eine sprichwörtliche Redensart ungeklärter Herkunft, die soviel bedeutet wie: umsonst, ohne Bezahlung arbeiten. Die Bemerkung ist hier sowohl im wörtlichen wie im übertragenen Sinn zu verstehen.

Corps législatif: frz., gesetzgebende Körperschaft.

Interpellation Cochery ... Herzog von Gramont: Der französische Abgeordnete Louis-Adolphe Cochery (1819 bis 1900) gab durch seine Interpellation (parlamentarische Anfrage) zur spanischen Kronkandidatur (vgl. die zweite Anm. zu S. 167) dem Außenminister Antoine-Alfred Agénor, Herzog von Gramont (1819–1880) Gelegenheit zu dessen Rede vom 6. Juli 1870, in der er Frankreich zum Krieg gegen Preußen aufforderte.

Thron Karls des Fünften: Karl V. (1500–1558), von 1519 bis 1556 römisch-deutscher Kaiser, war (seit 1516) als Karl I. zugleich König von Spanien.

197 *Garnier-Pagès,* Louis-Antoine (1803–1878): Mitglied der Oppositionspartei im Corps législatif.

Raspail, François-Vincent (1794–1878): radikal-demokratischer Abgeordneter.

Arago, Emanuel (1812–1896): republikanischer Abgeordneter; er sprach sich am 15. Juli 1870 gegen die beabsichtigte Kriegserklärung aus.

Crémieux, Isaac-Adolphe (1796–1880): demokratischer französischer Politiker.

Picard, Ernest (1821–1877): republikanischer Abgeordneter des Corps législatif.

Glais-Bizoin, Alexandre (1800–1877): Mitglied der Oppositionspartei in der französischen Kammer.

Granier de Cassagnac, Adolphe (1806–1880): französischer Publizist; konservativer Abgeordneter des Corps législatif.

Ollivier, Emile (1825–1913): liberaler französischer Politiker; seit Januar 1870 Leiter des konstitutionellen Ministeriums.

198 *König Wilhelm:* Wilhelm I. (1797–1888), seit 1858 Regent, seit 1861 König von Preußen; seit 1871 deutscher Kaiser. 1866 hatte er den Oberbefehl über das preußische Heer.

199 *Zaubermantel Fausts:* Vgl. Goethe, ›Faust‹, Erster Teil, Vers 1122–1125 und Vers 2065f.

200 *›Und fällt der Himmel ein ...‹:* Der Goethesche Spruch lautet vollständig:
›Laß nur die Sorge sein,
Das gibt sich alles schon;
Und fällt der Himmel ein,
Kommt doch eine Lerche davon.‹

201 *Saint-Cloud:* Schloß zwischen Paris und Versailles, wo Napoleon III. die Kriegserklärung an Preußen unterschrieb.

203 *Skapulier:* Schulterüberwurf der katholischen Ordensgeistlichen.

207 *Finis:* lat., Ende.

Sündenfall ... Apfelbiß: nach dem Alten Testament, 1. Buch Moses, Kap. 3.

Ännchen von Tharau: ironische Anspielung auf den zweiten Vers der ersten Strophe des bekannten Liedes von Simon Dach (1605–1659): ›Sie ist mein Leben, mein Gut und mein Geld.‹

208 *Stimme von oben:* ironische Anspielung auf den Schluß des Ersten Teils von Goethes ›Faust‹: ›Ist gerettet.‹

210 *Jakobi:* Tag des heiligen Jakob: 25. Juli.

Hauptmann von Kapernaum: Evangelium des Matthäus, Kap. 8, Vers 5–13.

der Pharisäer Gerechtigkeit: Evangelium des Matthäus, Kap. 5, Vers 20.

Moniteur: ›Le Moniteur Universel‹, 1789 gegründete politische Tageszeitung; von 1799 bis 1868 offizielles Organ der französischen Regierung, danach (bis 1901) konservatives Blatt.

Leopold von Hohenzollern: Vgl. die erste Anm. zu S. 167

Prager Frieden: Am 23. August 1866 wurde in Prag der Friedensvertrag zwischen Preußen und Österreich unterzeichnet. Preußen vergrößerte sein Territorium durch Einverleibung Schleswig-Holsteins, Hannovers, Kurhessens, Nassaus und der Stadt Frankfurt am Main. Die Vereinigung aller deutscher Staaten unter preußischer Führung scheiterte damals noch am Widerstand Frankreichs. Bismarck legte jedoch den süddeutschen Staaten, die an der Seite Österreichs gekämpft hatten, nur geringe Kontributionen auf und schloß mit Bayern, Württemberg und Baden geheime Schutz- und Trutzbündnisse ab.

Mainz räumen: Mainz, seit 1816 zu Hessen-Darmstadt gehörig, galt als Festung des Deutschen Bundes und war als solche von preußischen und österreichischen Truppen besetzt. Auf Grund eines Bundestagsbeschlusses verließen diese vor Ausbruch des preußisch-österreichischen Krieges die Stadt. Nach dem Frieden von Prag zogen die Preußen wieder in Mainz ein.

Angelegenheit mit Dänemark: Auf Betreiben Napoleons III. war in Artikel 5 des Prager Friedens Dänemark die Rückgabe Nordschleswigs in Aussicht gestellt worden, sofern sich die Bevölkerung dafür ausspräche. Die Verhandlungen waren jedoch gescheitert, da man sich über die Bedingungen für eine Abstimmung nicht einigen konnte.

preußische Wehrverfassung: 1868 hatte der württembergische Kriegsminister von Wagner die Annahme eines Kriegsdienstgesetzes erreicht, das Wehrpflicht und Heeresorganisation nach preußischem Vorbild regelte und gegen das die demokratischen und antipreußischen Kräfte des Landes heftig opponierten.

Wasgau: Vogesen.

211 *Infanterieregiment Königin Olga:* genannt nach der russischen Großfürstin Olga (1822–1892), seit 1846 verheiratet mit König Karl I. (1823–1891), der 1864 auf den württembergischen Thron kam.

›Blast, blast …‹: Das Zitat aus Schillers Trauerspiel ›Wallensteins Tod‹ (III, 23) lautet richtig: ›Blast! Blast! – O wären es die schwed'schen Hörner‹.

212 *Den Seinen gibt es der Herr im Schlaf:* nach dem 127. Psalm, Vers 2.

213 *in Ems … telegraphieren:* Vgl. die erste Anm. zu S. 167.

Sigmaringen: Stammsitz der Hohenzollern.

217 *Scharpie:* Scharpie zupfen: Leinwand zu Fäden zer-

reißen, die man früher statt Mull als Verbandsmaterial verwendete.

218 *Verzage nicht ...:* Das früher dem König Gustav Adolf von Schweden zugeschriebene Lied wurde vertont und wahrscheinlich auch gedichtet von dem Erfurter Pfarrer Michael Altenburg (1583–1640).

219 *Bogen des Friedens:* nach dem 1. Buch Moses, Kap. 9, Vers 13f.: ›Meinen Bogen habe ich gesetzt in die Wolken; der soll das Zeichen sein zwischen mir und der Erde. Und wenn es kommt, daß ich Wolken über die Erde führe, so soll man meinen Bogen sehen in den Wolken.‹ Der Ausdruck ›Bogen des Friedens‹ findet sich in Klopstocks Ode ›Die Frühlingsfeier‹.

›des Königs Abrechnung‹: Evangelium des Matthäus, Kap. 18, Vers 23–35.

220 *›Man muß anhalten im Gebet‹:* Brief des Paulus an die Römer, Kap. 12, Vers 12.

221 *Champigny:* Dorf östlich von Paris, das nach schweren Kämpfen am 2. Dezember 1870 von württembergischen Truppen eingenommen wurde.

222 *Ladonchamps:* Dorf in Lothringen, um das 1870 heftig gekämpft wurde.

223 *Bonneuil-sur-Marne:* Dorf südöstlich von Paris.

Charenton: Charenton-le-Pont, Stadt und Fort südöstlich von Paris, an der Mündung der Marne in die Seine.